主　编◎乔继堂
编　委◎鄢晓霞／李剑霞／李晓丽／崔人元

中华散文百家

中华散文百家

梁遇春◎著

赵舒静◎选 编

梁遇春散文

上海图书馆馆藏经典阅读

上海科学技术文献出版社

出版说明

在中国文学史上，散文具有突出的地位，这恐怕是谁也不能否认的。在文体以有韵无韵区分的时代，散文与韵文相对，固然得占大半壁江山；即使是到了诗歌、散文、小说、戏剧四大文学体裁齐备的时代，散文亦是一方重镇。近世以来，其他文学样式尤其是小说等长足发展，但散文依然焕发着耀眼的光彩，不但有作家钟情此种文体，专事散文随笔的创作而卓成大家，即使以其他体裁创作为主的作家，也或多或少地从事过散文写作；而且由于散文体裁较为广泛的适用性，众多不以作家名世的人也留下了丰富的散文作品。这些散文作品不仅是我们的文学遗产，也是我们的思想文化遗产，其所蕴涵的滋育我们的营养真可谓“无穷无尽”。正是为了较为系统地整理这笔宝藏，挖掘其丰富营养，我们编辑出版了这套丛书。

这套丛书计划以二十世纪初为起点，以人为单位，从我国历代散文作家中选取名家精品，汇成丛集。入选作者除专门的散文家之外，自然也包括其他作家，甚至不以作家名世的作者；与此相应，不仅选取狭义的纯粹散文作品，也选取那些在历史上曾经影响甚巨但不那么纯粹的大散文作品，从而不仅体现散文的文学价值，更体现散文创作在思想文化方面的价值。也可以说，这是这套散文丛书最为突出的特色——不仅是文学的，更是思想文化的；不仅关乎写作技巧，更是关乎素质养成；不仅可供了解作家作品，更可以由此体察历史洪流、社会巨变的大风景……

丛书所选各家散文的编排，或按其原集编排，或重新分辑编排，一视作者原作情况而定。选文除作必要的技术处理外，其余一仍其旧，以见作品原貌。为了阅读的方便，对一些于今天的读者不太熟悉的专门术语等作了适当的注释。关于具体的编选情况，以及作者及其作品的情况，每一集后缀以编后语，给以简略的说明。

丛书计划分批相对集中出版，先期推出二十世纪上半叶的名家名作，随后向两个方向延伸，陆续成其规模，期于有所贡献。

愿广大读者襄助之；愿广大作者襄助之。

上海科学技术文献出版社

目　录

讲　演

“你是来找我同去听讲演吗？”

“不错，去不去？”

“吓！我不是个‘智识欲’极旺的青年，这么大风——就是无风，我也不愿意去的。我想你也不一定是非听不可，尽可在我这儿谈一会。我虽然不是什么名人，然而我的嘴却是还在。刚才我正在想着讲演的意义，你来了，我无妨把我所胡思乱想的讲给你听，讲得自然不对，不过我们在这里买点东西吃，喝喝茶，比去在那人丛里钻个空位总好点吧。”

来客看见主人今天这么带劲地谈着，同往常那副冷淡待人的态度大不相同，心中就想在这里解闷也不错，不觉就把皮帽围巾都解去了。那房主人正忙着叫听差买栗子花生，泡茶。打发清楚后，他又继续着说：

“近来我很爱胡思乱想，但是越想越不明白一切事情的道理。真合着那位坐在望平街高塔中，做《平等阁笔记》的主笔所谓世界中不只‘无奇不有’[①]，实在是‘无有不奇’。Carlyle 这老头子在 *Sartor Resartus* 中‘自然的超自然主义’（Natural Supernaturalism）一章里头[②]，讲自然律本身就是一个不可解的神秘，所以这老头子就觉得对于宇宙中一切物事都糊涂了。我现在也有点觉得什么事情我

---

① 《平等阁笔记》主笔：指狄葆贤（1873—1921），近代报人。1904 年在上海创办《时报》。

② Carlyle（1795—1881）：托马斯·卡莱尔，英国历史学家、散文家，著有《法国大革命》、《论英雄、英雄崇拜及历史上的英雄主义》。*Cartor Resartus*：《成衣匠的改造》，亦译《衣裳哲学》、《旧衣新裁》。

都不知道。比如你是知道我怕上课的，自然不会爱听讲演。然而你经过好几次失败之后，一点也不失望，还是常来找我去听讲演，这就是一个 Haeckel 的《宇宙之谜》所没有载的一个不可思议的事①。哦！现在又要上课了，我想起来真有点害怕。吓！真是一年不如一年了，从前我们最高学府是没有点名的，我们很可以自由地在家里躺在床上，或者坐在炉边念书。自从那位数学教授来当注册部主任以后，我们就非天天上班不行。一个文学士是坐硬板凳坐了三千多个钟头换来的。就是打瞌睡，坐着睡那么久，也不是件容易事了。怕三千多个钟头坐得不够，还要跑去三院大礼堂，师大风雨操场去坐，这真是天下第一奇事了。所以讲演有人去听这事，我抓着头发想了好久，总不明白。若说到‘民国讲演史’那是更有趣了。自从杜威先生来华以后②，讲演这件事同新思潮同时流行起来。杜先生曾到敝处过，那时我还在中学读书，也曾亲耳听过，亲眼看过。印象现在已模糊了，大概只记得他说一大阵什么自治，砖头，打球，……后来我们校长以‘君子不重则不威’一句话来发挥杜先生的意思。那时翻译是我们那里一个教会学堂叫做格致小学的英文先生，我们那时一面听讲，一面看那洁白的桌布，校长的新马褂，教育厅长的脸孔，杜先生的衣服……我不知道当时杜先生知道不知道 How we think。跟着罗素来了③，恍惚有人说他讲的数理哲学不大好懂。罗素去了，杜里舒又来④。中国近来，文化进步得真快，讲演得真热闹，杜里舒博士在中国讲演，有十册演讲录。中间有在法政专门学校讲的细胞构造，在体育师范讲的历史哲学，在某女子中学讲的新心理学……总而言之普照十方，凡我青年，无不蒙庇。所

① Haeckel：海克尔（1834—1919），德国动物学家，进化论者。

② 杜威（1859—1952）：美国哲学家、教育学家，实用主义创始人之一。1919—1934 年来华讲学，演讲辑成《杜威五大演讲》等。

③ 罗素（1872—1970）：英国哲学家、数理逻辑学家。1921 年来华讲学，演讲辑成《罗素五大演讲》等。

④ 杜里舒（1876—1941）：德国哲学家、生物学家。1922 年来华讲学。

以中国人民近来常识才有这么发达。太戈尔来京时，我也到真光去听[①]。他的声音是很美妙。可惜我们（至少我个人）都只了解他的音乐，而对于他的意义倒有点模糊了。

“自杜先生来华后，我们国内名人的讲演也不少。我有一个同学他差不多是没有一回没去听的，所以我送他一个‘听讲博士’的绰号；他的‘智识欲’真同火焰山一样的热烈。他当没有讲演听的时候只好打呵欠，他这样下去，还怕不博学得同哥德、斯忒林堡一样[②]。据他说近来很多团体因为学校太迟开课发起好几个讲演会，他自然都去听了。他听有‘中国工会问题’，‘一个新实在论的人生观’，‘中外戏剧的比较’，‘中国宪法问题’，‘二十世纪初叶的教育’……我问他他们讲的什么，他说我听得太多也记不清了，我家里有一本簿子上面贴有一切在副刊记的讲演辞，你一看就明白了。他怕人家记得不对，每回要亲身去听，又恐怕自己听不清楚，又把人家记的收集来，这种精益求精的精神，是值得我们模仿的，不过我很替他们担心。讲演者费了半月工夫，迟睡早起，茶饭无心，预备好一篇演稿来讲。我们坐洋车赶去听，只恐太迟了，老是催车夫走快，车夫固然是汗流浃背，我们也心如小鹿乱撞。好，到了，又要往人群里东瞧西看，找位子，招呼朋友，忙了一阵，才鸦雀无声地听讲了。听的时候又要把我们所知道的关于工会，宪法，人生观，戏剧，教育的智识整理好来吸收这新意思。讲完了，人又波涛浪涌地挤出来。若使在这当儿，把所听的也挤出来，那就糟糕了。

“我总有一种偏见：以为这种 Public-lecture-mania 是一种 Yankee-disease[③]。他们同我们是很要好的，所以我们不知不觉就染了他们的习惯。他们是一种开会，听讲，说笑话的民族。加拿大文学家

---

① 太戈尔：今译泰戈尔（1861—1941），印度诗人、社会活动家。1924 年来华讲学，徐志摩担任翻译。真光：当时北京的一家电影院。

② 哥德：今译歌德（1749—1832），德国诗人、剧作家。斯忒林堡：今译斯特林堡（1749—1912），瑞典剧作家。

③ Public-mania：讲演癖。Yankee-disease：杨基病，美国病。

Stepken Leacock 在他的 *My Discovery of England* 里曾说过美国学生把教授的讲演看得非常重要，而英国牛津大学学生就不把 lecture 当作一回事[①]，他又称赞牛津大学学生程度之好。真的我也总怀一种怪意思，因为怕挨骂所以从来不告人，今日无妨同你一讲。请你别告诉人。我想真要得智识，求点学问，不只那东鳞西爪吉光片羽的讲演不济事，就是上堂听讲也无大意思。教授尽可把要讲的印出来，也免得我们天天冒风雪上堂。真真要读书只好在床上，炉旁，烟雾中，酒瓶边，这才能领略出味道来。所以历来真文豪都是爱逃学的。至于 Swift 的厌课程，Gibbon 在自传里骂教授[②]，那又是绅士们所不齿的，……”

他讲到这里，人也倦了，就停一下，看桌子上栗子花生也吃完，茶也冷了。他的朋友就很快地讲：

“我们学理科的是非上堂不行的。”

“一行只管一行，我原是只讲学文科的。不要离题跑野马，还是谈讲演吧，我前二天看 McDougall 的《群众心理》[③]，他说我们有一种本能叫做‘爱群本能’（Gregarious instinct），他说多数人不是为看戏而去戏院，是要去人多地方而去戏院。干脆一句话，人是爱向人丛里钻的。你看他的话对不对？”

他忽然跳起，抓着帽和围巾就走，一面说道：

“糟！我还有一位朋友，他也要去三院瞧热闹，我跑来这儿谈天，把他在家里倒等得慌了。”

十五年十一月十九日于北大西斋

---

① Stephen Leacock：斯蒂芬·里柯克（1869—1944），加拿大英语作家。*My Discovery of England*：《英格兰之我见》。Lecture：演讲。

② Swift：斯威夫特（1667—1745），英国作家，著有《格列佛游记》。Gibbon：吉本（1737—1745），英国史学家，著有《罗马帝国衰亡史》。

③ McDougall：麦克杜格尔（1871—1938），美国心理学家。

寄给一个失恋人的信（一）

秋心：

在我这种懒散心情之下，居然呵开冻砚，拿起那已经有一星期没有动的笔，来写这封长信；无非是因为你是要半年才有封信。现在信来了，我若使又迟延好久才复，或者一搁起来就忘记去了；将来恐怕真成个音信渺茫，生死莫知了。

来信你告诉我你起先对她怎样钟情想由同她互爱中得点人生的慰藉，她本来是何等的温柔，后来又如何变成铁石心人，同你现在衰颓的生活，悲观的态度。整整写了二十张十二行的信纸，我看了非常高兴。我知道你绝对不会想因为我自己没有爱人，所以看别人丢了爱人，就现出卑鄙的笑容来。若使你对我能够有这样的见解，你就不写这封悱恻动人的长信给我了。我真有可以高兴的理由。在这万分寂寞一个人坐在炉边的时候，几千里外来了一封八年前老朋友的信，痛快地暴露他心中最深一层的秘密，推心置腹般娓娓细谈他失败的情史，使我觉得世界上还有一个人这样爱我，信我，来向我找些同情同热泪，真好像一片洁白耀目的光线，射进我这精神上之牢狱。最叫我满意是由你这信我知道现在的秋心还是八年前的秋心。八年的时光，流水行云般过去了。现在我们虽然还是少年，然而最好的青春已过去一大半了。所以我总是爱想到从前的事情。八年前我们一块游玩的情境，自然直率的谈话是常浮现在我梦境中间，尤其在讲堂上睁开眼睛所做的梦的中间。你现在写信来哭诉你的怨情简直同八年前你含着一泡眼泪咽着声音讲给我听你父亲怎样骂你的神气一样。但是我那时能够用手巾来擦干你的眼泪，现在呢？我只好仗我这枝秃笔来替那陪你呜咽，抚你肩膀低声的安慰。秋心，我们虽然八年没有见一面，半年一通讯，你小孩时候雪白的脸，桃红的颊同你眉目间那一股英武的气概却长存在我记忆里头，我们天天在校园踏着桃花瓣的散步，树荫底下石阶上面坐着唧唧哝哝的谈天，回想起来真是亚当没有吃果前乐园的生活。当我读关于美少年的文学，我就记起我八年前的游伴。无论是述 Narcissus 的故事，Shakespeare 百余首的十四行诗，Gray 给 Bonstetten 的信，Keats 的 Endymion，Wilde 的 Dorian Gray 都引起我无限的愁思而怀着久不写信给我的秋心。[1] 十年前的我也不像现在这么无精打采的形相，那时我性情也温和得多，面上也充满有青春的光彩，你还记着我们那一回修学旅行吧？因为我是生长在城市，不会爬山，你是无时不在我旁边，拉着我的手走上那崎岖光滑的山路。你一面走一面又讲好多故事，来打散我恐惧的心情。我那一回出疹子，你瞒着你的家人，到我家里，瞧个机会不给我家人看见跑到我床边来。你喘气也喘不过来似讲的："好容易同你谈几句话！我来了五趟，不是给你祖母拦住，就是被你父亲拉着，说一大阵什么染后会变麻子……"这件事我想一定是深印在你心中。忆起你那时的殷勤情谊更觉得现在我天天碰着的人的冷酷，也更使我留恋那已经不可再得的春风里的生活。提起往事，徒然加你的惆怅，还是谈别的吧。

来信中很含着"既有今日，何必当初"的意思。这差不多是失恋人的口号，也是失恋人心中最苦痛的观念。我很反对这种论调，我反对，并不是因为我想打破你的烦恼同愁怨。一个人的情调应当任它自然地发展，旁人更不当来用话去压制它的生长，使他堕到一种莫名其妙的烦闷网子里去。真真同情于朋友忧愁的人，绝不会残

---

① Narcissus：希腊神话中的美少年，因爱上自己水中的影子受惩而死。Shakespeare：莎士比亚（1564—1616），英国戏剧家、诗人。Cray：格雷（1716—1832），英国诗人。Bonstetten：邦斯泰滕（1745—1832），瑞士作家。Keats：济慈（1795—1821），英国诗人。Endymion：恩底弥翁，希腊神话中月亮女神爱上的青年牧人，济慈曾写过同名长诗。Wilde：王尔德（1854—1900），英国戏剧作家。Dorian Gray：道林·格雷，王尔德小说《道林·格雷的画像》中的主人公。

忍地去扑灭他朋友怀在心中的幽情。他一定是用他的情感的共鸣使他朋友得点真同情的好处，我总觉“既有今日，何必当初”这句话对“过去”未免太藐视了。我是个恋着“过去”的骸骨同化石的人，我深切感到“过去”在人生的意义，尽管你讲什么，“从前种种譬如昨日死，以后种种譬如今日生”同 Let bygones be bygones；“从前”是不会死的。就算形质上看不见，它的精神却还是一样地存在。“过去”也不至于烟消火灭般过去了；它总留下深刻的足迹。理想主义者看宇宙一切过程都是向一个目的走去的，换句话就是世界上物事都是发展一个基本的意义的。他们把“过去”包在“现在”中间一齐望“将来”的路上走，所以 Emerson 讲“只要我们能够得到‘现在’，把‘过去’拿去给狗子罢了”①。这可算是诗人的幻觉。这么漂亮的肥皂泡子不是人人都会吹的。我们老爱一部一部地观察人生，好像舍不得这样猪八戒吃人参果般用一个大抽象概念解释过去。所以我要深深地领略人生的味的人们，非把“过去”当做有它独立的价值不可，千万不要只看做“现在”的工具。由我们生来不带乐观性的人看来，“将来”总未免太渺茫了，“现在”不过一刹那，好像一个没有存在的东西似的，所以只有“过去”是这不断时间之流中站得住的岩石。我们只好紧紧抱着它，才免得受漂流无依的苦痛，“过去”是个美术化的东西，因为它同我们隔远看不见了，它另外有一种缥缈不实之美。好像一块风景近看瞧不出好来，到远处一望，就成个美不胜收的好景了。为的是已经物质上不存在，只在我们心境中憬憧着，所以“过去”又带了神秘的色彩。对于我们含有 Melancholy 性质的人们②，“过去”更是个无价之宝。Howthorne 在他《古屋之苔》书中说③：“我对我往事的记忆，一个也不能丢了。就是错误同烦恼，我也爱把它们记着。一切

---

① Emerson：R. W. 爱默生（1803—1882），美国哲学家、散文家，超验主义运动代表人物。有随笔两辑。

② Melancholy：忧郁（症）。

③ Hawthorne：霍桑（1804—1864），美国作家，代表作为《红字》。《古屋苔痕》（1846）是他的回忆性作品。

的回忆同样地都是我精神的食料。现在把它们都忘丢，就是同我没有活在世间过一样。”不过“过去”是很容易被人忽略去的。而一般失恋人的苦恼都是由忘记“过去”，太重“现在”的结果。实在讲起来失恋人所失丢的只是一小部分现在的爱情。他们从前已经过去的爱情是存在“时间”的宝库中，绝对不会丢失的。在这短促的人生，我们最大的需求同目的是爱，过去的爱同现在的爱是一样重要的。因为现在的爱丢了就把从前之爱看得一个大也不值，这就有点近视眼了。只要从前你们曾经真挚地互爱过，这个记忆已很值得好好保存起来，作这千灾百难人生的慰藉，所以我意思是，“今日”是“今日”，“当初”依然是“当初”，不要因为有了今日这结果，把“当初”一切看做都是镜花水月白费了心思的。爱人的目的是爱情，为了目前小波浪忽然舍得将几年来两人辛辛苦苦织好的爱情之网用剪子铰得粉碎，这未免是不知道怎样去多领略点人生之味的人们的态度了。秋心我劝你将这网子仔细保护着，当你感到寂莫或孤栖的时候，把这网子慢慢张开在你心眼的前面，深深地去享受它的美丽，好像吃过青果后回甘一般，那也不枉你们从前的一场要好了。

照你信的口气，好像你是天下最不幸的人，秋心你只知道情人的失恋是可悲哀，你还不晓得夫妇中间失恋的痛苦。你现在失恋的情况总还带三分 Romantic 的色彩①，她虽然是不爱你了，但是能够这样忽然间由情人一变变做陌路之人，倒是件痛快的事——其痛快不下给一个运刀如飞杀人不眨眼的刽子手杀下头一样。最苦的是那一种结婚后二人爱情渐渐不知不觉间淡下去。心中总是感到从前的梦的有点不能实现，而一方面对“爱情”也有些麻木不仁起来。这种肺病的失恋是等于受凌迟刑。挨这种苦的人，精神天天痿痹下去，生活力也一层一层沉到零的地位。这种精神的死亡才是天地间惟一的惨剧。也就因为这种惨剧旁人看不出来，有时连自己都不大

① Romantic：罗曼蒂克，浪漫。

明白，所以比别的要惨苦得多。你现在虽然失恋但是你还有一肚子的怨望，还想用很多力写长信去告诉你的惟一老朋友，可见你精神仍是活泼泼跳动着。对于人生还觉得有趣味——不管詈骂运命，或是赞美人生——总不算个不幸的人。秋心你想我这话有点道理吗？

秋心，你同我谈失恋，真是“流泪眼逢流泪眼”了。我也是个失恋的人，不过我是对我自己的失恋，不是对于在我外面的她的失恋。我这失恋既然是对于自己，所以不显明，旁人也不知道。因此也是最难过的苦痛。无声的呜咽比嚎啕总是更悲哀得多了。我想你现在总是白天魂不守舍地胡思乱想，晚上睁着眼睛看黑暗在那里怔怔发呆，这么下去一定会变成神经衰弱的病。我近来无聊得很，专爱想些不相干的事。我打算以后将我所想的报告给你，你无事时把我所想出的无聊思想拿来想一番，这样总比你现在毫无头绪的乱想，少费心力点罢。有空时也希望你想到哪里笔到哪里般常写信给我。两个伶仃孤苦的人何妨互相给点安慰呢！

驭聪，十六年阳元宵写于北大西斋

醉中梦话（一）

生平不常喝酒，从来没有醉过。并非自夸量大，实是因为胆小，哪敢多灌黄汤。梦却夜夜都做。梦里未必说话，醉中梦话云者，装糊涂，假痴聋，免得“文责自负”云尔。

一、笑

吴老头说文学家都是疯子①，我想哲学家多半是傻子，不懂得人生的味道。举个例罢：鼎鼎大名的霍布士（Hobbes）说过笑全是由我们的骄傲来的②。这种傻话实在只有哲学家才会讲的。或者是因为英国国民性阴鸷不会笑，所以有这样哲学家。有人说英国人勉强笑的样子同哭一样。实在我们现在中国人何尝不是这样呢？前星期日同两个同学在中央公园喝茶，坐了四五个钟头，听不到一点痛快的笑声，只看见好多皮笑肉不笑，肉笑心不笑的呆脸。戏场尚如是，别的地方更不用说了。我们的人生态度是不进不退，既不高兴地笑，也不号啕地哭，总是这么呆着，是谓之曰“中庸”。

有很多人以为捧腹大笑有损于上流人的威严，而是件粗鄙的事，所以有“咽欢装泪”摆出孤哀子神气。可是真真把人生的意义细细咀嚼过的人是晓得笑的价值的。Carlyle 是个有名宣扬劳工福音的人，一个勇敢的战士，他却说一个人若使有真真地笑过一回，这人绝不是坏人。的确只有对生活觉得有丰溢的趣味，心地坦白，精

---

① 吴老头：指吴稚晖（1865—1953）。

② 霍布士：今译霍布斯（1588—1679），英国哲学家，著有《利维坦》等。

神健康的人才会真真地笑，而真真地曲背弯腰把眼泪都挤出笑后，精神会觉得提高，心情忽然恢复小孩似的天真烂漫。常常发笑的人对于生活是同情的，他看出人类共同的弱点，事实与理想的不同，他哈哈地笑了。他并不是觉得自己比别人高明（所谓骄傲）才笑，他只看得有趣，因此禁不住笑着。会笑的人思想是雪一般白的，不容易有什么狂性，夸大狂同书狂。James M. Barrie 在他有名的 *Peter Pan* 里述有一个天真烂漫的小姑娘问那晚上由窗户飞进来的仙童①，神仙是怎样生来的，他答道当世界上头一个小孩第一次大笑时候，他的笑声化作一千片，每片在空中跳舞着，后来片片全变做神仙了，这是神仙的起源。这种仙人实是比我们由丹房熏焦了白日飞升的漂亮得多了。

什么是人呢？希腊一个哲学家说人是两个足没有毛的动物。后来一位同他开玩笑的朋友把一个鸡拔去毛，放在他面前，问他这是不是人。有人说人是理性的动物。但什么是理性呢？这太玄了，我们不懂。又有一个哲学家说人是能够煮东西的动物。我自己煮饭会焦，炒菜不烂，所以觉得这话也不大对。法国一个学者说人是会笑的动物。这话就入木三分了。Hazlitt 也说人是惟一会笑会哭的动物②。所以笑者，其为人之本欤？

自从我国“文艺复兴”（这四字真典雅堂皇）以后，许多人都来提倡血泪文学，写实文学，唯美派……总之没有人提倡无害的笑。现在文坛上，常见一大丛带着桂冠的诗人，把他“灰色的灵魂”，不是献给爱人，就送与 Satan③。近来又有人主张幽默，播扬嘴角微笑。微笑自然是好的。“拈花微笑”，这是何等境界。Emerson 并且说微笑比大笑还好。不过平淡无奇的乡老般的大笑都办不到，忽谈起艺术的微笑，这未免是拿了一双老年四楞象牙镶金的筷

---

① James M. Barrie：詹姆斯·M. 巴里（1860—1937），英国作家。*Peter Pan*：《彼得·潘》，巴里的代表作。

② Hazlitt：哈兹里特（也译赫兹列特，1778—1830），英国散文家、文艺批评家，著有《素描与随笔》、《莎士比亚戏剧中的人物》。

③ Satan：撒旦，魔鬼。

子与刘姥姥了。我要借 Maxim Gorky 的话评中国的现状了[①]。他说："你能够对人引出一种充满生活快乐，同时提高精神的笑么？看，人已经忘却好的有益的笑了！"

在我们这个空气沉闷的国度里，触目都是贫乏同困痛，更要保持这笑声，来维持我们的精神，使不至于麻木沉到失望深渊里。当 Charlotte Bronte 失了两个亲爱的姊妹，忧愁不堪时候，她写她那含最多日光同笑声的"*Shirley*"[②]。Cowper 烦闷得快疯了时候，他整晚吃吃地笑在床上做他的杰作《痴汉骑马》歌（*John Gilpin*）[③]。Gorky 身尝忧患，屡次同游民为伍的，所以他也特别懂得笑的价值。

近来有好几个民众故事集出版，这是再好没有的事。希望大家不要摆出什么民俗学者的脸孔，一定拿放在解剖桌去分剖，何妨就跟着民众笑一下，然礼失而求之于野，亦可以浩叹矣。

二、做文章同用力气

从前自认"舍大道而不由"的胡适之先生近来也有些上了康庄大道，言语稳重了好多。在《现代评论》一百十九期写给"浩徐"的信里，胡先生说："我总想对国内有志作好文章的少年们说两句忠告的话，第一，做文章是要用力气的……"这句话大概总是天经地义罢，可是我觉得这种话未免太正而不邪些。仿佛有一个英国人（名字却记不清了）说 When the author has a happy time in writing a book，then the reader enjoys a happy time in reading it（句子也记不清了，大概是这样罢）。真的，一个作家抓着头发，皱着眉头，费九

---

① Maxim Gorky：马克西姆·高尔基（1868—1936），苏联作家。

② Charlotte Bronte：夏洛蒂·勃朗特（1816—1855），英国女小说家，与其妹艾米莉、安妮合称"勃朗特三姐妹"。两位妹妹先后于 1848 年和 1849 年早逝。*shirley*：《雪莉》，作者于 1849 年完成的长篇小说。

③ Cowper：考伯（1731—1800），英国诗人。*John Gilpin*：直译为《约翰·吉尔平》，是以作品主人公命名的；《痴汉骑马歌》则是根据情节概括的。

牛二虎之力作出来东西，有时倒卖力气不讨好，反不如随随便便懒惰汉的文章之淡妆粗衣那么动人。所以有好多信札日记，写时不大用心，而后世看来到另有一种风韵。Pepys 用他自己的暗号写日记①，自然不想印出给人看的，他每晚背着他那法国太太写几句，更谈不上什么用力气了，然而我们看他日记中间所记的同女仆调情，怎么买个新表时时刻刻拿出玩弄，早上躺在床上同他夫人谈天是如何有趣味，我们却以为这本起居注比那日记体的小说都高明。Charles Lamb 的信何等脍炙人口②，Cowper 的信多么自然轻妙，Dobson 叫他做 A humotist in a nightcap（着睡帽的滑稽家）③，这类"信手拈来，都成妙谛"的文字都是不用力气的，所以能够清丽可人，好似不吃人间烟火。有名的 Samuel Johnson 的文章字句都极堂皇，却不是第一流的散文，而他说的话，给 Boswell 记下的，句句都是漂亮的，显明地表现出他的人格，可见有时冲口出来的比苦心构造的还高一等④。Coleridge 是一个有名会说话的人⑤，但是我每回念他那生硬的文章，老想哭起来，大概也是因为他说话不比做文章费力气罢。Walter Pater 一篇文章改了几十遍⑥，力气是花到家了，音调也铿锵可听，却带了矫揉造作的痕迹，反不如因为没钱逼着非写文章不可的 Goldsmith 的自然的美了⑦。Goldsmith 作文是不大费力气的。Harrison 却说他的《威克斐牧师传》是 The high-water mark of English⑧。实在说起来，文章中一个要紧的成分是自然

---

① Pepys：S. 佩皮斯（1633—1703）：英国政治家、散文家。以《日记》著称。

② Charles Lamb：查理斯·兰姆（1775—1834），英国散文家，其《伊利亚随笔》世界知名。

③ Dobson：多布森（1840—1921）：英国诗人、批评家和传记作家。

④ Samuel Johnson：塞缪尔·约翰生（也译约翰逊，1709—1784），英国文学评论家、诗人，著有《漫步者》、《冒险者》、《闲暇者》等随笔集。Boswell：鲍斯威尔（1740—1795），英国传记作家。曾任约翰生助手，著有《约翰生传》。

⑤ Coleridge：柯勒律治（1772—1834），英国诗人、评论家。

⑥ Walter Pater：沃尔特·佩特（1839—1894），英国作家、批评家。

⑦ Goldsmith：哥尔德斯密斯（1730—1774），英国诗人、散文家。

⑧ Harrison：哈里森（183—1923），英国哲学家。

(ease)，我们中国近来白话文最缺乏的东西是风韵（charm）。胡先生以为近来青年大多是随笔乱写，我却想近来好多文章是太费力气，故意说俏皮话，拼命堆砌。Sir A. Helps 说做文章的最大毛病是可省的地方①，不知道省。他说把一篇不好文章拿来，将所有的 noun，verb，adjective，都删去一大部分，一切 adverb 全不要，结果是一篇不十分坏的文章②。若使我是胡先生，我一定劝年青作家少费些力气，自然点罢，因为越是费力气，常反得不到 ease 同 charm 了。

若使因为年青人力气太足，非用不可，那么用来去求 ease 同 charm 也行，同近来很时髦 essayist（随笔家），Lucas 等学 Lamb 一样③。可是卖力气的理想目的是使人家看不出卖力气的痕迹。我们理想中的用气力做出的文章是天衣无缝，看不出是雕琢的，所以一瞧就知道是篇用力气做的文章，是坏的文章，没有去学的必要，真真值得读的文章却反是那些好像不用气力做的。对于胡先生的第二句忠告，（第二，在现时的作品里，应该拣选那些用气力做的文章做样子，不可挑那些一时游戏的作品，）我们因此也不得不取个怀疑态度了。

胡先生说“不可挑那些一时游戏的作品”，使我忆起一段文场佳话。专会瞎扯的 Leigh Hunt 有一回由 Macaulay 介绍，投稿到 *The Edinburgh Review*，碰个大钉子，原稿退还，主笔先生请他另写点绅士样子的文章（something gentleman-like），不要那么随便谈天④。胡适之先生到底也免不了有些高眉（high-browed）长脸孔（long-faced）了，还好胡子早刮去了，所以文章里还留有些笑脸。

---

① Sir A. Helps：未详。

② noun、verb、adjective、adverb：分别为名词、动词、形容词、副词。

③ Lucas：E. V. 卢卡斯（1868—1938），英国散文家，著有《炉边和阳光照到的地方》等。

④ Leigh Hunt：莱·亨特（1784—1859），英国散文家、诗人。代表作品是《自传》。Macaulay：T. B. 马考莱（1800—1859），英国史学家、散文家。著有《英国史》。*The Edinburgh Review*：《爱丁堡评论》。

三、抄两句爵士说的话

近来平安映演笠顿爵士（Lord Lytton）的《邦沛之末日》（*Last day sof Pompei*）我很想去看①，但是怕夜深寒重，又感冒起来。一个人在北京是没有病的资格的。因为不敢病，连这名片也牺牲不看了。可是爵士这名字总盘旋在脑中。今天忽然记起他说的两句话，虽然说不清是在哪一本书会过，但这是他说的，我却记得千真万确，可以人格担保。他说："你要想得新意思吧？请去读旧书；你要找旧的见解吧？请你看新出版的。"（Do you want to get at new ideas? Read old books; do you want to find old ideas? read new ones.）我想这对于现在一般犯"时代狂"的人是一服清凉散。我特地引这两句话的意思也不过如是，并非对国故党欲有所建功的，恐怕神经过敏者随便株连，所以郑重地声明一下。

十六年清明前两日，于北京

① 平安：当时北京的一家影院。笠顿：今译莱顿（Lord lytton，1803—1873），英国政治家、作家。其代表作今译《庞培的末日》。

“还我头来”及其他

关云长兵败麦城，虽然首级给人拿去招安，可是英灵不散，吾舌尚存，还到玉泉山，向和尚诉冤，大喊什么“还我头来”！这是多么惊心动魄的事，万想不到我现在也来发出同样阴惨的呼声。

但是我并非爱做古人的鹦鹉，实在有不得已的苦衷，在所谓最高学府里头，上堂，吃饭，睡觉，匆匆地过了五年，到底学到了什么，自己实在很怀疑。然而一同同学们和别的大学中学的学生接近，常感觉到他们是全知的—— 人们，（差不多要写做上帝了。）他们多数对于一切大大小小长长短短的问题，都有一定的意见，说起来滔滔不绝，这是何等可羡慕的事。他们知道宗教是应当“非”的，孔丘是要打倒的，东方文化根本要不得，文学是苏俄最高明，小中大学都非专教白话文不可，文学是进化的（因为胡适先生有一篇文学进化论），行为派心理学是惟一的心理学，哲学是要立在科学上面的，新的一定是好，一切旧的总该打倒，以至恋爱问题女子解放问题……他们头头是道，十八般武艺无一不知。鲁拙的我看着不免有无限的羡慕同妒忌。更使我赞美的是他们的态度，观察点总是大同小异——简直是全同无异。有时我精神疲倦，不注意些，就分不出是谁在那儿说话。我从前老想大学生是有思想的人，各个性格不同，意见难免分歧，现在一看这种融融泄泄的空气，才明白我是杞人忧天。不过凡庸的我有时试把他们所说的话，拿来仔细想一下，总觉头绪纷纷，不是我一个人的力几秒钟的时间所能了解。有时尝尽艰难，打破我这愚拙的网，将一个问题，从头到尾，好好想一下，结果却常是找不出自己十分满意解决的方法，只好归咎到自己能力的薄弱了。有时学他们所说的，照样向旁人说一下，因此倒得到些恭维的话，说我思想进步。荣誉虽然得到，心中却觉惭愧，怕的是这样下去，满口只会说别人懂（?）自己不懂的话。随和是做人最好的态度，为了他人，失了自己，也是有牺牲精神的人做的事；不过这么一来，自己的头一部一部消灭了，那岂不是个伤心的事情吗?

由赞美到妒忌，由妒忌到诽谤是很短的路。人非圣贤，谁能无过，我有时也免不了随意乱骂了。一回我同朋友谈天，我引美国Cabell说的话来泄心中的积愤，我朋友或者猜出我老羞成怒的动机，看我一眼，我也只好住口了。现在他不在这儿，何妨将Cabell话译出，泄当时未泄的气。Cabell在他那本怪书[1]，名字叫做《不朽》(*Beyond Life*）中间说：

> 印刷发明后，思想传布是这么方便，人们不要麻烦费心思，就可得到很有用的意见。从那时候起很少人高兴去用脑力，伤害自己的脑。

Cabell在现在美国，还高谈Romance[2]，提倡吃酒，本来是个狂生，他的话自然是无足重轻的，只好借来发点牢骚不平罢！

以上所说的是自己有愿意把头弄掉，去换几个时髦的字眼的危险。此外在我们青年旁边想用快刀阔斧来取我们的头者又大有人在。思想界的权威者无往而不用其权威来做他的文力统一。从前《晨报》副刊登载青年必读书十种时候，我曾经摇过头。所以摇头者，一方面表示不满意，一方面也可使自己相信我的头还没有被斩。这十种既是青年所必读，那么不去读的就不好算做青年了。年纪青青就失掉了做青年的资格，这岂不是等于不得保首级。回想二三十年前英国也有这种开书单的风气。但是Lord Avebury[3]在他

---

① Cabell：卡贝尔（1879—1958），美国小说家。

② Romance：罗曼丝，即浪漫。

③ Lord Avebury：路德·艾夫伯里（1874—1913），英国博物学家。

《人生乐趣》(*Thepleasure of Life*)里所开的书单的题目不过是“百本书目表”(List of 100 Books)。此外 Lord Acton，Shorter 等所开者①，标题皆用此。彼等以爵士之尊，说话尚且这么谦虚，不用什么“必读”等命令式字眼，真使我不得不佩服西人客气的精神了。想不到后来每下愈况，梁启超先生开个书单②，就说没有念过他所开的书的人不是中国人，那种办法完全是青天白日当街杀人刽子手的行为了。胡适先生在《现代评论》曾说他治哲学史的方法是惟一无二的路，凡同他不同的都会失败。我从前曾想抱尝试的精神，怀疑的态度，去读哲学，因为胡先生说过真理不是绝对的，中间很有商量余地，所以打算舍胡先生的大道而不由，另找个羊肠小道来。现在给胡先生这么当头棒喝，只好摆开梦想，摇一下头——看还在没有。总之在旁边窥伺我们的头者，大有人在，所以我暑假间赶紧离开学府，万里奔波，回家来好好保养这六斤四的头。

所以“还我头来”是我的口号，我以后也只愿说几句自己确实明白了解的话，不去高攀，谈什么问题主义，免得跌重。说的话自然平淡凡庸或者反因为它的平淡凡庸而深深地表现出我的性格，因为平淡凡庸的话只有我这鲁拙的人，才能够说出的。无论如何总不至于失掉了头。

末了，让我抄几句 Arnauld 在 Port-Royal Logic 里面的话③，来做结束罢。

> 我们太容易将理智只当做求科学智识的工具，实在我们应该用科学来做完成我们理智的工具；思想的正确是比我们由最有根据的科学所得来一切的智识都要紧得多。

中国普通一般自命为名士才子之流，到了风景清幽地方，一定

---

① Lord Acton：路德·阿克顿(1834—1902)，英国历史学家。Shorter：肖特尔(1857—1926)，英国记者、文艺批评家。

② 指梁启超的《国学最低限度之必读书目》。

③ Arnauld：阿诺德(1612—1694)，法国神学家。Port-Royal Logic，法国的一所女隐修院。

照例地说若使能够在此读书，才是不辜负此生。由这点就可看出他们是不能真真鉴赏山水的美处。读书是一件乐事，游山玩水也是一件乐事。若使当读书时候，一心想什么飞瀑松声绝崖远眺，我们相信他读书趣味一定不浓厚，同样地若使当看到好风景时候，不将一己投到自然怀中，热烈领会生存之美，却来排名士架子，说出不冷不热的套话，我们也知道他实在不能够吸收自然无限的美。我一想到这事，每每记起英国大诗人 Chaucer 的几行诗（这几行是我深信能懂的①，其余文字太古了，实在不知道清楚）。他说：

When that the monthe of May

Is comen, and that I here the foules synge, And that the floures gynnen for to sprynge, Farurl my boke and my devocon.

Legende of Good Women ②

大意是当五月来的时候，我听到鸟唱，花也渐渐为春天开，我就向我的书籍同宗教告别了。要有这样的热诚才能得真正的趣味。徐旭生先生说中国人缺乏 enthusiasm，这句话真值得一百圈。实在中国人不止对重要事没有 enthusiasm，就是关于游戏也是取一种逢场作戏随便玩玩的态度，对于一切娱乐事情总没有什么无限的兴味。闭口消遣，开口销愁，全失丢人生的乐趣，因为人生乐趣多存在对于一切零碎事物普通游戏感觉无穷的趣味。要常常使生活活泼生姿，一定要对极微末的娱乐也全心一意地看重，热烈地将一己忘掉在里头。比如要谈天，那么就老老实实说心中自己的话，不把通常流俗的意见，你说过来，我答过去地敷衍。这样子谈天也有真趣，不至像刻板文章，然而多数人谈天总是一副皮面话，听得真使人难过。关于说到这点的文章，我最爱读兰姆（Lamb）的 Mrs. Battle's opinions on Whist。那是一篇游戏的福音，可惜文字太妙了，

---

① Chaucer：乔叟（约1340—1400），英国诗人，著有《坎特伯雷故事集》。

② *Legende of Good Women*：《贞洁妇女的传说》（1386）。

不敢动笔翻译。再抄一句直腿者流的话来说明我的鄙见罢[①]。A. C. Berson 在 *From a College Window* 里说[②]：

一个人对于游戏的态度愈是郑重，游戏就越会有趣。

因为我们对于一切都是有些麻木，所以每回游玩山水，只好借几句陈语来遮饰我们心理的空虚。为维持面子的缘故，渐渐造成虚伪的习惯，所以智识阶级特别多伪君子，也因为他们对面子特别看重。他们既然对自然对人情不能够深切地欣赏，只好将快乐全放在淫欲虚荣权力钱财……这方面。这总是不知生活术的结果。

有人说，我们向文学求我们自己所缺的东西，这自然是主张浪漫派人的说法，可是也有些道理。我们若使不是麻木不仁，对于自己缺点总特别深切地感觉。所以对没有缺点的人常有过量的赞美，而对于有同一缺点的人，反不能加以原谅。Turgeniev 自己意志薄弱，是 Hamlet 一流人物，他的小说描写当时俄国智识阶级意志薄弱也特别动人[③]。Hazlitt 自己脾气极坏，可是对心性慈悲什么事也不计较的 Goldsmith 却啧啧称美。朋友的结合，因为二人同心一意虽多，而因为性质正相反也不少。为的各有缺点各有优点，并且这个所没有的那个有，那个自己惭愧所少的，这个又有，所以互相吸引力特别重。心思精密的管仲同性情宽大的鲍叔，友谊特别重[④]；拘谨守礼的 Addison 和放荡不羁的 Steele，厚重老成的 Southey，和吃大烟什么也不管的 Coleridge 也都是性情相背，居然成历史上有名友谊的榜样[⑤]。老先生们自己道德一塌糊涂，却口口声声说道德，

---

① 直腿者：指西洋人。清末时，国人认为欧美人无膝盖骨，故不能打弯下跪。

② A. C. Berson：阿·克·本森（1862—1925），英国作家、教育家。*From a College Window*：《从学院窗口眺望》（1906）。

③ Turgeniev：屠格涅夫（1818—1883），俄国作家。Hamlet：哈姆雷特。

④ 管仲（？—前 645）：春秋时政治家，助齐桓公成就霸业。鲍叔：即鲍叔牙，管仲的至交，他们的友谊世称“管鲍之交”。

⑤ Addison：J. 艾迪生（也译阿狄生，1672—1719），英国散文家。Steel：斯梯尔（1672—1729），英国作家。与艾迪生是中学、大学同学，并共同创办了随笔刊物《闲谈者》和《旁观者》。Southey：骚塞（1774—1843），英国诗人。

或者也是因为自己缺乏，所以特别觉得重要。我相信天下没有那么多伪君子，无非是无意中行为同口说的矛盾罢了。

我相信真真了解下层社会情形的作家，不会费笔墨去写他们物质生活的艰苦，却去描写他们生活的单调，精神奴化的经过，命定的思想，思想的迟钝，失望的麻木，或者反抗的精神，蔑视一切的勇气，穷里寻欢，泪中求笑的心情。不过这种细密精致的地方，不是亲身尝过的人像 Dostoievski[①]，Gorki 不能够说出，出身纨袴的青年文学家，还是扯开仁人君子的假面，讲几句真话罢！

因为人是人，所以我们总觉人比事情要紧，在小说里描状个人性格的比专述事情的印象会深得多。这是一件非常明显的事，然而近来所看的短篇小说多是叙一两段情史，用几十个风花雪月字眼，真使人失望。希望新文豪少顾些结构，多注意点性格。Tolstoy 的《伊凡伊列支之死 》，Conrod 的 *Lord Jim* 都是没有多少事实的小说，也都是有名的杰作[②]。

十六年七月六日，于福州

---

① Dostoievski：陀思妥耶夫斯基（1821—1881），俄国作家。

② Tolstoy：列・托尔斯泰（1828—1910），俄国作家。《伊凡伊列支之死》，今译《伊凡・伊里奇之死》。Conrad：康拉德（1857—1924），英国小说家。Lord Jim：《吉姆老爷》。

人死观

恍惚前二三年有许多学者热烈地讨论人生观这个问题，后来忽然又都搁笔不说，大概是因为问题已经解决了罢！到底他们的判决词是怎么样，我当时也有些概念，可惜近来心中总是给一个莫名其妙不可思议的烦闷罩着，把学者们拼命争得的真理也忘记了。这么一来，我对于学者们只可面红耳热地认做不足教的蠢货；可是对于我自己也要找些安慰的话，使这彷徨无依黑云包着的空虚的心不至于再加些追悔的负担。人生观中间的一个重要问题不是人生的目的么？可是我们生下来并不是自己情愿的，或者还是万不得已的，所以小孩一落地免不了娇啼几下。既然不是出自我们自己意志要生下来的，我们又怎么能够知道人生的目的呢？湘鄂的土豪劣绅给人拿去游街，他自己是毫无目的，并且他也未必想去明白游街的意义。小河是不得不流自然而然地流着，它自身却什么意义都没有，虽然它也曾带瓣落花到汪洋无边的海里，也曾带爱人的眼泪到他的爱人的眼前。勃浪宁把我们比做大匠轮上滚成的花瓶[①]。我客厅里有一个假康熙彩的大花瓶，我对它发呆地问它的意义几百回，它总是呆呆地站着，说不出一句话来。但是我却知道花瓶的目的同用处。人生的意义，或者只有上帝才晓得吧！还有些半疯不疯的哲学家高唱“人生本无意义，让我们自己做些意义。”梦是随人爱怎么做就怎么做的，不过我想梦最终脱不了是一个梦罢，黄粱不会老煮不熟的。

生不是由我们自己发动的，死却常常是我们自己去找的。自然

---

① 勃浪宁：今译勃朗宁（1812—1889），英国诗人。

在世界上多数人是“寿终正寝”的，可是自杀的也不少，或者是因为生活的压迫，也有是怕现在的快乐不能够继续下去而想借死来消灭将来的不幸，像一对夫妇感情极好却双双服毒同尽的（在嫖客娼妓中间更多），这些人都是以口问心，以心问口商量好去找死的。所以死对他们是有意义的，而且他们是看出些死的意义的人。我们既然在人生观这个迷园里走了许久，何妨到人死观来瞧一瞧呢。可惜“君子见其生不忍见其死”，所以学者既不摇旗呐喊在前，高唱各种人死观的论调，青年们也无从追随奔走在后。“天下兴亡，匹夫有责”，因此我做这部人死观，无非出自抛砖引玉的野心，希望能够动学者的心，对人死观也在切实研究之后，下个放之四海而皆准的判断。

若使生同死是我们的父母——不，我们不这样说，我们要征服自然——若使生同死是我们的子女，那么死一定会努着嘴抱怨我们偏心，只知道“生”不管“死”，一心一意都花在生上面。真的，不止我们平常时都是想着生。Hazlitt 死时候说“好吧！我有过快乐的一生”（“Well. I've had a happy life.”），他并没想死是怎么一回事。Charlotte Bronte 临终时候还对她的丈夫说：“呵，我现在是不会死的，我会不会吗？上帝不至于分开我们，我们是这么快乐。”（“Oh！I am not going to die，am I? He will not seperateus，we have been so happy.”）这真是不到黄河心不死。为什么我们这么留恋着生，不肯把死的神秘想一下呢？并且有时就是正在冥想死的伟大，何曾是确实把死的实质拿来咀嚼，无非还是向生方面着想，看一下死对于生的权威。做官做不大，发财发不多，打战打败仗，于是乎叹一口气说 “千古英雄同一死！”和“自古皆有死，莫不饮恨而吞声，任他生前何等威风赫赫，死后也是一样的寂寞”。这些话并不是真的对于死有什么了解，实在是怀着嫉妒，心惦着生，说风凉话，解一解怨气。在这里生对死，是借他人之纸笔，发自己之牢骚。死是在那里给人利用做抓爆栗子的猫脚爪，生却嘻皮涎脸地站在旁边受用。让我翻 ·段 Sir W. Raleigh 在《世界史》（*The Historyof the World*）里的话来代表普通人对于死的观念罢[①]。

> 只有死才能够使人了解自己，指示给骄傲人看他也不过是个普通人，使他厌恶过去的快乐；他证明富人是个穷光蛋，除壅塞在他口里的沙砾外，什么东西对他都没有意义；当他举起他的镜在绝色美人面前，他们看见承认自己的毛病同腐朽。呵！能够动人，公平同有力的死呀，谁也不能劝服的你能够说服；谁也不敢想做的事，你做了；全世界所谄媚的人，你把他掷在世界以外，看不起他：你曾把人们的一切伟大，骄傲，残忍，雄心集在一块，用小小两个字“躺在这里”盖尽一切。
>
> Death alone can make man know himself, show the pro ud and insolent that he is but object, and can make him hate his forepassed happiness; the rich man be proved a naked beggar, which hath interest in nothing but the gr avel that fills his mouth; and when he holds his glass before the eves of the most beautiful, they see and ack nowledge their own deformity and rottenness. O eloquent, just and mighty death whom none could advise, thou tast persuaded what none hath presumed, thou hast cast out of the world and despised: thou hast drawn together all the extravagant greatness, all the pride, cruelty and am bition of man, and covered all over with two narrow wor ds: “Hicjacet.”

这里所说的是平常人对于死的意见，不过用伊利沙伯时代文体来写壮丽点，但是我们若使把它细看一番，就知道里头只含了对生之无常同生之无意义的感慨，而对着死国里的消息并没有丝毫透露出来。所以倒不如叫做生之哀辞，比死之冥想还好些。一般人口头里所说关于死的思想，剥蕉抽茧看起来，中间只包了生的意志，哪里是老老实实的人死观呢。

---

① Sir. W. Raleigh：若利爵士（1552—1618），英国探险家、历史学家。

庸人不足论，让我们来看一看沉着声音，两眼渺茫地望着青天的宗教家的话。他们在生之后编了一本“续编”。天堂地狱也不过如此如此。生与死给他们看来好似河岸的风景同水中反映的影景一样，不过映在水中的经过绿水特别具一种缥缈空灵之美。不管他们说的来生是不是镜花水月，但是他们所说死后的情形太似生时，使我们心中有些疑惑。因为若使死真是不过一种演不断的剧中一会的闭幕，等会笛鸣幕开，仍然续演，那么死对于我们绝对不会有这么神秘似的，而幽明之隔，也不至于到现在还没有一线的消息。科学家对死这问题，含糊说了两句不负责任的话，而科学家却常常仍旧安身立命于宗教上面。而宗教家对死又是不敢正视，只用着生的现象反映在他们西洋镜，做成八宝楼台。说来说去还在执着人生观，用遁辞来敷衍人死观。

还有好多人一说到死就只想将死时候的苦痛。George Gissing 在他的《草堂随笔》（*The private Papers of Henry Ryrcroft*）说生之停止不能够使他恐怖，在床上久病却使他想起会害怕[①]。当该萨（Caesar）被暗杀前一夕[②]，有人问哪种死法最好，他说“要最仓猝迅速的！”（That which should bemost sudden!）疾病苦痛是生的一部分，同死的实质满不相干。以上这两位小窃、军阀说的话还是人生观，并不能对死有什么真了解。

为什么人死观老是不能成立呢？为什么谁一说到死就想起生，由是眼睛注着生噜噜嗦嗦说一阵遁辞，而不抓着死来考究一下呢？约翰生（Johnson）曾对 Boswell 说：“我们一生只在想离开死的思想。”（“The whole of life is but keeping away the thought of death.”）死是这么一个可怕着摸不到的东西，我们总是设法回避它，或者将生死两个意义混起，做成一种骗自己的幻觉。可是我相信死绝对不

---

① George Gissing：乔治·吉辛（1857—1903），英国小说家、散文家。《草堂随笔》直译为《亨利·莱克拉夫特札记》，今译《乡居杂记》、《四季随笔》。他曾因救助妓女而犯偷窃罪，故下文称其“小窃”。

② 该萨：今译恺撒（前 102 /100—前 44），古罗马政治家、军事家。

是这么简单乏味的东西。Andreyev 是窥得点死的意义的人[1]。他写 *Lazarus* 来象征死的可怕，写《七个缢死的人》（*The seven that were hanged*）来表示死对于人心理的影响。虽然这两篇东西我们看着都会害怕，它们中间都有一段新奇耀目的美。Christina Rossetti，Edgar Allan Poe，Ambrose Bieree 同 Lord Dunsany 对着死的本质也有相当的了解，所以他们著作里面说到死常常有种凄凉灰白色的美[2]。有人解释 Andreyev，说他身旁四面都被围墙围着，而在好多墙之外有一个一切墙的墙——那就是死。我相信在这一切墙的墙外面有无限的风光，那里有说不出的好境，想不来的情调。我们对生既然觉得二十四分的单调同乏味，为什么不勇敢地放下一切对生留恋的心思，深深地默想死的滋味。压下一切懦弱无用的恐怖，来对死的本体睇着细看一番。我平常看到骸骨总觉有一种不可名言的痛快，它是这么光着，毫无所怕地站在你面前。我真想抱着他来探一探它的神秘，或者我身里的骨，会同他有共鸣的现象，能够得到一种新的发现。骸骨不过是死宫的门，已经给我们这种无量的欢悦，我们为什么不漫步到宫里，看那千奇万怪的建筑呢。最少我们能够因此遁了生之无聊 ennui 的压迫，De Quincy 只将“猝死”、“暗杀”……当作艺术看[3]，就现出了一片瑰奇伟丽的境界。何况我们把整个死来默想着呢？来，让我们这会死的凡人来客观地细玩死的滋味：我们来想死后灵魂不灭，老是这么活下去，没有了期的烦恼；再让我们来细味死后什么都完了，就归到没有了的可哀；永生同灭绝是一个极有趣味的 dilemma，我们尽可和死亲昵着，赞美这个 dilemma 做得这么完美无疵，何必提到死就两对牙齿打战呢？人生观这把

---

① Andreyev：安德列耶夫（1871—1919），俄国作家。下文作品 *Lazarus*，译《穷人》。

② Christina Rossetti：克里斯蒂娜·罗赛蒂（1830—1894），英国女诗人。Edgar Allan Poe：埃德加·爱伦·坡（1809—1849），美国诗人、小说家。Ambrose Bieree：安布罗斯·比尔利（1842—1914），美国小说家、记者。Lord Dunsany：路德·唐西尼（1878—1957）：爱尔兰诗人、剧作家。

③ De Quincy：德·昆西（1785—1859），英国散文家，著有《瘾君子自白》等。

戏，我们玩得可厌了，换个花头吧，大家来建设个好好的人死观。

在 Carlyle 的 *The life of John Sterling*① 中有一封 Sterling 在病快死时候写给 Carlyle 的信，中间说：

“它（死）是很奇怪的东西，但是还没有旁观者所觉得的可悲的百分之一。”

“It is all very strange, but not one hundrdeth part so sad as it seems to the standers-by.”

十六年八月三日于福州 Sweet Home

① *The Life of John Sterling*：《约翰·斯塔林的一生》。

查理斯·兰姆评传

它在柔美风韵之外，还带有一种描写不出奇异的美；甜蜜的，迷人的，最引人发笑的，然而是这样动人的情绪又会使人心酸。

——Hawthorne：*Marble Faun*[①]

传说火葬之后，心还不会烧化的雪莱，曾悱恻地唱："我堕在人生荆棘上面！我流血了！"人生路上到处都长着荆棘。这是无可讳言的事实。但是我们要怎么样才能够避免常常被刺，就是万不得已皮肤给那尖硬的木针抓破了，我们要去哪里找止血的灵药呢？一切恋着人生的人，对这问题都觉有细想的必要。查理斯·兰姆是解决这个问题最好的导师。George Eliot 在那使她失丢青春的长篇小说 *Romola* 里面说"生命没有给人一种它自己医不好的创伤"[②]。兰姆的一生是证明这句话最好的例，而且由他的作品，我们可以学到很多精妙的生活术。

查理斯·兰姆——Coleridge 叫他做"心地温和"的查理斯——在一七七五年二月十八日生于伦敦。他父亲是一个性情慈爱诸事随便的律师 Samuel Salt 的像仆人不是仆人，说书记又非书记式的雇员[③]。他父亲约翰·兰姆做人忠厚慷慨，很得他主人的信任。兰姆的幼年就住在这个律师所住的寺院里，八岁进基督学校（Christ

---

① *Marble Faun*：《玉石雕像》，霍桑作品。

② George Eliot：乔治·艾略特（1819—1880），英国女小说家。*Romola*：《罗慕拉》，以 15 世纪意大利宗教改革为背景的历史小说。

③ Samuel Salt：塞缪尔·索尔特，兰姆的父亲长期给他做助手和家仆。

Hospital）受古典教育，到十五岁就离开学校去做事来持家了。基督学校的房子本来也是中古时代一个修道院，所以他十四年都是在寺院中过去的。他那本来易感沉闷的心情，再受这寺院中寂静恬适的空气的影响，更使他耽于思索不爱干事了。他在学校时候与浪漫派诗人和批评家 S. T. Coleridge 订交，他们的交谊继续五十年，没有一些破裂。兰姆这几年学校生活可以说是他环境最好的时期。他十五岁就在南海公司做书记，过两年转到东印度公司会计课办事，在那里过记账生活三十三年，才得养老金回家过闲暇时光。不止他中年这么劳苦，他年青时候还遇着了极不幸的事。当他二十一岁时候，他同一位名叫 Ann Simmons 姑娘发生爱情，后来失恋了，他得了疯病，在疯人院过了六个礼拜。他出院没有多久，比他长十岁的姊姊玛利·兰姆一天忽然发狂起来，拿桌上餐刀要刺一女仆，当她母亲来劝止时候，她母亲被误杀了。玛利自然立刻关在疯人院了。后来玛利虽然经法庭判做无罪，但是对于玛利将来生活问题，兰姆却有许多踌躇。玛利在她母亲死后没有多久就渐渐地好了，若使把她接回家中住，老父是不答应的，把一个精神健全，不过一年有几天神经会错乱的人关在疯人院里，兰姆觉得是太残酷了。并且玛利是个极聪明知理的女子，同他非常友爱，所以只有在外面另赁房子一个办法。不过兰姆以前入仅敷出，虽然有位哥哥，可是这个大哥自私自利只注意自己的脚痛，别的什么也不管，而且坚持将玛利永久关在疯人院里。兰姆在这万分困难之下，下定决心，将玛利由疯人院领出，保证他自己一生都看护她。他恐怕结婚会使他对于玛利照顾不周到，他自定终身不娶。一个二十一岁青年已背上这么重负担，有这么凄惨的事情占在记忆中间，也可谓极悲哀的人生了。不久他父亲死了。以后他天天忙着公司办事，回家陪伴姊姊，有时还要做些文章，得点钱，来勉强维持家用。玛利有时疯病复发，当有些预征时候，他携着她的手，含一泡眼泪送入疯人院去，他一人回到家里痴痴地愁闷。在这许多困苦中间，兰姆全靠着他的美妙乐天的心灵同几个知心朋友 Wordsworth，Coleridge，Hazlitt，Manning，

Rickman，Earton Burney，Carey 等的安慰来支持着[1]。他虽然厌恶工作，可是当他得年金后，因为工作已成种习惯，所以他又有无聊空虚的愁苦了。又加以他好友 Coleridge 的死，他晚年生活更形黯淡。在一八三四年五月二十日他就死了。他姊姊则在半知觉状态之下，还活十三年。这是和他的计划相反的，因为他希望他能够比他姊姊后死，免得她一个人在世上过凄凉的生活。他所有的著作都是忙里偷闲做的。

人生的内容是这样子纷纭错杂、毫无头绪，除了大天才像莎士比亚这般人外多半都只看人生的一方面。有的理想主义者不看人生，只在那里做他的好梦，天天过云雾里生活，Emerson 是个好例。也有明知人生里充满了缺陷同丑恶，却掉过头来专向太阳照到的地方注目，满口歌颂自然人生的美，努力去忘记一切他所不愿意有的事情，十九世纪末叶英国有名散文家 John Brown 医生属于这一类[2]。还有一种人整个心给人世各种龌龊事扰乱了，对于一切虚伪，残酷，麻木，无耻，攻击同厌恶得太厉害了，仿佛世上只有毒蛇猛兽，所有歌鸟吟虫全忘记了。斯夫特主教同近代小说家 Butler 都是这一类人[3]。他们用显微镜来观察人生的斑点，弄得只看见缺陷，所以斯夫特只好疯了。以上三种人，第一种痴人说梦，根本上就不知道人生是怎么一回事；第二种人躲避人生，没有胆量正正地睨着人生，既缺乏勇气，而且这样同人生捉迷藏，也抓不到人生真正乐趣。若使不愿意看人生缺陷同丑恶，而人生缺陷同丑恶偏排在眼前，那又要怎么好呢？第三种人诅咒人生，当他谩骂时候，把一切快乐都一笔勾销了。只有真真地跑到生活里面，把一切事都用宽大

---

① Wordsworth：华兹华斯（1770—1850），英国诗人。Manning：曼宁（1808—1892），英国牧师。Rickman：里克曼（1776—1841），英国建筑师。Earton Burney：埃顿·勃宁（1752—1840），英国小说家。Carey：卡莱（1761—1843），英国传教士、东方学家。

② John Brown：约翰·布朗（1735—1788），英国名医、散文家。

③ 斯夫特：今译斯普拉特（T. Sprat，1635—1713），著有《亚伯拉罕·考利先生生平和著作陈述》。Butler：勃特勒（1835—1902），英国小说家、科普作家。

通达的眼光来细细咀嚼一番，好的自然赞美，缺陷里头也要去找出美点出来；或者用法子来解释，使这缺陷不令人讨厌，这种态度才能够使我们在人生途上受最少的苦痛，也是止血的妙方。要得这种态度，最重要的是广大无边的同情心。那是能够对于人们所有举动都明白其所以然；因为同是人类，只要我们能够虚心，各种人们动作，我们全能找出可原谅的地方。因为我们自己也有做各种错事的可能，所以更有原谅他人的必要。真正的同情是会体贴别人的苦衷，设身处地去想一下，不是仅仅容忍就算了。用这样眼光去观察世态，自然只有欣欢的同情，真挚的怜悯，博大的宽容，而只觉得一切的可爱，自己生活也增加了无限的趣味了。兰姆是有这精神的一个人。有一回一个朋友问他恨不恨某人，他答道："我怎么能恨他呢？我不是认得他？我从来不能恨我认识过的人。"他年青的时候曾在一篇叫做《伦敦人》上面说："平常当我在家觉得烦腻或者愁倦，我跑到伦敦的热闹大街上，任情观察，等到我的双颊给眼泪淌湿，因为对着伦敦无时不有像哑剧各幕的动人拥挤的景况的同情。"在一篇杂感上他又说："在大家全厌弃的坏人的性格上发现出好点来，这是件非常高兴的事，止要找出一些同普通人相同的地方就够了。从我知道他爱吃南野的羊肉起，我对 Wilks 也没有十分坏的意见。"① 兰姆不求坏人别有什么过人地方，然后才去原谅，只要有带些人性，他的心立刻软下去。他到处体贴人情，没有时候忘记自己也是个会做错事说错话的人，所以他无论看什么，心中总是春气盎然，什么地方都生同情，都觉有趣味，所以无往而不自得。这种执着人生，看清人生然后抱着人生接吻的精神，和中国文人逢场作戏，游戏人间的态度，外表有些仿佛，实在骨子里有天壤之隔。中国文人没有挫折时，已经装出好多身世凄凉的架子，只要稍稍磨折，就哼哼地怨天尤人，将人生打得粉碎，仅仅剩个空虚的骄傲同无聊的睥睨。哪里有兰姆这样看遍人生的全圆，千灾百难底

① Wilks：威尔克斯（1725—1797），英国记者、政治活动家，以言辞激烈著称。

下，始终保持着颠扑不破的和人生和谐的精神，同那世故所不能损害毫毛的包括一切的同情心。这种大勇主义是值得赞美，值得一学的。

兰姆既然有这么广大的同情心，所以普通生活零星事件都供给他极好的冥想对象，他没有通常文学家习气，一定要在王公大人，惊心动魄事情里面，或者良辰美景，旖旎风光时节，要不然也由自己的天外奇思，空中楼阁里找出文学材料，他相信天天在他面前经过的事情，只要费心去吟味一下，总可想出很有意思的东西来。所以他文章的题目是五花八门的，通常事故，由伦敦叫花子，洗烟囱小孩，烧猪，肥女人，饕餮者，穷亲戚，新年一直到莎士比亚的悲剧，De－Foe 的二流作品，Sidney 的十四行诗，Hogarth 的讥笑世俗的画，自天才是不是疯子问题说到彩票该废不废问题[①]。无论什么题目，他只要把他的笔点缀一下，我们好像看见新东西一样。不管是多么乏味事情，他总会说得津津有味，使你听得入迷。A. C. Benson 说得最好："查理斯·兰姆将生活中最平常材料浪漫地描写着，指示出无论是多么简单普通经验也充满了情感同滑稽，平常生活的美丽同庄严是他的题目。"在他书信里也可看出他对普通生活经验的玩味同爱好。他说："一个小心观察生活的人用不着自己去铸什么东西，'自然'已经将一切东西替我们浪漫化了。"（给 Bernard Barton 的信）[②] 在他答 Wordsworth 请他到乡下去逛的信上，他说："我一生在伦敦过活，等到现在我对伦敦结得许多深厚的地方感情，同你山中人爱好呆板的自然一样，Straed 同 Fleet 二条大街灯光明亮的店铺；数不尽的商业，商人，顾客，马车，货车，戏院；Covent 公园里面包含的嘈杂同罪恶，窑子，更夫，醉汉闹事，车声；只要你晚上醒来，整夜伦敦是热闹的；在 Fleet 街的绝不会

① De－Foe：笛福（1660—1731），英国小说家，著有《鲁滨逊漂流记》。Sidney：锡德尼（1554—1586），英国诗人。Hogarth：豪卡思（1697—1764），英国艺术家。

② Bernard Barton：伯纳德·巴顿，兰姆的挚友。兰姆的书信有 E. V. 卢卡斯编辑的《查理斯·兰姆与玛丽·兰姆书信集》。

无聊；群众，一直到泥粑尘埃，射在屋顶道路的太阳，印刷铺，旧书摊，商量价的顾客，咖啡店，饭馆透出菜汤的气，哑剧——伦敦自己就是个大哑剧院，大假装舞蹈会——一切这些东西全影响我的心，给我趣味，然而不能使我觉得看够了。这些好看奇怪的东西使我晚上徘徊在拥挤的街上，我常常在五光十色的大街中看这么多生活，高兴得流泪。”他还说：“我告诉你伦敦所有的大街傍道全是纯金铺的，最少我懂得一种点金术，能够点伦敦的泥成金——一种爱在人群中过活的心。”兰姆真有点泥成金的艺术，无论生活怎样压着他，心情多么烦恼，他总能够随便找些东西来，用他精细微妙灵敏多感的心灵去抽出有趣味的点来，他嗤嗤地笑了。十八世纪的散文家多半说人的笑脸可爱，兰姆却觉天下可爱东西非常多，他爱看洗烟囱小孩洁白的齿，伦敦街头墙角鹑衣百结，光怪陆离的叫花子，以至伦敦街声他以为比什么音乐都好听。总而言之由他眼里看来什么东西全包含无限的意义，根本上还是因为他能有普遍的同情。他这点同诗人 Wordsworth 很相像，他们同相信真真的浪漫情调不一定在夺目惊心的事情，而俗人俗事里布满了数不尽可歌可叹的悲欢情感。他不把几个抽象观念来抹杀人生，或者将人生的神奇化作腐朽，他从容不迫地好像毫不关心说这个，谈那个，可是自然而然写出一件东西在最可爱情形底下的状况。就是 Walter Pater 在《查理斯·兰姆评传》所说 the gayest，happiest attitude of things。因此兰姆只觉到处有趣味，可赏玩，并且绝不至于变做灰色的厌世者，始终能够天真地在这碧野青天的世界歌颂上帝给我享受不尽同我们自己做出鉴赏不完的种种物事。他是这么爱人群的，Leigh Hunt 在自传里说“他宁愿同一班他所不爱的人在一块，不肯自己孤独地在一边”，当他姊姊又到疯人院，家中换个新女仆，他写信给 Betnard Barton，提到旧女仆，他感叹着说：“责骂同吵闹中间包含有熟识的成份，一种共同的利益——定要认得的人才行——所以责骂同吵闹是属于怨，怨这个东西同亲爱是一家出来的。”一个人爱普通生活到连吵架也信作是人类温情的另一表现，普通生活在他面前简直变成做天国生活了。

Hazlitt 在《时代精神》（*The spirit of the Age*）评兰姆一段里说："兰姆不高兴一切新面孔，新书，新房子，新风俗，……他的情感回注在'过去'，但是过去也要带着人的或地方的色彩，才会深深的感动他……他是怎么样能干地将衰老的花花公子用笔来渲染得香喷喷地；怎么样高兴地记下已经冷了四十年的情史。"兰姆实在恋着过去的骸骨，这种性情有两个原因，一来因为他爱一切人类的温情。事情虽然已经过去，而中间存着的情绪还可供我们回忆。并且他太爱人生了，虽然事已烟消火灭了，他舍不得就这么算了，免不了时时记起，拿来摩弄一番。他性情又耽好冥想，怕碰事实，所以新的东西有种使他害怕的能力。他喜欢坐在炉边和他姊姊谈幼年事情，顶怕到新地方，住新房，由这样对照，他更爱躲在过去的翼底下。在《伊里亚随笔》第一篇《南海公司》里他说："活的账同活的会计使我麻烦，我不会算账，但是你们这些死了大本的数簿——是这么重，现在三个衰颓退化的书记要抬离开那神圣地方都不行——连着那么多古老奇怪的花纹同装饰的神秘的红行——那种三排的总数目，带着无用的圈圈——我们宗教信仰浓厚的祖宗无论什么流水账，数单开头非有不可的祷告话——那种值钱的牛皮书面，使我们相信这是天国书库的书的皮面——这许多全是有味可敬的好看东西。"由这段可以看出他避新向旧的情绪。他不止喜欢追念过去，而且因为一件事情他经历过那不管这事情有益有害，既然同他发生关系了，好似是他的朋友，若使他能够再活一生，他还愿一切事情完全按旧的秩序递演下去。他在《除夕》那一篇中说："我现在几乎不愿意我一生所逢的任一不幸事会没有发生过，我不欲改换这些事情也同我不欲更改一本结构精密小说的布局一样，我想当我心被亚历斯的美丽的发同更美丽的眼迷醉时候，我将我最黄金的七年光阴憔悴地空费过去这回事比干脆没有碰过这么热情的恋爱是好得多。我宁愿我失丢那老都伯骗去的遗产，不愿意现在有二千镑钱而心中没有这位老奸臣滑的影子。"他爱旧书，旧房子，老朋友，旧瓷器，尤其好说过去的戏子，从前的剧场情形，同他小孩子时候逛的地方。他曾有一首有名的诗说一班旧日的熟人。

一班旧日的熟人

我曾有一些游侣，我曾有一班好伴，
在我孩提的时候，在我就学的时光；
一班旧日的熟人，现在完全失散。

我曾经狂笑，我曾经欢宴，
与一班心腹的朋友在深夜坐饮；
一班旧日的熟人，现在完全失散。

我曾爱着一个绝代的美人：
她的门为我而关，她，我一定不能再见——
一班旧日的熟人，现在完全失散。

我有一个朋友，一个最好的朋友，
我曾鲁莽地背弃他像个忘恩之人；
背弃了他，想到一班旧日的熟人。

我徘徊在幼年欢乐之场像个幽灵，
我不得不走遍大地的荒原，
为了去找一班旧日的熟人。

我的心腹的朋友，你比我的兄弟更强，
你为什么不生在我的家中？
假使我们可以谈到旧日的熟人——

他们有的怎样弃我，有的怎样死亡，
有的被人夺去；所有的朋友都已分离；
一班旧日的熟人，现在完全失散。

他说他像个幽灵徘徊在幼年欢乐之场。实在由这种高兴把旧事重提的人看来，现在只是一刹那，将来是渺茫的，只有过去是安安稳稳地存在记忆，绝不会失丢的宝藏。这也是他在这不断时流中所以坚决地抓着过去的原因。

兰姆一生逢着好多不顺意的事，可是他能用飘逸的想头，轻快的字句把很沉重的苦痛拨开了。什么事情他都取一种特别观察点，所以可给普通人许多愁闷怨恨的事情，他随随便便地不当做一回事地过去了。他有一回编一本剧叫做《H 先生》，第一晚开演时候，就受观众的攻击，他第二天写信给 Sarah Stoddart 说："《H 先生》昨晚开演，失败了，玛利心里很难过。我知道你听见这个消息一定会替我们难过。可是不要紧。我们决心不被这事情弄得心灰意懒。我想开始戒烟，那么我们快要富足起来了。一个吞云吐雾的人，自然只会写乌烟瘴气的喜剧。"他天天从早到晚在公司办事，但是在《牛津游记》上他说我虽然是个书记，这不过是我一时兴致，一个文人早上须要休息，最好休息的法子是机械式地记棉花，生丝，印花布的价钱，这样工作之后去念书会特别有劲，并且你心中忽然有什么意思，尽可以拿桌上纸条或者封面记下，做将来思索材料。他的哥哥是个自私的人，收入很好，却天天去买古画，过舒服生活，全不管兰姆的穷苦。兰姆对这事不止没有一毫怨尤，并且看他哥哥天天兴高采烈样子，他心中也欢喜起来了。在《我的亲戚》一篇文中他说："这事情使我快活，当我早上到公司时候，在一个风和日美五月的早上，碰着他（指兰姆哥哥）由对面走来，满脸春风，喜气盈洋。这种高兴样子是指示他心中预期买到看中了的古画。当这种时候他常常拉着我，教训一番。说我这种天天有事非干不可的人比他快活——要我相信他觉得无聊难过——希望他自己没有这么多闲暇——又向西走到市场去，口里唱着调子——心里自信我会信他的话——我却是无歌无调地继续向公司走。"这种一点私见不存，只以客观态度温和眼光来批评事情，注意可以发噱之点，用来做微笑的资料，真是处世最好的精神。在《查克孙上尉》一篇里，他将这种对付不好环境的好法子具体地描写出。查克孙一贫如洗，却无时不排阔架子，这样子就将贫穷的苦恼全忘丢了。兰姆说："他（查克孙上尉）是个变戏法者，他布一层雾在你面前——你没有时间去找出他的毛病。他要向你说'请给我那个银糖钳'，实在排在你面前只有一个小匙，而且仅仅是镀银的。在你还没有看清楚他的错误之前，他又来扰乱你的思想，把一个茶锅叫做茶瓮，或者将凳子说做沙发。富人请你看他的家具，穷人用法子使你不注意他的寒尘东西；他既不是这样，也不是那样，单单自己认他身边一切东西全是好的，使你莫名其妙到底在茅屋里看的是什么。什么也没有，他仿佛什么都有样子。他心中有好多财产。"当他母亲死后一个礼拜，他写信给 Coleridge 说："我练成了一种习惯不把外界事情看重——对这盲目的现在不满意，我努力去得一种宽大的胸怀；这种胸怀支持我的精神。"他姊姊疯好了，他写信给 Coleridge 说："我决定在这塞满了烦恼的剧，尽量得那可得到的瞬间的快乐。"他又说"我的箴言是'只要一些，就须满足，心中却希望能得到更多'"。我们从这几段话可以看出兰姆快乐入世的精神。他既不是以鄙视一切快乐自雄的 stoic，也不是沾沾自喜歌颂那卑鄙庸懦的满足的人，他带一副止血的灵药，在荆棘上跳跃奔驰，享受这人生道上一切风光，他不鄙视人生，所以人生也始终爱抚他。所以处这使别人能够碎心的情况之下，他居然天天现着笑脸，说他的双关话，同朋友开开玩笑过去了。英国现在大批评家 Augustine Birrell 说[①]："兰姆自己知道他的神经衰弱，同他免不了要受的可怕的一生挫折，他严重地拿零碎东西做他的躲难所，有意装傻，免得过于兴奋变成个疯子了。"他从二十一岁，以后经过千涛百浪，神经老是健全，这就是他这种高明超达的生活术的成功。

兰姆虽然使一双特别的眼睛看世界上各种事情，他的道德观念却非常重。他用非常诚恳态度采取道德观念，什么事情一定要寻根到底赤裸裸地来审察，绝不容有丝毫伪君子成分在他心中。也是因

① Augustine Birrell：奥古斯汀·比勒尔（1850—1933），英国政治家、作家。

为他对道德态度是忠实，所以他又常主张我们有时应当取一种无道德态度，把道德观念撇开一边不管，自由地来品评艺术同生活。伪君子们对道德没有真真情感，只有一副架子，记着几句口头禅，无处不说他的套语，一时不肯放松将道德存起来，这是等于做贼心虚，更用心保持他好人的外表，偷汉寡妇偏会说贞节一样。只有自己问心无愧的人才敢有时放了道德的严肃面孔，同大家痛快地毫无拘管地说笑。在他那《莎士比亚同时戏剧家评选》里他说："霸占近代舞台的乏味无聊抹杀一切的道德观念把戏中可赞美的热烈情感排斥去尽了，一种清教徒式的感情迟钝，一种傻子低能的老实渐渐盘绕我们胸中，将旧日戏剧作家给我们的强烈的情感同真真有肉有血生气勃勃的道德赶走了，……我们现在什么都是虚伪的顺从。"所以他爱看十八世纪几个喜剧家 Congreve，Farquhar Wycherley 等描写社会的喜剧。[①] 他曾说："真理是非常宝贵的，所以我们不要乱用真理。"因为他宝贵道德，他才这么不乱任用道德观念，把它当作不值一句钱的东西乱花。兰姆不怎么尊重传统道德观念，他的观念近乎尼采，他相信有力气做去就是善，柔弱无能对付了事，处处用盾牌的是恶，这话似乎有些言之过甚，不过实在是如此。我们读兰姆不觉得念《查拉撒斯图拉如此说》地针针见血[②]，那是因为兰姆用他的诙谐同古怪的文体盖住了好多惊人的意见。在他《两种人类》那篇上，他赞美一个靠借钱为生，心地洁白的朋友。这位朋友豪爽英迈，天天东拉西借，压根儿就没有你我之分，有钱就用，用完再借，由兰姆看起来他这种痛快情怀比个规规矩矩的人高明得多。他那篇最得所谓英国第一批评家 Hazlitt 击节叹赏的文章《战太太对于纸牌的意见》用使人捧腹大笑的笔墨说他这种做得痛快就是对的理论。他觉得叫花子非常高尚，平常人都困在各种虚荣高低之

---

① Congreve：康格里夫（1670—1729），英国剧作家。Farquhar Wycherley：威彻利（1640—1716），英国剧作家。

② 《查拉撒斯图拉如此说》，今译《查拉图斯特拉如是说》，德国哲学家尼采的代表著作之一。

内，唯有叫花子超出一切比较之外，不受什么时髦礼节习惯的支配，赤条条无牵挂，所以他把叫花子尊称做“宇宙间唯一的自由人”。英国习惯每餐都要先感谢上帝，兰姆想我们要感谢上帝地方多得很，有 Milton 可念也是个要感谢的事情①，何必专限在饭前，再加上那时候馋涎三尺，哪里有心去谢恩，所食东西又是煮得讲究，不是仅仅作维持生命用，谢上帝给我们奢侈纵我们口欲，确实是不大对的。所以他又用滑稽来主张废止。他在《傻子日》里说：“我从来没有一个交谊长久或者靠得住的朋友，而不带几分傻气的，……心中一点傻气都没有的人，心里必有一大堆比傻还坏的东西。”这两句话可以包括他的伦理观念。兰姆最怕拉长面孔，说道德的，我们却噜嗦地说他的道德观念，实在对不起他，还是赶快谈别的罢。

法国十六世纪散文大家，近世小品文鼻祖 Montaigne 在他小品文集（*Essays*）序上说②：“我想在这本书里描写这个简单普通的真我，不用人言，说假话，弄巧计，因为我所写的是我自己。我的毛病要纤毫毕露地说出来，习惯允许我能够坦白说到那里，我就写这自然的我到那地步。”兰姆是 Montaigne 的嫡系作家。他文章里十分之八九是说他自己，他老实地亲信地告诉我们他怎么样不能了解音乐，他的常识是何等的缺乏，他多么怕死，怕鬼，甚至于他怎样怕自己会做贼偷公司的钱，他也毫不遮饰地说出。他曾说他的文章用不着序，因为序是作者同读者对谈，而他的文章在这个意义底下全是序。他谈自己七零八杂事情所以能够这么娓娓动听，那是靠着他能够在说闲话时节，将他全性格透露出来，使我们看见真真的兰姆。谁不愿意听别人心中流露出的真话，何况讲的人又是个和蔼可亲温文忠厚的兰姆。他外面又假放好多笔名同杜撰的事，这不过一层薄雾，因为兰姆到底是害羞的人，文章常用七古八怪的别号，这

① Milton：弥尔顿（1608—1674），英国诗人，代表作有《失乐园》等。

② Montaigne：蒙田（旧译蒙台涅，1533—1592），法国思想家、散文家。*Essays*：今译《蒙田随笔》。

么一反照，更显出他那真挚诚恳的态度了。兰姆最赞美懒惰，他曾说人类本来状况是游手好闲的，亚当堕落后才有所谓工作。他又说："实在在一个人所能做的最好的事情是什么也不干，次一等才是—— 好工作。"他那一篇《衰老的人》是个赞美懒惰的福音。比起 Stevenson 的《懒惰汉的辩词》更妙得多[①]，我们读起来一个爱闲暇怕工作的兰姆活现眼前。

兰姆著作不大多，最重要是那投稿给《伦敦杂志》，借伊里亚（Elia）名字发表的絮语文五十余篇，后来集做两卷，就是现在通行的《伊里亚小品文》（*The Essays of Elia*）同《伊里亚小品文续编》（*The Last Essays of Elia*）。[②] 伊里亚是南海公司一个意大利书记，兰姆借他名字来发表，他的文体是模仿十七世纪 Fuller，Browne 同别的伊利沙伯时代作家[③]，所以非常古雅蕴藉。此外他编一本莎士比亚同时代戏剧作家选集，还加上批评，这本书关于十九世纪对伊利沙伯时代文学兴趣之复燃，大有关系。他的批评，吉光片羽，字字珠玑，虽然只有几十页，但是一本重要文献。他选这本书的目的，是将伊利沙伯时代人的道德观念呈现在读者面前，所以他的选本一直到现在还是风行的。他还有批评莎士比亚悲剧同 Hogarth 的画的文章[④]。此外他同玛利将莎士比亚剧编作散文古事，尽力保存原来精神。他对伊利沙伯朝文学既然有深刻的研究，所以这本《莎氏乐府本事》[⑤]，还能充满了剧中所有的情调色彩，这是它能够流行的原因。兰姆做不少的诗同一两编戏剧，那都是不重要的。他的书信却是英国书信文学中的杰作，其价值不下于 Cowper Southey，Cray

---

① Stevenson：斯蒂文森（1850—1894），英国小说家、散文家。作品有小说《金银岛》，散文集《内河航行》、《驴背旅程》。

② 兰姆的两集随笔，中译本合成《伊利亚随笔》。

③ Fuller：富勒（1608—1661），英国学者、作家。Browne：布朗（1605—1682），英国散文家。伊利沙伯：今译伊丽莎白（1533—1603），1558—1603 年任英格兰王国和爱尔兰女王。

④ Hogarth：荷加斯（1697—1764），英国画家。

⑤ 《莎氏乐府本事》：今译《莎士比亚戏剧故事集》。

Fitzgerald 的书牍[1]，他那种缠绵深情同灵敏心怀在那几百封信里表现得非常清楚。他好几篇好文章《两种人类》，《新同旧的教师》，《衰老的人》等差不多全由他信脱胎出来。他写信给 Southey 说："我从来没有根据系统判断事情，总是执著个体来理论。"这两句话可以做他一切著作的注脚。

兰姆传以 Ainger 做得最好，Ainger 说：他是个利己主义者——但是一个没有一点虚荣同自满的利己主义者——一个剥去了嫉妒同恶脾气的利己主义者。这真是兰姆一生最好的考语。

近代专研究兰姆，学兰姆的文笔的 Lucus 说"兰姆重新建没生活，当他改建时节，把生活弄得尊严内容丰富起来了"。

十七年一月，北大西斋

① Cray Fitzgerald：菲茨杰拉德（1809—1883），英国作家。

文学与人生

在普通当作教本用的文学概论批评原理这类书里，开章明义常说文学是一面反映人生最好的镜子，由文学我们可以更明白地认识人生。编文学概论这种人的最大目的在于平妥无疵，所以他的话老是不生不死似是而非的，念他书的人也半信半疑，考试一过早把这些套话丢到九霄云外了；因此这般作者居然能够无损于人，有益于己地写他那不冷不热的文章。可是这两句话却特别有效力，凡是看过一本半册文学概论的人都大声地嚷着由文学里我们可以特别明白地认识人生。言下之意自然是人在世界上所最应当注意的事情无过于认清人生，文学既是认识人生唯一的路子，那么文学在各种学术里面自然坐了第一把交椅，学文学的人自然……。这并不是念文学的人虚荣心特别重，哪个学历史的人不说人类思想行动不管古今中外全属历史范围；哪个研究哲学的学生不睥睨地说在人生根本问题未解决以前，宇宙神秘还是个大谜时节，一切思想行动都找不到根据。法科学生说人是政治动物；想做医生的说，生命是人最重要东西；最不爱丢文的体育家也忽然引起拉丁说健全的思想存在健全的身体里①。中国是农业国家这句老话是学农业的人的招牌，然而工业学校出身者又在旁微笑着说“现在是工业世界”。学地质的说没有地球，安有我们。数学家说远些把 Protagoras 抬出说数是宇宙的本质②，讲近些引起罗素数理哲学。就是温良恭俭让的国学先生们也说要读书必先识字，要识字就非跑到什么《说文》戴东原书里去

① 拉丁：指拉丁文。

② Protagoras：普罗泰戈拉（约前485—前410），古希腊哲学家。

过活不可[①]。与世无涉，志于青云的天文学者啧啧赞美宇宙的伟大，可怜地球的微小，人世上各种物事自然是不肯去看的。孔德排起学术进化表来[②]，把他所创设的社会学放在最高地位。拉提琴的人说音乐是人类精神的最高表现。总而言之，统而言之，这块精神世界的地盘你争我夺，谁也睁着眼睛说“请看今日之域中，究是谁家之天下”[③]。然而对这种事也用不着悲观。风流文雅的王子不是在几千年前说过“文人相轻，自古已然”[④]。可惜这种文力统一的梦始终不能实现，恐怕是永久不能实现。所以还是打开天窗说亮话罢。若使有学文学的伙计们说这是长他人意气，灭自己威风，则只有负荆谢罪一个办法；或者拉一个死鬼来挨骂。在 Conrad 自己认为最显露地表现出他性格的书，《人生与文学》（*Notes on Life and letters*）里，他说：

“文学的创造不过是人类动作的一部分，若使文学家不完全承认别的更显明的动作的地位，他的著作是没有价值的。这个条件，文学家，——特别在年青时节——很常忘记，而倾向于将文学创造算做比人类一切别的创作的东西都高明。一大堆诗文有时固然可以发出神圣的光芒，但是在人类各种努力的总和中占不得什么特别重要的位置。” Conrad 虽然是个对于文学有狂热的人，因为他是水手出身，没有进过文学讲堂，所以说话还保存些老舟子的直爽口吻。

文学到底同人生关系怎么样？文学能够不能够，丝毫毕露地映出人生来呢？大概有人会说浪漫派捕风捉影，在空中建起八宝楼台，痴人说梦，自然不能同实际人生发生关系。写实派脚踏实地，靠客观的观察来描写，自然是能够把生活画在纸上。但是天下实在没有比这个再错的话。文学无非叙述人的精神经验（述得确实不确实又是一个问题），色欲利心固然是人性一部分，而向渺茫处飞翔

---

① 《说文》：即《说文解字》。戴东原：戴震（1723—1777）字东原，清代学者。
② 孔德（Auguste Comte，1798—1857）：德国实证主义哲学家，社会学的创始人。
③ “请看”二句：语出唐骆宾王《为徐敬业讨武曌檄》。“究”原文作“竟”。
④ “文人”二句：三国魏曹丕《典论·论文》。“已然”原文作“而然”。

的意志也是构成我们生活的一个重要成分。梦虽然不是事实，然而总是我们做的梦，所以也是人生的重要部分。天下不少远望着星空，虽然走着的是泥泞道路的人，我们不能因为他满身尘土，就否认他是爱慕闪闪星光的人。我们只能说梦是与别东西不同，而不能否认它的存在，写梦的人自然可以算是写人生的人。Hugo 说过①，“你说诗人是在云里的，可是雷电也是在云里的”。世上没有人否认雷电的存在，多半人却把诗人的话，当做镜花水月。当什么声音都没有的深夜里，清冷的月色照着旷野同山头，独在山脚下徘徊的人们免不了会可怜月亮的凄凉寂寞，望着眠在山上的孤光，自然而然想月亮对于山谷是有特别情感的。这实是人们普通的情绪，在我们生活中占有重要位置的。Keats 用他易感的心灵，把这情绪具体化利用希腊神话里月亮同牧羊人爱情故事，歌咏成他第一首长诗 *Endymion*。好多追踪理想的人一生都在梦里过去，他们的生活是梦的，所以只有渺茫灿烂的文字才能表现出他们的生活。Woldsworth 说他少时常感觉到自己同宇宙是分不开的整个，所以他有时要把墙摸一下，来使他自己相信有外界物质的存在；普通人所认为虚无乡，在另一班看来倒是唯一的实在。无论多么实事求是抓着现在的人晚上也会做梦的。我们一生中一半光阴是做梦，而且还有白天也做梦的。浪漫派所写的人生最少也是人生的大部分，人们却偏说是无中生有，这也是无可奈何的事。但是我们虽然承认浪漫文学不是镜里自己生出来的影子，是反映外面东西，我们对它照得精确不，却大大怀疑。可是所谓写实派又何曾是一点不差的描摹人生，作者的个人情调杂在里面绝不会比浪漫作家少。法国大批评家 Amiel 说②，“所谓更客观的作品不过是一个客观性比别人多些的心灵的表现，就是说他在事物面前能够比别人更忘记自己；但是他的作品始终是一个心灵的表现。”曼殊斐儿的丈夫 Middleton Murruy 在他的《文

---

① Hugo：雨果（1802—1885），法国作家，代表作有《悲惨世界》等。

② Amiel：埃米尔（笔名 Alain，1868—1951），法国作家、思想家，代表作品有《思想体系》、《漫谈》等。

体问题》（*The Problem of Style*）里说①，“法国的写实主义者无论怎样拼命去压下他自己的性格，还是不得不表现出他的性格。只要你真是个艺术家，你绝不能做一个没有性格的文学艺术家。”真的，不止浪漫派作家每人都有一个特别世界排在你眼前，写实主义者也是用他的艺术不知不觉间将人生的一部分拿来放大着写。让我们拣三个艺术差不多，所写的人物也差不多的近代三个写实派健将 Maupassant，Chekhov，Bennett 来比较。② Chekhov 有俄国的 Maupassant 这个外号，Bennett 在他《一个文学家的自传》（*The Truth alout an Auther*）里说他曾把 Maupassant 当作上帝一样崇拜，他的杰作是读了 Maupassant 的《一生》（Une Vie）引起的。他们三个既然于文艺上有这么深的关系，若使写实文学真能超客观地映出人生，那么这三位文豪的著作应当有同样的色调，可是细心地看他们的作品，就发现他们有三个完全不同的世界。Maupassant 冷笑地站在一边袖手旁观，毫无同情，所以他的世界是冰冷的；Chekhov 的世界虽然也是灰色，但是他却是有同情的，而他的作品也比较地温暖些，有时怜悯的眼泪也由这隔江观火的世态旁观者眼中流下。Bennett 描写制陶的五镇人物更是怀着满腔热血，不管是怎么客观地形容，乌托邦的思想不时还露出马脚来。由此也可见写实派绝不能脱开主观的，所以三面的镜子，现出三个不同的世界。或者有人说他们各表现出人生的一面，然而当念他们书时节我们真真觉得整个人生是这么一回事；他们自己也相信人生本相这样子的。说了一大阵，最少总可证明文学这面镜子是凸凹靠不住的，而不能把人生丝毫不苟地反照在上面。许多厌倦人生的人们，居然可以在文学里找出一块避难所来安慰，也是因为文学里的人生同他们所害怕的人生不同的缘故。

---

① 曼殊斐尔：今译曼斯菲尔德（Mansfield，1888—1923），英国女作家。Middleton Murruy：米德尔顿·默里（1889—1957），英国记者、评论家。

② Maupassant：莫泊桑（1850—1893），法国小说家，以短篇小说名世。Chekhov：契诃夫（1860—1904），俄国小说家、戏剧家。Bennett：E. A. 贝奈特（也译本涅特，1867—1931），英国小说家、评论家。

假设文学能够诚实地映出人生，我们还是不容易由文学里知道人生。纸上谈兵无非是秀才造反。Tennyson 有一首诗 *The Lady of Shalott* 很可以解释这一点[①]。诗里说一个住在孤岛之贵女，她天天织布，布机杼前面安一个镜，照出河岸上一切游人旅客；她天天由镜子看到岛外的世界，孤单地将所看见的小女，武士，牧人，僧侣，织进她的布里。她不敢回头直接去看，因为她听到一个预言说她一停着去赏玩河岸的风光，她一定会受罚。在月亮当头时她由镜里看见一对新婚伴侣沿着河岸散步，她悲伤地说“我对这些影子真觉得厌倦了”。在晴朗的清晨一个盔甲光辉夺目的武士骑着骄马走过河旁，她不能自主地转过对着镜子走，去望一望。镜子立刻碎了，她走到岛旁，看见一个孤舟，在黄昏的时节她坐在舟上，任河水把她飘荡去，口里唱着哀歌慢慢地死了。Tennyson 自己说他这诗是象征理想碰着现实的灭亡。她由镜里看人生，虽然是影像分明，总有些雾里看花，一定要离开镜子，走到窗旁，才尝出人生真正的味道。文学最完美时候不过像这面镜子，可是人生到底是要我们自己到窗子向外一望才能明白的。有好多人我们不愿见他们跟他们谈天，可是书里无论怎样穷凶极恶，奸巧利诈的小人，我们却看得津津有味，差不多舍不得同他们分离，仿佛老朋友一样。读 *Othello* 的人对 Iago 的死[②]，虽然心里是高兴的，一定有些惆怅，因为不能再看他弄诡计了。读 Dickens 书，我记不清 Oliver Twist，David Copperfield，Nicholas Nickleby 的性格，而慈幼院的女管事 Uriah Heep 同 Nicholas Nickleby 的叔父是坏得有趣的人物，我们读时，又恨他们，又爱看他们[③]。但是若使真真在世界上碰见他们，我们真要避之唯恐不及。在莎士比亚以前流行英国的神话剧中，最受观众欢迎的是魔鬼，然而谁真见了魔鬼不会飞奔躲去？

---

① Tennyson：丁尼生（1809—1892），英国诗人。诗名为《夏洛特小姐》。

② *Othello*：《奥赛罗》。Iago：伊阿古，《奥赛罗》中的人物，以玩弄阴谋著称。

③ Dickens：狄更斯（1812—1870），英国小说家。以下前三人分别是狄更斯小说《奥列佛·退斯特》、《大卫·科波菲尔》和《尼古拉斯·尼克尔贝》中的同名主人公，后二人为后一书中的坏人形象。

文学同人生中间永久有一层不可穿破的隔膜。大作家往往因为对于人生太有兴趣，不大去念文学书，或者也就是因为他不怎么给文学迷住，或者不甚受文学影响，所以眼睛还是雪亮的，能够看清人生的庐山真面目。莎士比亚只懂一些拉丁，希腊文程度更糟，然而他确是看透人生的大文豪。Ben Jonson 博学广览[1]，做戏曲时常常掉书袋，很以他自己的学问自雄，而他对人生的了解是绝比不上莎士比亚。Walter Scott 天天打猎[2]，招呼朋友，Washington Irvings 奇怪他哪里找到时间写他那又多又长的小说[3]，自然更谈不上读书，可是谁敢说 Scott 没有猜透人生的哑谜。Thackeray 怀疑小说家不读旁人做的小说[4]，因茶点店伙计是爱吃饭而不喜欢茶点的。Stevenson 在《给青年少女》（*Virginibus Puerisque*）里说“书是人生的没有血肉的代替者”。医学中一大个难关是在不能知道人身体实在情形。我们只能解剖死人，死人身里的情形同活人自然大不相同。所以人身里真真状况是不能由解剖来知道的。人生是活人，文学不过可以算死人的肢体，Stevenson 这句无意说的话刚刚合式可以应用到我们这个比喻。所以真真跑到人生里面的人，就是自己作品也无非因为一时情感顺笔写去，来表现出他当时的心境，写完也就算了，后来不再加什么雕琢功夫。甚至于有些是想发财，才去干文学的，莎士比亚就是个好例。他在伦敦编剧发财了，回到故乡作富家翁，把什么戏剧早已丢在字纸篮中了。所以现在教授学者们对于他剧本的文字要争得头破血流，也全因为他没有把自己作品看得是个宝贝，好好保存着。他对人生太有趣味，对文学自然觉得是隔靴搔痒。就是 Steele，Goldsmith 也都是因为天天给这光怪陆离的人生迷住，高兴地喝酒，赌钱，穿漂亮衣服，看一看他们身旁五花八门的生活，他们简直没有心去推敲字句，注意布局。文法的错误也有，前后矛盾

---

① Ben Jonson：本·琼森（1572—1637），英国诗人、剧作家。

② Walter Scott：沃尔特·司各特（1771—1832），英国小说家，以历史小说擅名。

③ Washington Irvings：华盛顿·欧文（1783—1858），美国作家、历史学家。

④ Thackeray：萨克雷（1811—1863），英国小说家，著有《名利场》等。

地方更多。他们是人生舞台上的健将，而不是文学的家奴。热情的奔腾，辛酸的眼泪充满了他们的字里行间。但是文学的技巧，修辞的把戏他们是不去用的。虽然有时因为情感的关系文字非常动人。Browning 对于人生也是有具体的了解，同强度的趣味，他的诗却是一做完就不改的，只求能够把他那古怪的意思达到一些，别的就不大管了。弄得他的诗念起来令人头昏脑痛。有一回人家找他解释他自己的诗，这老头子自己也不懂了。总而言之，他们知道人生内容的复杂，文学表现人生能力微少。所以整个人浸于人生之中，对文学的热心赶不上他们对人生那种欣欢的同情。只有那班不大同现实接触，住在乡下，过完全象牙塔生活的人，或者他们的心给一个另外的世界锁住，才会做文学的忠实信徒，把文学做一生的唯一目的，始终在这朦胧境里过活，他们的灵魂早已脱离这个世界到他们自己织成的幻境去了。Hawthorne 与早年的 Tennyson 全带了这种色彩。一定要对现实不大注意，被艺术迷惑了的人才会把文学看得这么重要，由这点也可以看出文学同人生是怎样地隔膜了。

以上只说文学不是人生的镜子，我们不容易由文学里看清人生。王尔德却说人生是文学的镜子，我们日常生活思想所受艺术的支配比艺术受人生的支配还大。但是王尔德的话以少引为妙，恐怕人家会拿个唯美主义者的招牌送来，而我现在衣钮上却还没有带一朵凋谢的玫瑰花。并且他这种意思在《扯谎的退步》里说得漂亮明白，用不着再来学舌。还是说些文学对着人生的影响罢。

法朗士说“书籍是西方的鸦片”。这话真不错，文学的麻醉能力的确不少，鸦片的影响是使人懒洋洋地，天天在幻想中糊涂地销磨去，什么事情也不想干。文学也是一样地叫人把心搁在虚无缥缈间，看着理想的境界，有的沉醉在里面，有的心中怀个希望想去实现，然而想象的事总是不可捉摸的，自然无从实现，打算把梦变做事实也无非是在梦后继续做些希望的梦罢！因此对于现实各种的需求减少了，一切做事能力也软弱下去了。憧憬地度过时光无时不在企求什么东西似的，无时不是任一去不复的光阴偷偷地过去。为的是他已经在书里尝过人所不应当尝的强度咸酸苦甜各种味道，他对于现实只觉乏味无聊，不值一顾。读 *Romeo and Juliet* 后反不想做爱情的事[①]，非常悲哀时节念些挽歌倒可以将你酸情安慰。读 Bacon 的论文集时候[②]，他那种教人怎样能够于政治上得到权力的话使人厌倦世俗的富贵。不管是为人生的文学也好，为艺术的文学也好，写实派，神秘派，象征派，唯美派……文学里的世界是比外面的世界有味得多。只要踏进一步，就免不了喜欢住在这趣味无穷的国土里，渐渐地忘记了书外还有一个宇宙。本来真干事的人不讲话，口说莲花的多半除嘴外没有别的能力。天下最常讲爱情者无过于文学家，但是古往今来为爱情而牺牲生命的文学家，几乎找不出来。Turgeniev 深深懂得念文学的青年光会说爱情，而不能够心中真真地燃起火来，就是点着，也不过是暂时的，所以在他的小说里他再三替他的主人翁说没有给爱情弄得整夜睡不着。要做一件事，就不宜把它拿来瞎想，不然想来想去，越想越有味，做事的雄心力气都化了。老年人所以万念俱灰全在看事太透，青年人所会英气勃勃，靠着他的盲目本能。Carlyle 觉得静默之妙，做了一篇读起来音调雄壮的文章来赞美，这个矛盾地方不知道这位气吞一世的文豪想到没有。理想同现实是两个隔绝的世界，谁也不能够同时候在这两个地方住。荷马诗里说有一个岛，中有仙女（Siren）她唱出歌来，水手听到迷醉了，不能不向这岛驶去，忘记回家了。又说有一个地方出产一种莲花，人闻到这香味，吃些花粉，就不想回到故乡去，愿意老在那里滞着。这仙女同莲花可以说都是文学象征。

还没有涉世过仅仅由文学里看些人生的人一同社会接触免不了有些悲观。好人坏人全没有书里写的那么有趣，到处是硬板板地单调无聊。然而当尝尽人海波涛后，或者又回到文学，去找人生最后的安慰。就是在心灰意懒时期文学也可以给他一种鼓舞，提醒他天

---

① *Romeo and Juliet*：《罗密欧与朱丽叶》，莎士比亚名剧。

② Bacon：培根（1561—1626），英国思想家、历史学家、散文家。“论文集”当指他的 *Essays*，一般译为《培根随笔》或《培根论人生》等。

下不只是这么一个糟糕的世界，使他不会对人性生了彻底的藐视。法朗士说若使世界上一切实情，我们都知道清楚，谁也不愿意活着了。文学可以说是一层薄雾，盖着人生，叫人看起不会太失望了。不管作家书里所谓人生是不是真的，他们那种对人生的态度是值得赞美模仿的。我们读文学是看他们的伟大精神，或者他们的看错人生处正是他们的好处，那么我们也何妨跟他走错呢，Marcus Aurelius[①] 的宇宙万事先定论多数人不能相信，但是他的坚忍质朴逆来顺受而自得其乐的态度使他的冥想录做许多人精神的指导同安慰。我们这样所得到的大作家伦理的见解比仅为满足好奇心计那种理智方面的明白人生真相却胜万万倍了。

十七年二月于北大西斋

① Marcus Aurelius：马可·奥勒留（121—180），古罗马皇帝。下文“冥想录”今译《沉思录》。

寄给一个失恋人的信（二）

秋心：

在我心境万分沉闷的时候，接到你由艳阳的南方来的信，虽然只是潦草几行，所说的又是凄凉酸楚的话，然而我眉开眼笑起来了。我不是因为有个烦恼伴侣，所以高兴。真真尝过愁绪的人，是不愿意他的朋友也挨这刺心的苦痛。那个躺在床上呻吟的病人，会愿意他的家人来同病相怜呢？何况每人有自各的情绪，天下绝找不出同样烦闷的人们。可是你的信，使我回忆到我们的过去生活；从前那种天真活泼充满生机的日子却从时光宝库里发出灿烂的阳光，我这彷徨怅惘的胸怀也反照得生气勃勃了。

你信里很有流水年华，春花秋谢的感想。这是人们普遍都感到的。我还记得去年读 Arnold Bennett 的 *The Old Wives' Tale* 最后几页的情形①。那是在个静悄悄的冬夜，电灯早已暗了，烛光闪照着那已熄的火炉。书中是说一个老妇人在她丈夫死去那夜的悲哀。“最感动她心的是他曾经年青过，渐渐的老了，现在是死了。他一生就是这么一回事。青春同壮年总是这么结局。什么事情都是这么结局。”Bennett 到底是写实派第一流人物，简简单单几句话把老寡妇的心事写得使我们不能不相信。我当时看完了那末章，觉有个说不出的失望，痴痴的坐着默想，除了渺茫，惨淡，单调，无味，……几个零碎感想外，又没有什么别的意思。以后有时把这些话来咀嚼一下，又生出赞美这青春同逝水一般流去了的想头。假使世上真有

---

① *The Old Wives' Tale*：《老妇谈》（1908），阿诺德·贝奈特的散文代表作。

驻颜的术，不老的丹，Oscar Wilde 的 Dorian Gray 的梦真能实现[1]，每人都有无穷的青春，那时我们的苦痛比现在恐怕会好得多些，另外有“青春的悲哀”了。本来青春的美就在它那种蜻蜓点水燕子拍绿波的同我们一接近就跑去这一点。看着青春的易逝，才觉得青春的可贵，因此也更想能够在这一去不返的瞬间里得到无穷的快乐。所以在青春时节我们特别有生气，一颗心仿佛是清早的花园，张大了瓣吸收朝露。青春的美大部分就存在着这种努力享乐惟恐不及生命力的跳跃。若使每人前面全现一条不尽的花草缤纷的青春的路，大家都知道青春是常住的，没有误了青春的可怕，谁天天也懒洋洋起来了。青春给我们一抓到，它的美就失丢了，同肥皂泡子相像，只好让它在空中飞翔，将青天红楼全缩映在圆球外面，可是我们的手一碰，立刻变为乌有了。

就说是对这呆板不变的青春，我们仍然能够有些赞赏，不断单调的享乐也会把人弄烦腻了，天下没整天吃糖口胃不觉难受的人了。而且把青春变成家常事故，它的浪漫飘渺的美丽也全不见了。本来人活着精神物质方面非动不可，所以在对将来抱着无限希望同捶心跌脚追悔往事，或者回忆从前黄金时代这两个心境里，生命力是不停地奔驰，生活也觉得丰富，而使精神往来享受现在是不啻叫血管不流一般地自杀政策，将生命的花弄枯萎了。不同外河相通的小池终免不了变成秽水，不同别人生同情的心总是枯涸无聊。没有得到爱的少年对爱情是赞美的，做黄金好梦的恋人是充满了欢欣，失恋人同结婚不得意的人在极端失望里爆发出一线对爱情依依不舍的爱恋，和凤凰烧死后又振翼复活再度幼年的时光一样。只有结婚后觉得满意的人是最苦痛的，他们达到日日企望的地方，却只觉空虚渐渐的涨大，说不出所以然来，也想不来一个比他们现状再好的境界，对人生自然生淡了，一切的力气免不了麻痹下去。人生最怕的是得意，使人精神废弛，一切灰心的事情无过于不散的筵席。你

---

① Dorian Gray：道林·格雷，奥斯卡·王尔德《道林·格雷的画像》中的主人公。

还记得前年暑假我们一块划船谈 Wordsworth 诗的快乐罢？那时候你不是极赞美他那首 *Yarrow Unvisited* 说我们应当不要走到尽头，高声地唱：

> Twill soothe us in our sorrow
> That earth has something yet to show,
> The bonny holms of Yarrow!

青春之所以可爱也就在它给少年以希望，赠老年以惆怅。（安慰人的能力同希望差不多，比心满意足，登高山洒几滴亚历山大的泪的空虚是好几万倍了。）[①] 好多人埋怨青春骗了我们，先允许我们一个乐园，后来毫不践言只送些眼泪同长叹。然而这正是青春的好处，它这样子供给我们活气，不至于陷于颓偿了的无为。希望的妙处全包含在它始终是希望这样事里面，若使个希望都化做铁硬的事实，那样什么趣味一笔勾消了的世界还有谁愿意住吗？所以年青人可以唱恋爱的歌，失恋人同死了爱人的人也做得出很好失望（希望的又一变相，骨子里差不多的东西）同悼亡的诗，只有那在所谓甜蜜家庭两人互相妥协着的人们心灵是化作灰烬。Keats 在情诗中歌颂死同日本人无缘无故地相约情死全是看清楚此中奥妙后的表现。他们只怕青春的长留着，所以用死来划断这青春黄金的线。这般情感锐敏的人若生在青春常住的世界，他们的受难真不是言语所能说。这些话不是我有意要慰解你才说的，这的确我自己这么相信。春花秋谢，谁看着免不了嗟叹。然而假设花老是这么娇红欲滴的开着，春天永久不离大地，这种雕刻似的死板板的美景更会令人悲伤。因为变更是宇宙的原则，也可算做赏美中一般重要成分。并且春天既然是老滞在人间，我们也跟着失丢了每年一度欢迎春来热烈的快乐。由美神经灵敏人看来，残春也别有它的好处，甚至比艳春更美，为的是里面带种衰颓的色调，互相同春景对照着，十分地

① 亚历山大（前356—前323），古罗马皇帝。

显出那将死春光的欣欣生意。夕阳所以“无限好”，全靠着“近黄昏”。让瞥眼过去的青春长留个不灭的影子在心中，好像 Pompeii 废墟[1]，劫后余烬，有人却觉得比完整建筑还好。若使青春的失丢，真是件惨事，倚着拐杖的老头也不会那么笑嘻嘻地说他们的往事了。

十七年三月二日

① Pompeii：庞培，古罗马城市，因维苏威火山喷发而毁灭。

文艺杂话

“美就是真，真就是美”，这是开茨那首有名《咏一个希腊古瓮》诗最后的一句。凡是谈起开茨，免不了会提到这名句，这句话也真是能够简洁地表现出开茨的精神[1]。但是一位有名的批评家在牛津大学诗学讲堂上却说开茨这首五十行诗，前四十几行玲珑精巧，没有一个字不妙，可惜最后加上那人人都知道的二行名句。

> “Beauty is truth，truth is beauty，”—that is all Ye know on earth，and all ye need to know。

并不是这两句本身不好，不过和前面连接不起，所以虽然是一对好句，却变做全诗之累了。他这话说得真有些道理。只要细心把这首百读不厌的诗吟咏几遍之后，谁也会觉得这诗由开头一直下来，都是充满了簇新的想象，微妙的思想，没有一句陈腐的套语，和惯用的描写，但是读到最后两句时，逃不了感到一种说不出的失望，觉得这么灿烂希奇的描写同幻想，就只能得这么一个结论吗？念的回数愈多，愈相信这两句的不合式。开茨是个批评观念非常发达的人，用字锻句，丝毫不苟，那几篇 Ode 更是他呕心血做的[2]，为什么这下会这么大意呢？我只好想出下面这个解释来。开茨确是英国唯美主义的先锋，他对美有无限的尊重，这或者是他崇拜希腊精神的结果。所以这句“美就是真，真就是美”，确是他心爱的主张。为的要发表他的主义，他情愿把一首美玉无瑕的诗，牺牲了——实

---

① 开茨：今译济慈。

② Odd：颂歌。

在他当时只注意到自己这种新意见，也没有心再去关照全诗的结构了。开茨是个咒骂理智的人，在《蛇女》（*Lamia*）那首长诗里他说：

That but a moment's thought is passion's passing bell.

然而他这回倒甘心让诗的精神来跪在哲学前面，做个唯理智之命是从的奴隶。由这里也可以看到自己的主张太把持着心灵时候，所做的文学总有委曲求全的色彩。所以我对于古往今来那班带有使命的文学，常抱些无谓的杞忧。

凡是爱念 Wordsworth 的人一定记得他那五六首关于露茜（Lucy）的诗。那种以极简单明了的话表出一种刻骨镂心的情，说时候又极有艺术裁制（Restraint）的能力，仅仅轻描淡写，已经将死了爱人的悲哀的焦点露出，谁念着也会动心。可是这老头子虽然有这么好描写深情的天才，在他那本页数既多，字印得又小的全集里，我们却找不出十首歌颂爱情的诗。有一回 Aubrey de Vere 问他为什么他不多做些情诗，他回答，“若使我多做些情诗，我写时候，心中一定会有强度的热情，这是我主张所不许可的。”我们知道 Wordsworth 主张诗中间所含的情调要经过一回冷静心境的溶解，所以他反对心中只充满些强烈的情绪时所做的情诗。固然因为他照着这种说法写诗，他那好多赞美自然的佳句，意味才会那么隽永，值得细细咀嚼，那种回甘的妙处真是无穷。但是因此我们也失丢了许多一往情深词句挚朴的好情诗。Wordsworth 这种学究的态度真是自害不浅，使我们深深地觉到创造绝对自由的需要。

说到这里，我们自然而然联想到托尔斯泰。托翁写实本领非常高明，他描状的人物情境都能有使人不得不相信的妙处。但是他始终想把文学当传布思想的工具，有时硬将上帝板板的主张放在绝妙的写实作品中间，使读者在万分高兴时节，顿然感到失望。所以

Saintsbury[1]说他没有一篇完全无瑕的作品。我记得从前读托翁一篇小说，中间述一个豪爽英迈的强盗在森林中杀人劫货，后来被一个教士感化了，变成个平平常常的好人了。当这教士头一次碰着这强盗时节，

> "咱是个强盗，"强盗拉住了缰说，"我大道上骑马，到处杀人；我杀得人越多，我唱的歌越是高兴。"

谁念了这段，不会神往于驰骋风沙中，飞舞着刀，唱着调儿的绿林好汉，而看出这种人生活里的美处。托翁有那种天才，把强盗的心境说得这么动人，可惜他又带进来个教士，将这篇像十七八世纪西班牙英法述流氓小说的好作品，变做十九、二十世纪传单化的文学了。但是不管托翁怎样蹂躏自己的天才，他的小说还是不朽的东西，仍然有能力吸引住成千成万的读者，这也可以见文学的能力到底是埋在心的最深处，决非主张等等所能毁灭，充其量不过是减些光辉，使读者在无限赞美中，有一种说不出的惆怅罢。

十七年四月十日　北大西斋

① Saintsbury：圣兹伯里（1845—1933），英国文学史家、批评家。

醉中梦话（二）

一、“才子佳人信有之”

才子佳人，是一句不时髦的老话。说来也可怜得很，自从五四以后，这四个字就渐渐倒霉起来，到现在是连受人攻击的资格也失掉了。侥幸才子佳人这两位宝贝却并没有灭亡，不过摇身一变，化作一对新时代的新人物：文学家和安琪儿。才子是那口里说“钟情自在我辈”，能用彩笔做出相思曲和定情诗的文人。文学家是那在心弦上深深地印着她的倩影，口里哼着我被爱神的箭伤了，笔下写出长长短短高高低低的情诗的才子。至于佳人即是安琪儿，这事连小学生都知道了，用不着我来赘言。总而言之，统而言之，昔日的才子和当今的文学家都是既能做出哀感顽艳的情诗，自己又是一个一往情深的多情种子。

我却觉得人们没有这么万能，“自然”好像总爱用分工的原则，有些人她给了一个嘴，口说莲花。可是别无所能，什么事情也不会干，当然不会做个情感真挚的爱人，这就是昔日之才子，当今的文学家。真真干事的人不说话，只有那不能做事的孱弱先生才会袖着手大发牢骚。真真的爱人在快乐时节和情人拈花微笑，两人静默着；失恋时候，或者自杀，或者胡涂地每天混过去，或者到处瞎闹，或者……但是绝没有闲情逸致，摇着头做出情诗来。人们总以为英国的拜伦，雪莱，济慈是中国式的才子，又多情，又多才。我却觉得拜伦是一个只会摆那多情的臭架子的纨袴公子。雪莱只是在理想界中憧憬着，根本就和现实世界没有接触，多次的结婚离婚无非是要表现出他敢于反抗社会庸俗的意见。济慈只想尝遍人生各种的意味，他爱爱情，因为爱情可以给我们很大的刺激，内里包含有咸酸苦辣诸味，他何曾真爱他的爱人呢？最会做巧妙情诗的 Robert Herrick 有一次做首坦白的自叙诗，题目是 Upon Himself 中间有几段①，让我抄下来罢！

I could never love in deed.
Never see mine own heart bleed;
Never crucify my life;
Or for widow, maid, orwife.
……
I could never break my sleep,
Fold my arms, sob, sigh, or weep.
Never beg, or humbly woo
With oaths and lies, (as others do)
……
But have hitherto lived free
As the air that circles me
And kept credit with my heart,
Neither broke in the whole, or part.

Herrick 这么坦白地说他绝不会有什么恋爱，也不会挨求恋和失恋的痛苦，这倒是他心中的话。但是哪个爱念 Herrick 的年青人不会觉得他是赞颂爱情的绝妙诗人？等到看着这首冷酷的自剖，免不了会有万分的惊愕。然而，这正是 Herrick 一贯的地方。若使 Herrick 不是这么无情的人，他绝不能够做出那好几百首艳丽的短短情歌。

① Robert Herrick：罗伯特·赫里克（1591—1674），英国诗人。*Upon Himself*：《超越自我》。

爱伦·波（Edgar Allan Poe）说[①]，“真挚的情感有种质朴的气味（homeliness），那是不能拿来做诗材用的。”风花雪月的诗人实在不能够闭着嘴去当一个充满了真挚情感的爱人。欧美小说里情场中的英雄，很少是文学家；情人多半是不能做诗的，屠格涅夫最爱写大学生和文学家的恋史，可是他小说中的主人翁多半是意志薄弱的情人，常带着“得不足喜，失不足忧”的态度。这都是洋鬼子比我们观察得更周到的地方。不过这样地把文学家的兼职取消，未免有点“焚琴煮鹤”，区区也很觉得怅然。

文学家不但不知道什么是爱情，而且也不懂得死的意义。所以最爱谈自杀的是文学家，而天下敢去自杀的文学家却是凤毛麟角。最近上海自杀了不少人，多半都有绝命书留下来，可是没有一篇写得很文学的，很动听的；可见黄浦江里面水鬼中并没有文豪在内。这件事对于文坛固然是很好的消息，但是也可见文学家只是种不生不死半生半死的才子了。不过古今中外的舆论是操在文学家的手里，小小的舞台上自己拼命喝自己的采，弄得大家头晕脑眩，胡里胡涂地跟着喝采，才子们便自觉得是超人了。

二、滑稽（Humour）和愁闷

整天笑嘻嘻的人是不会讲什么笑话的，就是偶然讲句把，也是那不会引人捧腹，值不得传述的陈旧笑谈。这的确是上帝的公平地方，一个人既然满脸春风，两窝酒靥老挂在颊边，为社会增不少融融泄泄的气象，又要他妙口生莲，吐出轻妙的诙谐，这未免太苦人所难了，所以上帝体贴他们，把诙谐这工作放在那班愁闷人肩上，让笑嘻嘻的先生光是笑嘻嘻而已。那班愁闷的人们不论日夜，总是口里喃喃，心里郁郁，给世界一种倒霉的空气，自然也该说几句叫人听着会捧腹的话，或者轻轻地吐出几句妙语，使人们嘴角微微的

---

① 爱伦·波：今译爱·伦坡。

笑起来，以便将功折罪，抵消他们脸上的神情所给人的阴惨的印象。因此古往今来世上大诙谐家都是万分愁闷的人。

英国从前有个很出名的丑角，他的名字我不幸忘记了，就把他叫做密斯忒X罢，密斯忒X平常总是无缘无故地皱眉蹙额，他自己也是莫名其妙，不过每日老是心中一团不高兴。他弄得自己没有法子办，跑到内科医生那里问有什么医法没有。那内科医生诊察了半天，最后对他说："我劝你常去看那丑角密斯忒X的戏，看了几回之后，我包管你会好。"密斯忒X听了这活，啼也不好，笑也不好，只得低着头走出诊察室。

听说做《寻金记》和《马戏》主角的贾波林也是很忧郁的①。这是必然的，否则，他绝不能够演出那趣味深长的滑稽剧。英国十九世纪浪漫派诗人 Coleridge 曾说：我是以眼泪来换人们的笑容。他是个谈锋极好的人，每天晚上滔滔不绝地讨论玄学诗体以及其他一切的问题，他说话又深刻又清楚，无论谁都会忘了疲倦，整夜坐在旁边听他娓娓地清谈。他虽然能够给人们这么多快乐，他自己的心境却常是枯燥烦恼到了极点。写"心爱的猫儿溺死在金鱼缸里"和"痴汉骑马歌"的 Cray 和 Cowper 也都是愁闷之神的牺牲者。Cowper 后来愁闷得疯死了，Cray 也是几乎没有一封信不是说愁说恨的。晋朝人讲究谈吐，喜欢诙谐，可是晋朝人最爱讲达观，达观不过是愁闷不堪，无可奈何时的解嘲说法。杀犯当临刑时节，常常唱出滑稽的歌曲，人们失望到不能再失望了，就咬着牙齿无端地狂笑，觉得天下什么事情都是好笑的。这些事都可以证明滑稽和愁闷的确有很大的关系。

诙谐是由于看出事情的矛盾。萧伯纳说过，"天下充满了矛盾的事情，只是我们没有去思索，所以看不见了。"普通人，尤其那笑嘻嘻的人们与物无忤地天天过去，无忧无虑无欢无喜。他们没有把天下事情放在口里咀嚼一番，所以也不知道到底是什么味道，草

---

① 贾波林：今译卓别麟（1889—1977），英国电影艺术家。

草一生就算了。只有那班愁闷的人们，无往而不自得，好像上帝和全人类连盟起来，和他捣乱似的。他背着手噙着眼泪走遍四方，只觉到处都是灰色的。他免不了拼命地思索，神游物外地观察，来遣闷消愁。哈哈！他看出世上一切物事的矛盾，他抿着嘴唇微笑，写出那趣味隽永的滑稽文章，用古怪笔墨把地上的矛盾穷形尽相地描写出来。我们读了他们的文章，看出埋伏在宇宙里的大矛盾，一面也感到洞明了事实真相的痛快，一面也只得无可奈何地笑起来了。没有那深深的烦闷，他们绝不能瞧到这许多很显明的矛盾事情，也绝不会得到诙谐的情绪和沁人心脾的滑稽辞句。滑稽和愁闷居然有因果的关系，这个大矛盾也值得愁闷人们的思索。

因为诙谐是从对于事情取种怀疑态度，然后看出矛盾来，所以怀疑主义者多半是用诙谐的风格来行文，因为他承认矛盾是宇宙的根本原理。Voltaire[①]，Montaigne 和当代的法朗士，罗素的书里都有无限滑稽的情绪。

法国的戏剧家 Baumarchais 说[②]："我不得不老是狂笑着，怕的是笑声一停，我就会哭起来了。"这或者也是愁闷人所以滑稽的原因。

三、"九天阊阖开宫殿，万国衣冠拜冕旒"的文学史[③]

记得五年前，当我大发哲学迷时候，天天和 C 君谈那玄而又玄自己也弄不清楚的哲学问题。那时 C 君正看罗素著的《哲学概论》，罗素是反对学生读哲学史的，以为应该直接念洛克，休谟，康德等原作，不该隔靴搔痒来念博而不专的哲学史。C 君看得高兴，就写一封十张八行的长信同我讨论这事情，他仿佛也是赞成罗

① Voltaire：伏尔泰（1694—1778），法国启蒙思想家、文学家。

② Baumarchais：博马舍（1732—1799），作品有《费加罗的婚礼》等。

③ "九天"二句：唐代诗人王维《和贾至舍人早期大明宫之作》中的诗句。

素的主张。后来C君转到法科去，我在英文系的讲堂坐了四年，那本红笔画得不成书的Thilly哲学史也送给一位朋友了，提起来真不胜有沧桑之感。从前麻麻胡胡读的洛克，笛卡儿，斯宾诺莎，康德的书，现在全忘记了，可是我现在对哲学史还是厌恶，以为是无用的东西。由我看来，文学史是和哲学史同样没有用的。文学史的唯一用处只在赞扬本国文字的优美，和本国文人的言行的纯洁……总之，满书都是甜蜜蜜的。所以我用王右丞的颂圣诗两句，来形容普通文学史的态度。

普通文学史的第一章总是说本国的文字是多么好，比世界上任一国的文字都好，克鲁泡特金那样子具有世界眼光的人，编起俄国文学史（*Russian Literature It's Ideals & Realitics*）来，还是免不了这个俗套。这是狭窄的爱国主义者的拿手好戏，中国到现在还没有一本像样的文学史，也可以说是一件幸事。

第一口蜜喝完了，接着就是历代文人的行状。隐恶扬善，把几百个生龙活虎的文学家描写成一堆模糊不清毫无个性的圣贤。把所有做教本用的美国文学史都念完，恐怕也不知道大文豪霍桑曾替美国一个声名狼藉的总统捧场过①，做一本传记，对他多方颂扬，使他能够被选。哥德，惠德曼②，王尔德的同性爱是文学史素来所不提的。莎士比亚的偷鹿，文学史家总想法替他掩饰辩护。文学史里只赞扬拜伦助希腊独立的慷慨情怀，没有说到他待Leigh Hunt的刻薄。这些劣点虽然不是这几位文学家的全人格的表现，用不着放大地来注意，但是要认识他们的真面目，这些零星罪过也非看到不可，并且我觉得这比他们小孩时候的聪明和在小学堂里得奖这些无聊事总来得重要好多。然而仁慈爱国的普通文学史家的眼睛只看到光明那面，弄得念文学史的人一开头对于各文学家的性格就有错误的认识。谁念过普通英国文学史会想到Wordsworth是个脾气极坏，

① 这里的总统指美国第十四任总统皮尔斯（1853—1857在任），霍桑与他是大学同学。

② 惠德曼：今译惠特曼（1819—1892），美国诗人，作品有《草叶集》。

态度极粗鲁的人呢？可是据他的朋友们说，他很常和人吵架，谈到政治，总是捶桌子。而且不高兴人们谈“自然”，好像这是他的家产样子。然而，文学史中只说他爱在明媚的湖边散步。

中国近来介绍外国文学的文章多半是采用文学史这类的笔法。用一大堆颂扬的字眼，恭维一阵，真可以说是新“应制”体。弄得看的人只觉得飘飘然，随便同情地跟着啧啧称善。这种一味奉承的批评文字对于读者会养成一种只知盲目地赞美大作家的作品习惯，丝毫不敢加以好坏的区别。屈服于权威的座前已是我们的国粹，新文学家用不着再抬出许多沾尘不染的洋圣人来做我们盲目崇拜的偶像。

我以为最好的办法是在每本文学史里叙述各作家的性格那段底下留着一页或者半页的空白，让读者将自己由作品中所猜出的作者性格和由不属于正统的批评家处所听到的话拿来填这空白。这样子历代的文豪或者可以恢复些人气，免得像从前绣像小说头几页的图画，个个都是一副同样的脸孔。

四、这篇是顺笔写去，信口开河，所以没有题目

英国近代批评家 Bailey 教授在他那本《密尔敦评传》里主张英国人应当四十岁才开始读圣经[①]。他说，英国现代的教育制度是叫小孩子天天念圣经，念得不耐烦了，对圣经自然起一种恶感，后来也不去看一看里面到底有什么真理隐藏着没有。要等人们经过了世变，对人生起了许多疑问，在这到处都是无情的世界里想找同情和热泪的时候，那时才第一次打开圣经来读，一定会觉得一字一珠，舍不得放下。这是这位老教授的话。圣经我是没有从头到底读过的，而且自己年纪和四十岁也相隔得太远，所以无法来证实这句话。不过我觉得 Bailey 这话是很有道理的，无论什么东西，若使我

① 密尔敦：今译弥尔顿。

们太熟悉了，太常见了，它们对我们的印象反不深刻起来。我们简直会把它们忘记，更不会跑去拿来仔细研究一番。谁能够说出他母亲面貌的特点在那里，那个生长在西湖的人会天天热烈地欣赏六桥三竺的风光。婚姻制度的流弊也在这里。Richard King 说[①]：“为爱情而牺牲生命并不是件难事，最难的是能够永久在早餐时节对妻子保持种亲爱的笑容。”记得 Hazlitt 对于英国十八世纪歌咏自然的诗人 Cowper 的批评是，“他是由那剪得整整齐齐的篱笆里，去欣赏自然……他戴双很时髦的手套，和‘自然’握手。”可是正因为 Cowper 是个城里生长的人，一生对于“自然”没有亲昵地接触过，所以当他偶然看到自然的美，免不了感到惊奇，感觉也特别灵敏。他和“自然”老是保持着一种初恋的热情，并没有和“自然”结过婚，跟着把“自然”看得冷淡起来。在乡下生长，却居然能做歌咏自然的诗人，恐怕只有 Burns[②]，其他赞美田舍风光的作家总是由乌烟瘴气的城里移住乡间的人们。Dostoivsky 的一枝笔把龌龊卑鄙的人们的心理描摹得穷形尽相，但是我听说他却有洁癖，做小说时候，桌布上不容许有一个小污点。神秘派诗人总是用极显明的文字，简单的句法来表明他们神秘的思想。因为他们相信宇宙是整个的，只有一个共同的神秘，埋伏在万物万事里面。William Blake 所谓由一粒沙可以洞观全宇宙也是这个意思[③]。他们以为宇宙是很简单的，可是越简单，那神秘也更见其奥妙。越是能够用浅显文字指示出那神秘，那神秘也越远离人们理智能力的范围，因为我们已经用尽了理智，才能够那么明白地说出那神秘；而这个最后的神秘既然不是缘于我们的胡涂，自然也不是理智所能解决了。诗文的风格（style）奇奇怪怪的人们多半是思想上非常平稳。Chesterton 顶喜欢用似非而是打筋斗的句子[④]，但是他的思想却是四平八稳的天主教

---

① Richard King：理查王，英国国王。

② Buns：彭斯（1759—1796），英国诗人，作品有《苏格兰人》。

③ William Blake：威廉·布莱克（1757—1827），英国诗人、漫画家。

④ Chesterton：G. K. 切斯特顿（1874—1936），英国记者、散文家。

思想。勃浪宁的相貌像位商人，衣服也是平妥得很，他的诗是古怪得使我念着就会淌眼泪。Tennyson 长发披肩，衣服松松地带有成千成万的皱纹，但是他那 *In Memoriam* 却是清醒流利①，一点也不胡涂费解。约翰生说 Goldsmith 做事无处不是个傻子，拿起笔就变成聪明不过的文人了。这么老写下去，离题愈离愈远，而且根本就是没有题目，真是如何是好，还是就这么收住罢！

写完了上面这一大段，自己拿来念一遍，觉得似乎有些意思。然而我素来和我自己写的文章是“相视而笑，莫逆于心”的。这也是无可奈何之事也。

五、两段抄袭，三句牢骚

Steele 说：“学来的做坏最叫人恶心。”

Second-hand vice, sure, of all is most nauseouss.

From “The Characters of a Rake and a Conquet”

Dostoivsky 的《罪与罚》里有底下这一段话：

> 拉朱密兴拼命地喊：“你们以为我是攻击他们说瞎话吗？一点也不对！我爱他们说瞎话。这是人类独有的权利。从错误你们可以走到真理那里去！因为我会说错话，做错事，所以我才是一个人！你要得到真理，一定要错了十四回，或者是要错了一百十四回才成。而且做错了事真是有趣味；但是我们应当能够自己做出错事来！说瞎话，可是要说你自己的瞎话，那么我要把你爱得抱着接吻。随着自己的意思做错了比跟着旁人做对了，还要好得多。自己弄错了，你还是一个人；随人做对了，你连一只鸟也不如。我们终究可以抓到真理，它是逃不掉的，生命却是会拘挛麻木的。”

---

① *In Memoriam*：《悼念》，丁尼生为纪念好友写的挽歌集。

因此，我觉得打麻将比打扑克高明，逛窑子的人比到跳舞场的人高明，姑嫂吵架是天地间最有意义百听不倦的吵架——自然比当代浪漫主义文学家和自然主义文学家的笔墨官司好得万万倍了。

《醉中梦话》是我二年前在《语丝》上几篇杂感的总题目。匆匆地过了二年，我喝酒依旧，做梦依旧，这仿佛应当有些感慨才是。然而我的心境却枯燥得连微喟一声都找不出。从前那篇《醉中梦话》还有几句无聊口号，现在抄在下面：

> 生平不大喝酒，从来没有醉过，并非自夸量大，实在因为胆小，哪敢多灌黄汤。梦是夜夜都做，梦中未必说话，《醉中梦话》云者，装胡涂假痴聋，免得“文责自负”。

十八年二十月十日于真茹

谈“流浪汉”

当人生观论战已经闹个满城风雨，大家都谈厌烦了不想再去提起的时候，我一天忽然写一篇短文，叫做《人死观》。这件事实在有些反动嫌疑，而且该挨思想落后的罪名，后来仔细一想，的确很追悔。前几年北平有许多人讨论 Gentleman，这字应该要怎么样子翻译才好，现在是几乎谁也不说这件事了，我却又来喋喋，谈那和“君子” Gentleman 正相反的“流浪汉” Vagabond，将来恐怕免不了自悔。但是想写文章，哪能够顾到那么多呢？

Gentleman 这字虽然难翻，可是还不及 Vagabond 这字那样古怪，简直找不出适当的中国字眼来。普通的英汉字典都把它翻做“走江湖者”，“流氓”，“无赖之徒”，“游手好闲者”……，但是我觉得都失丢这个字的原意。Vagabond 既不像走江湖的卖艺为生，也不是流氓那种一味敲诈，“无赖之徒”、“游手好闲者”都带有贬骂的意思，Vagabond 却是种可爱的人儿。在此无可奈何的时候，我只好暂用“流浪汉”三字来翻，自然也不是十分合式的。我以为 Gentleman，Vagabond 这些字所以这么刁钻古怪，是因为它们被人们活用得太久，原来的意义已消失。于是每个人用这个字时候都添些自己的意思，这字的涵义越大，更加好活用了。因此在中国寻不出一个能够引起那么多的联想的字来。本来 Gentleman、Vagabond 这二个字和财产都有关系的，一个是拥有财产，丰衣足食的公子，一个是毫无恒产，四处飘零的穷光蛋。因为有钱，自然能够受良好的教育，行动举止也温文尔雅，谈吐也就蕴藉不俗，更不至于跟人铢锱必较，言语冲撞了。Gentleman 这字的意义就由世家子弟一变变做斯文君子。所以现在我们不管一个人出身的贵贱，财产的有无，只要他的态度是温和，做人很正直，我们都把他当做 Gentleman。一班穷酸的人们被人冤枉时节，也可以答辩道：“我虽然穷，却是 个 Gentleman。”

Vagabond 这个字意义的演化也经过了同样的历程。本来只指那班什么财产也没有，天天随便混过去的人们。他们既没有一定的职业，有时或者也干些流氓的勾当。但是他们整天随遇而安，倒也无忧无虑，他们过惯了放松的生活，所以就是手边有些钱，也是胡里胡涂地用光，对人们当然是很慷慨的。他们没有身家之虑，做事也就痛痛快快，并不像富人那种畏首畏尾，瞻前顾后。酒是大杯地喝下去，话是随便地顺口开河，有时也胡诌些有趣味的谎语。他们万事不关怀，天天笑呵呵，规矩的人们背后说他们没有责任心。他们与世无忤，既不会桌上排着一斗黄豆，一斗黑豆，打算盘似地整天数自己的好心思和坏心思，也不会皱着眉头，弄出连环巧计来陷害人们。他们的行为是胡涂的，他们的心肠是好的。他们是大个顽皮小孩，可是也带了小孩的天真。他们脑里存了不少奇奇怪怪的幻想，满脸春风，老是笑迷迷的，一些机心也没有。……我们现在把凡是带有这种心情的人们都叫做 Vagabond，就是他们是王侯将相的子孙，生平没有离开家乡过也不碍事。他们和中国古代的侠客有些相像，可是他们又不像侠客那样朴刀横腰，给夸大狂迷住，一脸凶气，走遍天下专为打不平。他们对于伦理观念，没有那么死板地痴痴执著。我不得已只好翻做“流浪汉”，流浪是指流浪的心情，所我所赞美的流浪汉或者同守深闺的小姐一样，终身未出乡里一步。

英国十九世纪末叶诗人和小品文作家斯密士（Alexander Smith）对于流浪汉是无限地颂扬。他有一段描写流浪汉的文章，说得很妙。他说：“流浪汉对于许多事情的确有他的特别意见。比如他从小是同密尼表妹一起养大，心里很爱她，而她小孩时候对于他的感情也是跟着年龄热烈起来，他俩结合后大概也可以好好地过活，他一定把她娶来，并没有考虑到他们收入将来能够不能够允许他请人们来家里吃饭或者时髦地招待朋友。这自然是太鲁莽了。可是对于流浪汉你是没法子说服他。他自己有他一套再古怪不过的逻辑（他自己却以为是很自然的推论），他以为他是为自己娶亲的，并不是为招待他的朋友的缘故；他把得到一个女人的真心同纯洁的胸怀比袋里多一两镑钱看得重得多。规矩的人们不爱流浪汉。那班膝下有还未出嫁姑娘的母亲特别怕他——并不是因他为子不孝，或者将来不能够做个善良的丈夫，或者对朋友不忠，但是他的手不像别人的手，总不会把钱牢牢地握着。他对于外表丝毫也不讲究。他结交朋友，不因为他们有华屋美酒，却是爱他们的性情，他们的好心肠，他们讲笑话听笑话的本领，以及许多别人看不出的好处。因此他的朋友是不拘一类的，在富人的宴会里却反不常见到他的踪迹。我相信他这种流浪态度使他得到许多好处。他对希奇古怪的地方都有接触过。他对于人性晓得便透彻，好像一个人走到乡下，有时舍开大路，去凭吊荒墟古冢，有时在小村逆旅休息，路上碰到人们也攀谈起来，这种人对于乡下自然比那坐在四轮马车里骄傲地跑过大道的知道得多，我们因为这无理的骄傲，失丢了不少见识。一点流浪汉的习气都没有的人是没有什么价值的。”斯密士说到流浪汉的成家立业的法子，可见现在所谓的流浪汉并不限于那无家可归，脚跟如蓬转的人们。斯密士所说的只是一面，让我再由另一个观察点——流浪汉和 Gentleman 的比较——来论流浪汉，这样子一些一些凑起来或者能够将流浪汉的性格描摹得很完全，而且流浪汉的性格复杂万分（汉既以流浪名，自不是安分守己，方正简单的人们），绝不能一气说清。

英国文学里分析 Gentleman 的性格最明晰深入的文章，公推是那位叛教分子纽门（G. H. Newman）[①] 的《大学教育的范围同性质》。纽门说：“说一个人他从来没有给别人以苦痛，这句话几乎可以做‘君子’的定义……‘君子’总是从事于除去许多障碍，使

① 纽门：今译纽曼（1801—1890），英国作家、红衣主教。

同他接近的人们能够自然地随意行动；‘君子’对于他人行动是取赞同合作态度，自己却不愿开首主动……真正的‘君子’极力避免使同他在一块的人们心里感到不快或者颤震，以及一切意见的冲突或者感情的碰撞，一切拘束、猜疑、沉闷、怨恨；他最关心的是使每个人都很随便安逸像在自己家里一样。”这样小心翼翼的君子，我们当然很愿意和他们结交，但是若使天下人都是这么我让你，你体贴我，扭扭捏捏地，谁也都是捧着同情等着去附和别人的举动，可是谁也不好意思打头阵；你将就我，我将就你，大家天天只有个互相将就的目的，此外是毫无成见的，这种的世界和平固然很和平，可惜是死国的和平。迫得我们不得不去欢迎那豪爽英迈，勇往直前的流浪汉。他对于自己一时兴到想干的事趣味太浓厚了，只知道口里吹着调子，放手做去，既不去打算这事对人是有益是无益，会成功还是容易失败，自然也没有虑及别人的心灵会不会被他搅乱，而且“君子”们袖手旁观，本是无可无不可的，大概总会穿着白手套轻轻地鼓掌。流浪汉干的事情不一定对社会有益，造福于人群，可是他那股天不怕，地不怕，不计得失，不论是非的英气总可以使这麻木的世界呈现些须生气，给“君子”们以赞助的材料，免得“君子”们整天掩着手打呵欠（流浪汉才会痛快地打呵欠，“君子”们总是像林黛玉那样子抿着嘴儿）找不出话讲，我承认偷情的少女，再嫁的寡妇都是造福于社会的，因为没有她们，那班贞洁的小姐，守节的孀妇就失丢了谈天的材料，也无从来赞美自己了。并且流浪汉整天瞎闹过去，不仅目中无人，简直把自己都忘却了。真正的流浪汉所以不会引起人们的厌恶，因为他已经做到无人无我的境地，那一刹那间的冲动是他唯一的指导，他自己爱笑，也喜欢看别人的笑容，别的他什么也不管了。“君子”们处处为他人着想，弄得不好，反使别人怪难受，倒不如流浪汉的有饭大家吃，有酒大家喝，有话大家说，先无彼此之分，人家自然会觉得很舒服，就是有冲撞地方，也可以原谅，而且由这种天真的冲撞更可以见流浪汉的毫无机心。真是像中国旧文人所爱说文章本天成，妙手偶得之，流浪汉任性顺情，万事随缘，丝毫没有想到他人，人们却反觉得他是最好的伴侣，在他面前最能够失去世俗的拘束，自由地行动。许多人爱留连在乌烟瘴气的酒肆小茶店里，不愿意去高攀坐在王公大人们客厅的沙发上，一班公子哥儿喜欢跟马夫下流人整天打伙，不肯到他那客气温和的亲戚家里走走，都是这种道理。纽门又说："君子知道得很清楚，人类理智的强处同弱处，范围同限制。若使他是个不信宗教的人，他是太精明太雅量了，绝不会去嘲笑或者反宗教；他太智慧了，不会武断地或者热狂地反教。他对于虔敬同信仰有相当的尊敬；有些制度他虽然不肯赞同，可是他还以为这些制度是可敬的良好的或者有用的；他礼遇牧师，自己仅仅是不谈宗教的神秘，没有去攻击否认。他是信教自由的赞助者，这并不只是因为他的哲学教他对于各种宗教一视同仁，一半也是由于他的性情温和近于女性，凡是有文化的人们都是这样。"这种人修养功夫的确很到家，可谓火候已到，丝毫没有火气，但是同时也失去活气，因为他所磨炼去的火是 Prometheus 由上天偷来做人们灵魂用的火①。十八世纪第一画家 Reynolds 是位脾气顶好的人②，他的密友约翰生（就是那位麻脸的胖子）一天对他说："Reynolds 你对于谁也不恨，我却爱那善于恨人的人。"约翰生伟大的脑袋蕴蓄有许多对于人生微妙的观察，他通常冲口而出的牢骚都是入木三分的慧话。恨人恨得好（A good hater）真是一种艺术，而且是人人不可不讲究的。我相信不会热烈地恨人的人也是不知道怎地热烈地爱人。流浪汉是知道如何恨人，如何爱人。他对于宗教不是拼命地相信，就是尽力地嘲笑。Donne，Herrick，Celleni 都是流浪汉气味十足的人们③，他们对于宗教都有狂热；Voltaire，Nietzsche 这班流浪汉就用尽俏皮的辞句④，热嘲冷讽，掉尽枪花，来讥骂宗教。在人生这幕

---

① Prometheus：普罗米修斯，希腊神话中的盗火英雄。

② Reynolds：雷诺兹（1723—1792），英国画家，作品有《哈斯丁斯肖像》。

③ Donne：J. 多恩（1572—1631），英国诗人、散文家。Cellini：B. 切利尼（1500—1571），意大利作家、雕刻家。

④ Nietzsche：尼采（1844—1900），德国思想家。

悲剧的喜剧或者喜剧的悲剧里，我们实在应该旗帜分明地对于一切不是打倒，就是拥护，否则到处妥协，灰色地独自踯躅于战场之上，未免太单调了，太寂寞了。我们既然知道人类理智的能力是有限的，那么又何必自作聪明，僭居上帝的地位，盲目地对于一切主张都持个大人听小孩说梦话态度，保存一种白痴的无情脸孔，暗地里自夸自己的眼力不差，晓得可怜同原谅人们低弱的理智。真真对于人类理智力的薄弱有同情的人是自己也加入跟着人们胡闹，大家一起乱来，对人们自然会有无限同情。和人们结伙走上错路，大家当然能够不言而喻地互相了解。当浊酒三杯过后，大家拍桌高歌，莫名其妙地相视而笑，莫逆于心，那时人们才有真正同情，对于人们的弱点有愿意的谅解，并不像“君子”们的同情后面常带有我佛如来怜悯众生的冷笑。我最怕那人生的旁观者，所以我对于厚厚的约翰生传会不倦地温读，听人提到 Addison 的《旁观报》就会皱眉①，虽然我也承认他的文章是珠圆玉润，修短适中，但是我怕他那像死尸一般的冰冷。纽门自己说“君子”的性情温和近于女性(The gentleness and effeminacy of feeling)，流浪汉虽然没有这类在台上走 S 式步伐的旖旎风光，他却具有男性的健全。他敢赤身露体地和生命肉搏，打个你死我活。不管流浪汉的结果如何，他的生活是有力的，充满趣味的，他没有白过一生，他尝尽人生的各种味道然后再高兴地去死的国土里遨游。这样在人生中的趣味无穷翻身打滚的态度，已经值得我们羡慕，绝不是女性的“君子”所能晓得的。

耶稣说过：“凡想要保全生命的，必丧掉生命。凡丧掉生命的，必救活生命。”流浪汉无时不是只顾目前的痛快，早把生命的安全置之度外。可是他却无时不尽量地享受生之乐。守己安分的人们天天守着生命，战战兢兢，只怕失丢了生命，反把生命真正的快乐完全忽略，到了盖棺论定，自己才知道白宝贵了一生的生命，却毫无受到生命的好处，可惜太迟了，连追悔的时候都没有。他们对于生

---

① Addison：艾迪生。《旁观者》，艾迪生与斯梯尔 1711 年合办的小报，每周六期。

命好似守财虏的念念不忘于金钱，不过守财虏还有夜夜关起门来，低着头数血汗换来的钱财的快乐，爱惜生命的人们对于自己的生命，只有刻刻不忘的担心，连这种沾沾自喜的心情也没有，守财虏为了金钱缘故还肯牺牲了生命，比那什么想头也消失了，光会顾惜自己皮肤的人们到底是高一等，所以上帝也给他那份应得的快乐。用句罗素的老话，流浪汉对于自己生命不取占有冲动，是被创造冲动的势力鼓舞着。实在说起来，宇宙间万事万物流动不息，哪里真有常住的东西。只有灭亡才是永存不变的，凡是存在的天天总脱不了变更，这真是“法轮常转”。Walter Pater 在他的《文艺复兴研究》的结论曾将这个意思说得非常美妙，可惜写得太好了，不敢翻译。尤其生命是瞬刻之间，变幻万千的，不跳动的心是属于死人的。所以除非顺着生命的趋势，高兴地什么也不去管望前奔，人们绝不能够享受人生。近代小品文家 Jackson 在他那篇论“流浪汉”文里说[①]：“流浪汉如入生命的波涛汹涌的狂潮里生活。”他不把生命紧紧地拿着（普通人将生命握得太紧，反把生命弄僵化死了），却做生命海中的弄潮儿，伸开他的柔软身体，跟着波儿上下，他感觉到处处触着生命，他身内的热血也起共鸣。最能够表现流浪汉这种精神的是美国放口高歌、不拘韵脚的惠提曼（Walt Whitman）[②]。他那本诗集《草之叶》（*Leaves of Grass*）里句句诗都露出流浪汉的本色，真可说是流浪汉的圣经。流浪汉生活所以那么有味，一半也由于他们的生活是很危险的。踢足球，当兵，爬悬崖峭壁……所以会那么饶有趣味，危险性也是一个主因。在这个单调寡趣，平淡无奇的人生里凡有血性的人们常常觉到不耐烦，听到旷野的呼声，原人时代啸游山林，到处狩猎的自由化做我们的本能，潜伏在黑礼服的里面，因此我们时时想出外涉险，得个更充满的不羁生活。万顷波涛的大海谁也知道覆灭过无千无数的大船，可是年年都有许多盎

---

① Jackson：杰克逊（1892—1954），美国散文家。

② 惠提曼：今译惠特曼。下文《草之叶》，今译《草叶集》。

格罗萨格逊的小孩恋着海上危险的生涯[1]，宁愿抛弃家庭的安逸，违背父母的劝谕，跑去过碧海苍天中辛苦的水手生涯。海所以会有那么大的魔力就是因为它是世上最险的地方，而身心健全的好汉哪个不爱冒险，爱慕海洋的生活，不仅是一“海上夫人”而已也。所以海洋能够有小说家们像 Marryat，Cooper，Loti，Conrad，等等去描写它，而他们的名著又能够博多数人的同情[2]。蔼理斯曾把人生比做到跳舞，若使世界真可说是个跳舞场，那么流浪汉是醉眼矇眬，狂欢地跳二人旋转舞的人们。规矩的先生们却坐在小桌边无精打采地喝无聊的咖啡，空对着似水的流年怅惘。

流浪汉在无限量地享受当前生活之外，他还有丰富的幻想做他的伴侣。Dickens 的《块肉余生述》里面的 Micawber 在极穷困的环境中不断他说“我们快交好运了”，这确是流浪汉的本色[3]。他总是乐观的，走的老是蔷薇的路。他相信前途一定会光明，他的将来果然会应了他的预测，因为他一生中是没有一天不是欣欣向荣的；就是悲哀时节，他还是肯定人生，痛痛快快地哭一阵后，他的泪珠已滋养大了希望的根苗。他信得过自己，所以他在事情还没有做出之前，就先口说莲花，说完了，另一个新的冲动又来了，他也忘却自己讲的话，那事情就始终没有干好。这种言行不能一致，孔夫子早已反对在前，可是这类英气勃勃的矛盾是多么可爱！蔼理斯在他的名著《生命的跳舞》里说[4]：“我们天天变更，世界也是天天变更，这是顺着自然的路，所以我们表面的矛盾有时就全体来看却是个深一层的一致。”（他的话大概是这样，一时记不清楚。）流浪汉跟着自然一团豪兴。想到哪里就说到哪里，他的生活是多么有力。行为不一定是天下一切主意的唯一归宿，有些微妙的主张只待说出

① 盎格罗萨格逊：今译盎格鲁—撒克逊。

② Marryat：马里亚特（1792—1848），英国小说家。Cooper：库珀（1789—1851），美国小说家。Loti：洛蒂（1856—1923），法国小说家。

③《块肉余生述》：今译《大卫·科波菲尔》。Micawber：米考伯，前书中的人物。

④ 蔼理斯（1859—1939）：英国学者，以《性心理学》而闻名。《生命的跳舞》：今译《生命的舞蹈》。

已是值得赞美了，做出来或者反见累赘。神话同童话里的世界哪个不爱，虽然谁也知道这是不能实现的。流浪汉的快语在惨淡的人生上布一层彩色的虹，这就很值得我们谢谢了。并且有许多事情起先自己以为不能胜任，若使说出话来，因此不得不努力去干，倒会出乎意料地成功；倘然开头先怕将来不好，连半句话也不敢露，一碰到障碍，就随它去，那么我们的做事能力不是一天天退化了？一定要言先乎事，做我们努力的刺激，生活才有兴味，才有发展。就是有时失败，富有同情的人们定会原谅，尖酸刻薄人们的同情是得不到的，并且是不值一文的。我们的行为全藉幻想来提高，所以 Masefield 说[①]："缺乏幻想能力的人民是会灭亡的。"幻想同矛盾是良好生活的经纬。流浪汉心里想出七古八怪的主意，干出离奇矛盾的事情。什么传统正道也束缚他不住，他真可说是自由的骄子，在他的眼睛里，世界变做天国，因为他过的是天国里的生活。

若使我们翻开文学史来细看，许多大文学家全带有流浪汉气味。Shakespeare（莎士比亚）偷过去时人家的鹿，Ben Jonson，Marlowe 等都是 Mermaid Tavern 这家酒店的老主顾，Goldsmith 吴市吹箫，靠着他的口笛遍游大陆，Steele 整天忙着躲债，Charles Lamb，Leigh Hunt 颠头颠脑，吃大烟的 Coleridge，De Quincey 更不用讲了，拜伦，雪莱，济茨那是谁也晓得的。[②] 就是 Wordsworth 那么道学先生神气，他在法国时候，也有过一个私生女，他有一首有名的十四行诗就是说这个女孩。目光如炬专说精神生活的塔果尔，小孩时候最爱的是逃学。[③] Browning 带着人家的闺秀偷跑，Mrs. Browning 违着父亲淫奔[④]，前数年不是有位好事先生考究出 Dickens 年青时许多不轨的举动，其他如 Swinburen[⑤]，Stevenson 以

---

① Masefield：梅斯菲尔德（1878—1967），英国文学家。

② 济茨：今译济慈。

③ 塔果尔：今译泰戈尔。

④ Mrs. Browning：勃朗宁夫人（1806—1861），英国女诗人。

⑤ Swinburne：斯温伯恩（1837—1909），英国诗人、批评家。

及《黄书》杂志那班唯美派作家那是更不用说了[①]。为什么偏是流浪汉才会写出许多不朽的书，让后来“君子”式的大学生整天整夜按部就班地念呢？头一下因为流浪汉敢做敢说，不晓得掩饰求媚，委曲求全，所以他的话真挚动人。有时加上些瞒天大谎，那谎却是那样子大胆子地杜撰的，一般拘谨人和假君子所绝对不敢说的。谎言因此有谎言的真实在，这真实是扯谎者的气魄所逼成的。而且文学是个性的结晶，个性越显明，越能够坦白地表现出来，那作品就更有价值。流浪汉是具有出类拔萃的个性的人物，他们的思想同行事全有他们的特别性格的色彩，他们豪爽直截的性情使他们能够把这种怪异的性格跃跃地呈现于纸上。斯密士说得不错：“天才是个流浪汉”，希腊哲学家讲过知道自己最难，所以在世界文学里写得好的自传很少，可是世界中所流传几本不朽的自传全是流浪汉写的。Cellini 杀人不眨眼，并且敢明明白白地记下，他那回忆录（Memoirs）过了几千年还没有失去光辉。Augustine 少年时放荡异常[②]，他的忏悔录却同托尔斯泰（他在莫斯科纵欲的事迹也是不可告人的）的忏悔录，卢骚的忏悔录同垂不朽[③]。富兰克林也是有名的流浪汉，不管他怎样假装做正人君子，他那浪子的骨头总常常露出，只要一念 Cobbett 攻击他的文章就知道他是多么古怪的一个人[④]。De Quincey 的《英国一个吃鸦片人的忏悔录》，这个名字已经可以告诉我们那内容了。做《罗马衰亡史》的 Gibbon，他年青时候爱同教授捣乱，他那本薄薄的自传也是个愉快的读物。Jeffries 一心全在自然的美上面，除开游荡山林外，什么也不注意，他那《心史》是本冰雪聪明，微妙无比的自白[⑤]。记得从前美国一位有钱老太太希望她的儿子成个文学家，写信去请教一位文豪，这位文豪回信说：“每年给他几千镑，让他自己鬼混去罢。”这实在是培养

① 《黄书》：今译《黄色杂志》，英国唯美主义文学艺术家的刊物。

② Angustine：奥古斯丁（354—430），古罗马思想家，著有《忏悔录》。

③ 卢骚：今译卢梭。

④ Cobbett：W. 科贝特（1762—1835），英国政论家、散文家。

⑤ Jeffries：杰弗里斯（1848—1887），英国小说家、散文家。

创造精神的无上办法。我希望想写些有生气的文章的大学生不死滞在文科讲堂里，走出来当一当流浪汉罢。最近半年北大的停课对于中国将来文坛大有裨益，因为整天没有事只好逛市场跑前门的文科学生免不了染些流浪汉气息。这种千载一时的机会，希望我那些未毕业的同学们好好地利用，免贻后悔。

前几年才死去的一位英国小说家 Conrad 在他的散文集《人生与文学》内，谈到一位有流浪汉气的作家 Luffmann，说起有许多小女读他的书以后，写信去向他问好，不禁醋海生波，顾影自怜地（虽然他是老舟子出身）叹道："我平生也写过几本故事（我不愿意无聊地假装自谦），既属纪实，又很有趣。可是没有女人用温柔的话写信给我。为什么？只是因为我没有他那种流浪汉气。家庭中可爱的专制魔王对于这班无法无天的人物偏动起怜惜的心肠。"流浪汉确是个可爱的人儿，他具有完全男性，情怀潇洒，磊落大方，哪个怀春的女儿见他不会倾心。俗语说："痴心女子负心汉。"就是因为负心汉全是处处花草颠连的浪子，什么事情都不放在心头，他那痛快淋漓的气概自然会叫那老被人拘在深闺里的女孩儿一见心倾，后来无论他怎地负心，总是痴心地等待着。中古的贵女爱骑士，中国从前的美人爱英雄总是如花少女对于风尘中飘荡人的一往情深的表现。红拂的夜奔李靖，乌江军帐里的虞姬，随着范蠡飘荡五湖的西施……这些例子也不知道有多少。清朝上海窑子爱姘马夫，现在电影明星姘汽车夫，姨太太跟马弁偷情也是同样的道理。总之流浪汉天生一种叫人看着不得不爱的情调，他那种古怪莫测的行径刚中女人爱慕热情的易感心灵。岂只女人的心见着流浪汉会熔，我们不是有许多瞎闹胡乱用钱行事乖张的朋友，常常向我们借钱捣乱，可是我们始终恋着他们率直的态度，对他们总是怜爱帮忙。天下最大的流浪汉是基督教里的魔鬼。可是哪个人心里不喜欢魔鬼。在莎士比亚以前英国神话剧盛行时候，丑角式的魔鬼一上场，大家都忙着拍手欢迎，魔鬼的一举一动看客必定跟着捧腹大笑。Robert Lynd 在他的小品文集《橘树》里《论魔鬼》那篇中说：“《失乐园》诗所说的撒但在我们想象中简直等于儿童故事里面伟大英猛的海盗。”凡是儿童都爱海盗，许多人念了密尔敦史诗觉得诡谲的撒但比板板的上帝来得有趣得多。魔鬼的堪爱地方大多了，不是随便说得完，留得将来为文细论。

清末有几位王公贝勒常在夏天下午换上叫花子的打扮，偷跑到什刹海路旁口唱莲花向路人求乞，黄昏时候才解下百衲衣回王府去。我在北京住了几年，心中很羡慕旗人知道享乐人生，这事也是一个证明。大热天气里躺在柳荫底下，顺口唱些歌儿，自在地饱看来往的男男女女；放下朝服，着半件轻轻的破衫，尝一尝暂时流浪生活的滋味，这是多么知道享受人生。戏子的生活也是很有流浪汉的色彩，粉墨登场，去博人们的笑和泪，自己仿佛也变做戏中人物，清末宗室有几位很常上台串演，这也是他们会寻乐地方。白浪滔天半生奔走天下，最后入艺者之家，做一个门弟子，他自己不胜感慨，我却以为这真是浪人应得的涅槃。不管中外，戏子女优必定是人们所喜欢的人物，全靠着他们是社会中最明显的流浪汉。Dickens 的小说所以会那么出名，每回出版新书时候，要先通知警察到书店门口守卫，免得购书的人争先恐后打起架来，也是因为他书内大脚色全是流浪汉，Pickwick 俱乐部那四位会员和他们周游中所遇的人们，《双城记》中的 Carton 等等全是第一等的流浪汉。《儒林外史》的杜少卿，《水浒》的鲁智深，《红楼梦》的柳二郎，《老残游记》的补残老是深深地刻在读者的心上，变成模范的流浪汉。

流浪汉自己一生快活，并且凭空地布下快乐的空气，叫人们看到他们会高兴起来，说不出地喜欢他们，难怪有人说：“自然创造我们时候，我们个个都是流浪汉，是这俗世把我弄成个讲究体面的规矩人。”在这点我要学着卢骚，高呼“返于自然”。无论如何，在这麻木不仁的中国，流浪汉精神是一服极好的兴奋剂，最需要的强心针。就是把什么国家，什么民族一笔勾销，我们也希望能够过个有趣味的一生，不像现在这样天天同不好不坏，不进不退的先生们敷衍。写到这里，忽然记起东坡一首《西江月》，觉得很能道出流浪汉的三昧，就抄出做个结论罢！

照野弥弥浅浪，横空隐隐层霄，障泥未解玉骢骄，我欲醉眠芳草。

可惜一溪风月，莫教踏碎琼瑶，解鞍攲枕绿杨桥，杜宇一声春晓。

顷在黄州，春夜行蕲水中，过酒家，饮酒醉。乘月至一溪桥上，解鞍曲肱，醉卧少休。及觉已晓，乱山攒拥，流水锵锵，疑非尘世也。书此语桥柱上。

十八年除夕之前二日于福州

“春朝”一刻值千金

（懒惰汉的懒惰想头之一）

十年来，求师访友，足迹走遍天涯，回想起来给我最大益处的却是“迟起”，因为我现在脑子里所有些聪明的想头，灵活的意思多半是早上懒洋洋地赖在床上想出来的。我真应该写几句话赞美它一番，同时还可以告诉有志的人们一点迟起艺术的门径。谈起艺术，我虽然是门外汉，不过对于迟起这门艺术倒可说是一位行家，因为我既具有明察秋毫的批评能力，又带了甘苦备尝的实践精神。我天天总是在可能范围之内，尽量地滞在床上——是我们的神庙——看着射在被上的日光，暗笑四围人们无谓的匆忙，回味前夜的痴梦——那是比做梦还有意思的事，——细想迟起的好处，唯我独尊地躺着，东倒西倾的小房立刻变做一座快乐的皇宫。

诗人画家为着要追求自己的幻梦，实现自己的痴愿，宁可牺牲一切物质的快乐，受尽亲朋的诟骂，他们从艺术里能够得到无穷的安慰，那是他们真实的世界，外面的世界对于他们反变成一个空虚。迟起艺术家也具有同等的精神。区区虽然不是一个迟起大师，但是对于本行艺术的确有无限的热忱——艺术家的狂热。所以让我拿自己做个例子罢。当我是个小孩时候，我的生活由家庭替我安排，毫无艺术的自觉，早上六点就起来了。后来到北方念书去，北方的天气是培养迟起最好的沃土，许多同学又都是程度很高的迟起艺术专家，于是绝好的环境同朋辈的切磋使我领略到迟起的深味，我的忠于艺术的热度也一天一天地增高。暑假年假回家时期，总在全家人吃完了早饭之后，我才敢动起床的念头。老父常常对我说清晨新鲜空气的好处，母亲有时提到重温稀饭的麻烦，慈爱的祖母也屡次向我姑母说“早起三日当一工”（我的姑母老是起得很早的），我虽然万分不愿意失丢大人们的欢心，但是为着忠于艺术的缘故，居然甘心得罪老人家。后来老人家知道我是无可救药的，反动了怜惜的心肠，他们早上九点钟时候走过我的房门前还是用着足尖；人们温情地放纵我们的弱点是最容易刺动我们麻木的良心，但是我总舍不得违弃了心爱的艺术，所以还是懊悔地照样地高卧。在大学里，有几位道貌岸然的教授对于迟到学生总是白眼相待，我不幸得很，老做他们白眼的鹄的，也曾好几次下个决心早起，免得一进教室的门，就受两句冷讽，可是一年一年地过去，我足足受了四年的白眼待遇，里头的苦处是别人想不出来的。有一年寒假住在亲戚家里，他们晚饭的时间是很早的，所以一醒来，腹里就咕隆地响着，我却按下饥肠，故意想出许多有趣事情，使自己忘却了肚饿，有时饿出汗来，还是坚持着非到十时是不起来的。对于艺术我是多么忠实，情愿牺牲。枵腹做诗的爱伦波，真可说是我的同志。后来入世谋生，自然会忽略了艺术的追求；不过我还是尽量地保留一向的热诚，虽然已经是够堕落了。想起我个人因为迟起所受的许多说不出的苦痛，我深深相信迟起是一门艺术，因为只有艺术才会这样带累人，也只有艺术家才肯这样不变初衷地往前牺牲一切。

但是从迟起我也得到不少的安慰，总够补偿我种种的苦痛。迟起给我最大的好处是我没有一天不是很快乐地开头的。我天天起来总是心满意足的，觉得我们住的世界无日不是春天，无处不是乐园。当我神怡气舒地躺着时候，我常常记起勃浪宁的诗：“上帝在上，万物各得其所。”（鱼游水里，鸟栖树枝，我卧床上。）人生是短促的，可是若使我们有过光荣的青春，我们的一生就不能算是虚度，我们的残年很可以傍着火炉，晒着太阳在回忆里过日子。同样地一天的光阴是很短促的，可是若使我们有过光荣的早上，（一半时间花在床上的早晨!）我们这一天就不能说是白丢了，我们其余时间可以用在追忆清早的幸福，我们青年时期若使是欣欢的结晶，我们的余生一定不会很凄凉的，青春的快乐是有影子留下的，那影子好似带了魔力，惨淡的老年给它一照，也呈出和蔼慈祥的光辉。我们一天里也是一样的，人们不是常说：一件事情好好地开头，就是已经成功一半了；那么赏心悦意的早晨是一天快乐的先导。迟起不单是使我天天快活地开头，还叫我们每夜高兴地结束这个日子；我们夜夜去睡时候，心里就预料到明早迟起的快乐——预料中的快乐是比当时的享受，味还长得多——这样子我们一天的始终都是给生机活泼的快乐空气围住，这个可爱的升平景象却是迟起一手做成的。

迟起不仅是能够给我们这甜蜜的空气，它还能够打破我们结结实实的苦闷。人生最大的愁忧是生活的单调。悲剧是很热闹的，怪有趣的，只有那不生不死的机械式生活才是最无聊赖的。迟起真是唯一的救济方法。你若使感到生活的沉闷，那么请你多睡半点钟(最好是一点钟)，你起来一定觉得许多要干的事情没有时间做了，那么是非忙不可——“忙”是进到快乐宫的金钥，尤其那自己找来的忙碌。忙是人们体力发泄最好的法子，亚里士多德不是说过人的快乐是生于能力变成效率的畅适。我常常在办公时间五分钟以前起床，那时候洗脸拭牙进早餐，都要限最快的速度完成，全变做最浪漫的举动，当牙膏四溅，脸水横飞，一手拿着头梳，对着镜子，一面吃面包时节，谁会说人生是没有趣味呢？而且当时只怕过了时间，心中充满了冒险的情绪。这些暗地晓得不碍事的冒险兴奋是顶可爱的东西，尤其是对于我们这班不敢真真履险的懦夫。我喜欢北方的狂风，因为当我们衔着黄沙往前进的时候，我们仿佛是斩将先登，冲锋陷阵的健儿，跟自然的大力肉搏，这是多么可歌可泣的壮举，同时除开耳孔鼻孔塞点沙土外，丝毫危险也没有，不管那时是怎地像煞有介事样子。冒险的嗜好哪个人没有，不过我们胆小，不愿白丢了生命，仁爱的上帝，因此给我们卷地蔽天的刮风，做我们安稳冒险的材料。住在江南的可怜虫，找不到这一天赐的机会，只得英雄做时势，迟些起来，自己创造机会。就是放假期间，十时半起床，早餐后抽完了烟，已经十一时过了，一想到今天打算做的事情一件也没有动手，赶紧忙着起来——天下里还有比无事忙更有趣味的事吗？若使你因为迟起挨到人家的闲话，那最少也可以打破你日常一波不兴无声无臭的生活。我想凡是尝过生活的深味的人一定会说痛苦比单调灰色生活强得多，因为痛苦是活的，灰色的生活却是死的象征。迟起本身好似是很懒惰的，但是它能够给我们最大的活气，使我们的生活跳动生姿；世上最懒惰不过的人们是那般黎明即起，老早把事做好，坐着呆呆地打呵欠的人们。迟起所有的这许多安慰，除开艺术，我们哪里还找得出来呢？许多人现在还不明白迟起的好处，这也可以证明迟起是一种艺术，因为只有艺术人们才会这样地不去睬它。

现在春天到了，"春宵苦短日高起"[①]，五六点钟醒来，就可以看见太阳，我们可以醉也似地躺着，一直躺了好几个钟头，静听流莺的巧啭，细看花影的慢移，这真是迟起的绝好时光。能让我们天天多躺一会儿罢，别辜负了这一刻千金的"春朝"。

《懒惰汉的懒惰想头》是当代英国小品文家 Jerome K. Jerome 的文集名字（*Idle Thoughts of an Idle Fellow*）[②]，集里所说的都是拉闲扯散，瞎三道四的废话，可是自带有幽默的深味，好似对于人生有比一般人更微妙的认识同玩味——这或者只是因为我自己也是懒惰汉，官官相卫，猩猩惜猩猩，那么也好，就随它去罢。"春宵一刻值千金"这句老话[③]，是谁也知道的，我觉得换一个字，就可以做我的题目。连小小二句题目，都要东抄西袭凑合成的，不肯费心机自己去做一个，这也可以见我的懒惰了。

在副题目底下加了"之一"两字，自然是指明我还要继续写些这类无聊的小品文字，但是什么时候会写第二篇，那是连上帝都不敢预言的。我是那么懒惰，有时晚上想好了意思，第二天起得太早，心中一懊悔，什么好意思都忘却了。

---

① 春宵苦短日高起：语出白居易《长恨歌》，对句是"从此君王不早朝"。

② Jerome K. Jerome：杰罗姆·凯·杰罗姆（1859—1927），英国散文家。

③ 春宵一刻值千金：语出苏轼《春宵》，对句为"花有清香月有阴"。

"失掉了悲哀"的悲哀

那是三年前的春天，我正在上海一个公园里散步，忽然听到有个很熟悉的声音向我打招呼。我看见一位神采飘逸的青年站在我的面前，微笑着叫我的名字问道："你记得青吗？"我真不认得他就是我从前大学预科时候的好友，因为我绝不会想到过了十年青还是这么年青样子，时间对于他会这样地不留痕迹。在这十年里我同他一面也没有会过，起先通过几封信，后来各人有各人的生活，彼此的环境又不能十分互相明瞭，来往的信里渐渐多谈时局天气，少说别话了。我那几句无谓的牢骚，接连写了几遍，自己觉得太无谓，不好意思再重复，却又找不出新鲜话来，因此信一天天地稀少，以至于完全断绝音问已经有七年了。青的眼睛还是那么不停地动着，他颊上依旧泛着红霞，他脸上毫无风霜的颜色，还脱不了从前那种没有成熟的小孩神气。有一点却是新添的，他那渺茫的微笑是从前所没有的，而且是故意装出放在面上的，我对着这个微笑感到一些不快。

"青，"我说，"真奇怪！我们别离时候，你才十八岁，由十八到二十八，那是人们老得最快的时期，因为那是他由黄金的幻梦觉醒起来，碰到倔强的现实的时期。你却是丝毫没有受环境的影响，还是这样充满着青春的光荣，同十年前的你真是一点差别也找不出。我想这十年里你过的日子一定是很快乐的。对不对？"他对着我还是保持着那渺茫的微笑，过了一会，漠然地问道："你这几年怎么样呢？"我叹口气说道："别说了，许多的志愿，无数的心期全在这几年里销磨尽了。为着要维持生活，延长生命，整天忙着，因此却反失了生命的意义，多少想干的事情始终不能实行，有时自己想到这种无聊赖的生活，这样暗送去绝好的时光，心里的确万分难过。这几年里接二连三遇到不幸的事情，我是已经挣扎得累了。我近来的生活真是满布着悲剧的情绪。”青忽然兴奋地插着说：“一个人能够有悲剧的情绪，感到各种的悲哀，他就不能够算作一个可怜人了。”他正要往下说，眼皮稍稍一抬，迟疑样子，就停住不讲，又鼓着嘴唇现出笑容了。青从前是最直爽痛快不过的人，尤其和我，是什么话都谈的，我们常常谈到天亮，有时稍稍一睡，第二天课也不上，又唧唧哝哝谈起来。谈的是什么，现在也记不清了，哪个人能够记得他睡在母亲怀中时节所做的甜梦。所以我当时很不高兴他这吞吞吐吐的神情，我说：“青，十年里你到底学会些世故，所以对着我也是柳暗花明地只说半截话。小孩子的确有些长进。”青平常是最性急的人，现在对于我这句激他的话，却毫不在怀地一句不答，仿佛渺茫地一笑之后完事了。过了好久，他慢腾腾地说道：“讲些给你听听玩，也不要紧，不讲固然也是可以的。我们分手后，我不是转到南方一个大学去吗？大学毕业后，我同人们一样，做些事情，吃吃饭，我过去的生活是很普通的，用不着细说。实在讲起来，哪个人生活不是很普通的呢？人们总是有时狂笑，有时流些清泪，有时得意，有时失望，此外无非工作，娱乐，有家眷的回家看看小孩，独自得空时找朋友谈天。此外今天喜欢这个，明日或者还喜欢他，或者高兴别人，或者他们死了，那就是不能再爱谁，再受谁的爱了。一代一代递演下去，当时自己都觉得是宇宙的中心，后来他却忘了宇宙，宇宙也忘却他了。人们生活脱不了这些东西，在这些东西以外也没有别的什么。这些东西的纷纭错杂就演出喜剧同悲剧，给人们快乐同悲哀。但是不幸得很（或者是侥幸得很），我是个对于喜剧同悲剧全失了感觉性的人，这并不是因为我麻木不仁了，不，我懂得人们一切的快乐同悲哀，但是我自己却失掉了快乐，也失掉了悲哀，因为我是个失掉了价值观念的人。人们一定要对于人生有个肯定以后，才能够有悲欢哀乐。不觉得活着有什么好处的人，死对于他当然不是件哀伤的事；若使他对于死也没有什么爱慕，那么死也不是什么赏心的乐事，一个人活在世上总须有些目的，然后生活才会有趣味，或者是甜味，或者是苦味；他的目的是终身的志愿也好，是目前的享清福也好，所谓高尚的或者所谓卑下的，总之他无论如何，他非是有些希冀，他的生活是不能够有什么色彩的。人们的目的是靠人们的价值观念而定的。倘若他看不出什么是好，什么是坏，他什么肯定也不够说了，他当然不能够有任何目的，任何希冀了。”

他说到这里，向我凄然冷笑一声，我忽然觉得他那笑是有些像我想象中恶鬼的狞笑。他又接着说：“你记得吗？当我们在大学预科时候，有一天晚上你在一本文学批评书上面碰到一句 Spenser（斯宾塞）的诗[1]——

He could not rest, but did his stout heart eat.

“你不晓得怎么解释，跑来问我什么叫做 to est one's heart，我当时模糊地答道，就是吃自己的心。现要我可能告诉你什么叫做‘吃自己的心’了。把自己心里各种爱好和厌恶的情感，一个一个用理智去怀疑，将无数的价值观念，一条一条打破，这就等于把自己的心一口一口地咬烂嚼化，等到最后对于这个当刽子手的理智也起怀疑，那就是他整个心吃完了的时候，剩下来的只是一个玲珑的空洞。他的心既然吃进去，变做大便同小便，他怎地能够感到人世的喜怒哀乐呢？这就是 to eat one's heart。把自己的心吃进去和心死是不同的。心死了，心还在胸内，不过不动就是了，然而人们还会觉得有重压在身内，所以一切穷凶极恶的人对于生活还是有苦乐的反应。只有那般吃自己心的人是失掉了悲哀的。我听说悲哀是最可爱的东西，只有对于生活有极强烈胃口的人才会坠涕泣血，滴滴的眼泪都是人生的甘露。若使生活不是可留恋的，值得我们一顾的，我

① Spenser：斯宾塞（1552—1599），英国诗人。

们也用不着这么哀悼生活的失败了。所以在悲哀时候，我们暗暗地是赞美生活；惋惜生活，就是肯定生活的价值。有人说人生是梦，莎士比亚说世界是个舞台，人生像一幕戏。但是梦同戏都是人生中的一部分；他们只在人生中去寻一种东西来象征人生，可见他们对于人生是多么感到趣味，无法跳出圈外，在人生以外，找一个东西来做比喻，所以他们都是肯定人生的人。我却是不知道应该肯定或者去否定，也不知道世界里有什么‘应该’没有。我怀疑一切价值的存在，我又不敢说价值观念绝对是对是错的。总之我失掉了一切行动的南针，我当然忘记了什么叫做希望，我不会有遂意的事，也不会有失意的事，我早就已没有主意了。所以我总是这么年青，我的心已经同我躯壳脱离关系，不至于来捣乱了。我失掉我的心，可是没有地方去找，因为是自己吃进去的。我记得在四年前我才把我的心吃得干净，开始吃的时候很可口，去掉一个价值观念，觉得人轻一点，后来心一部一部吞食去，胸里常觉空虚的难受，但是胃口又一天一天增强，吃得越快，弄得全吃掉了，最后一口是顶有味的。莎士比亚不是说过：Last taste is the sweetest。现在却没有心吃了。哈！哈！哈！哈！”

他简直放下那渺茫微笑的面具，老实地狰狞笑着。他的脸色青白，他的目光发亮。我脸上现也惊慌的颜色，他看见了立刻镇静下去，低声地说：“王尔德在他那《牢狱歌》里说过：‘从来没有流泪的人现在流泪了。’我却是从来爱流泪的人现在不流泪了。你还是好好保存你的悲哀，常常洒些愉快的泪，我实在不愿意你也像我这样失掉了悲哀，狼吞虎咽地把自己的心吃得精光。哈！哈！我们今天会到很好，我能够明白地回答你十年前的一个英文疑句。我们吃饭去罢！”

我们同到一个馆子，我似醉如痴地吃了一顿饭，青是不大说话，只讲几句很无聊的套语。我们走出馆子时候，他给我他旅馆的地址。我整夜没有睡好，第二天清早就去找他，可是旅馆里帐房说并没有这么一个人，我以为他或者用的不是真姓名，我偷偷地到各间房门口看一看，也找不出他的影子，我坐在旅馆门口等了整天，注视来往的客人，也没有见到青。我怅惘地慢步回家，从此以后就没有再遇到青了。他还是那么年青吗？我常有这么一个疑问。我有时想，他或者是不会死的，老是活着，狞笑地活着，渺茫微笑地活着。

论麻雀与扑克

年假中我们这班“等是有家归不得”的同学多半数是赌过钱的。这虽不是什么好现象，然而我却不为这件事替现在青年们出讣闻，宣告他们的人格破产。我觉得打牌与看电影一样。花了一毛钱在钟鼓楼看国产片《忠孝节义》，既不会有裨于道德，坐车到真光看那差不多每片都有的 Do you believe love at first sight？同在 finis 削面的接吻，何曾是培养艺术趣味，但是亦不至于诲淫。总之拉闲扯散，作些无聊之事，遣此有涯之生而已。

因为年假中走到好些地方，都碰着赌钱，所以引起我想到麻雀与扑克之比较。麻雀真是我们的国技，同美国的橄榄球，英国的足球一样。近二年来在灾官的宴会上，学府的宿舍里，同表民意的新闻报纸上面，都常听到一种论调，就是：咱们中国人到底聪明，会发明麻雀，现在美国人也喜欢起来了，真的，我们脑筋比他们乖巧得多，你看麻雀比扑克就复杂有趣得多了。国立师范大学教授张耀翔先生在国内唯一的心理学杂志上曾做过一篇赞美麻雀的好处的文章，洋洋千言，可惜我现在只能记得张先生赞美麻雀理由的一个。他说麻雀牌的样子合于 goldensection。区区对于雕刻是门外汉，这话对不对，不敢乱评。外国人真傻，什么东西都要来向我们学。所谓大眼镜他们学去了，中国精神文化他们也要偷去了。美国人也知道中国药的好处了。就是娱乐罢，打牌也要我们教他们才行。他们什么都靠咱们这班聪明人，这真是 Yellow man's burden。可是奇怪的是玳瑁大眼镜我们不用了，他们学去了，后来每个留学回来脸上多有两个大黑圈。罗素一班人赞美中国文化后，中国的智识阶级也深觉得中国文化的高深微妙了。连外国人都打起麻雀来了，我们张教授自然不得不做篇麻雀颂了。中国药的好处，美国人今日才知道，真是可惜，但是我们现在不应该来提倡一下吧？半开化的民族的模仿去，愚蠢的夷狄的赞美，本不值得注意的，然而我们的东西一经他们的品评，好像“一登龙门，声价十倍”样子，我们也来“从新估定价值”，在这里也可看出古国人的虚怀了。

话归本传。要比较麻雀同扑克的高低，我们先要谈一谈赌钱通论。天下爱赌钱的人真不少，那么我们就说人类有赌钱本能罢。不过“本能”两个字现在好多人把它当做包医百病的药方，凡是到讲不通的地方，请“本能”先生出来，就什么麻烦都没有了。所以有一班人就竖起“打倒本能”的旗帜来。我们现在还是用别的话讲解罢。人是有占有冲动的。因为钱这东西可以使夫子执鞭，又可以使鬼推磨，所以对钱的占有冲动特别大点。赌钱所有趣味，因为它是用最便当迅速的法子来满足这占有冲动。所以赌钱所用工具愈简单愈好，输赢得愈快愈妙。由这点看起来，牌九，扑克都是好工具，麻雀倒是个笨家伙了。

但是我们中华民国礼义之邦，总觉得太明显地把钱赌来赌去，是不雅观的事情，所以牌九……等过激党都不为士大夫所许赞，独有麻雀既可赌钱，又不十分现出赌钱样子，且深宵看竹，大可怡情养性，故公认为国粹也。实在钱这个东西，不过是人们交易中一个记号，并不是本身怎么特别臭坏，好像性交不过是一种动作，并不怎么样有无限神秘。把钱看做臭坏，把性交看做龌龊，或者是因为自己太爱这类东西，又是病态地爱它们，所以一面是因为自己病态，把这类东西看做坏东西，一面是因为自己怕露出马脚来，故意装出藐视的样子，想去掩护他心中爱财贪色的毛病。深夜闭门津津有味地看春宫的老先生，白日是特别规行矩步，摆出坐怀不动的样子。越是爱贿的官，越爱谈清廉。夷狄们把钱看做同日用鞋袜桌椅书籍一样，所以父子兄弟在金钱方面分得很清楚的，同各人有各人的鞋袜桌椅书籍一样。我们中国人常把钱看得比天还大，以为若使父子兄弟间金钱方面都要计较那还有什么感情存在，弄到最后各人有各人的心事，大家都伤了感情了。因为他们不把钱看做特别重要东西，所以明明白白赌起钱来，不觉得有什么羞耻。我们明是赌钱，却要用一个很复杂的工具，说大家不过消遣消遣，用钱来做输赢，不过是助兴罢了。我们真讲礼节，自己赢了别人的钱，虽然不还他，却对他的输钱表十二分的同情与哀矜。当更阑漏尽，大家打呵欠擦眼忙得不能开交的时候，主人殷勤地说再来四圈罢，赢家也说再玩一会罢。他的意思自然给输家捞本的机会。这是多么有礼！因为赌钱是消遣，所以赌账可以还，也可以不还，虽然赢了钱没有得实际利益，只得个赢家这空名头是不大好的事，因为我们太有礼了，所以我们也免不了好多麻烦。中国是讲礼的国家，北京可算是中国最讲礼的地方了。剃完头了，想给钱的时候，理发匠一定说："呀！不用给罢！"若使客人听了他话，扬长而去，那又要怎么办呢？雇车时候，车夫常说，"不讲价罢！随您给得了。"虽然等到了时候要敲点竹杠，但是那又是一回事了。上海车夫就不然。他看你有些亚木林气，他就绕一个大圈子或者故意拉错地方，最后同你说他拉了这么多路，你要给他五六毛才对。这种滑头买办式的车夫真赶不上官僚式的北京车夫。因为他们是专以礼节巧妙不出血汗得些冤枉钱的。这也是北京所以为中国文化之中心点的原因，盖国粹之所聚也。

有人说赌钱虽然是为钱，然而也可以当做一种游戏，我却觉得不是这么复杂。赌钱是为满足占有冲动起见，若使像 Ella 同 Bridgetel 一样 play for love 那是一种游戏，已经不是赌钱。游戏消遣法子真多。大家聚着弹唱作乐是一种，比克力克（picnic）来江边，一个人大声念些诗歌小说给旁人听，……多得很。若使大家聚在一块，非各自满足他的占有冲动打麻雀不可，那趣味未免太窄了，免不了给人叫做半开化的人民，并且输了钱占有冲动也不能满足，那更是寻乐反得苦了。

又要关进课堂的前一日于北大西斋。

泪与笑

匆匆过了二十多年，我自然也是常常哭，常常笑，别人的啼笑也看过无数回了。可是我生平不怕看见泪，自己的热泪也好，别人的呜咽也好；对于几种笑我却会惊心动魄，吓得连呼吸都不敢大声，这些怪异的笑声，有时还是我亲口发出的。当一位极亲密的朋友忽然说出一句冷酷无情冰一般的冷话来，而且他自己还不知道他说得会使人心寒，这时候，我们只能哈哈哈莫名其妙地笑了，因为若使不笑，叫我们怎么样好呢？我们这个强笑或者是出于看到他真正的性格（他这句冷语所显露的）和我们先前所认为的他的性格的矛盾，或者我们要勉强这么一笑来表示我们是不会给他的话所震动，我们自己另有一个超乎一切的生活，他的话不能损坏我们于毫发的，或者……但是那时节我们只觉得不好不这么大笑一声，所以才笑，实在也没有闲暇去仔细分析自己了。当我们心里有说不出的苦痛缠着，正要向人细诉，那时我们平时尊敬的人却用个极无聊的理由（甚至于最卑鄙的）来解释我们这穿过心灵的悲哀，看到这深深一层的隔膜，我们除开无聊赖的破涕为笑，还有什么别的办法吗？有时候我们倒霉起来，整天从早到晚做的事没有一件不是失败的。到晚上疲累非常，懊恼万分，悔也不是，哭也不是，也只好咽下眼泪，空心地笑着。我们一生忙碌，把不可再得的光阴消磨在马蹄铁轮，以及无谓敷衍之间，整天打算，可是自己不晓得为甚这么费心机，为了要活着用尽苦心来延长这寿命，却又不觉得或者到底有何好处，自己并没有享受生活过，总之黑漆一团活着。夜阑人静，回头一想，哪能够不吃吃地笑，笑时感到无限的生的悲哀。就说我们淡于生死了，对于现世界的厌烦同人事的憎恶还会像毒蛇般蜿蜒走到面前，缠着身上。我们真可说倦于一切，可惜我们也没有爱恋上死神，觉得也不值得花那么大劲去求死，在此不生不死心境里，只见伤感重重来袭，偶然挣些力气，来叹几口气，叹完气也免不了失笑，那笑是多么酸苦的。这几种笑声发自我们的口里，自己听到，心中生个不可言喻的恐怖，或者又引起另一个鬼似的狞笑。若使是由他人口里传出，只要我们探讨出他们的源泉，我们也会惺惺惜猩猩而心酸，同时害怕得全身打战。此外失望人的傻笑，下头人挨了骂对于主子的陪笑，趾高气扬的热官对于贫贱故交的冷笑，老处女在她们结婚席上所呈的干笑，生离永别时节的苦笑——这些笑全是“自然”跟我们为难，把我们弄得没有办法，我们承认失败了的表现，是我们心灵的堡垒下面刺目的降幡。莎士比亚的妙句“对着悲哀的微笑”（smiling at grief）说尽此中的苦况。拜伦在他的杰作 *Don Juan* 里有二句[①]：

> Of all tales'tis the saddest——and more sad. Because it makes us smile.

这两句是我愁闷无聊时所喜欢反复吟诵的，因为真能传出“笑”的悲剧情调。

泪却是肯定人生的表示。因为生活是可留恋的，过去是春天的日子，所以才有伤逝的清泪。若使生活本身就不值得我们的一顾，我们哪里会有惋惜的情怀呢？当一个中年妇女死了丈夫时候，她嚎啕地大哭，她想到她儿子这么早失去了父亲，没有人指导，免不了伤心流泪，可是她隐隐地对于这个儿子有无穷的慈爱同希望。她的儿子又死了，她或者会一声不做地料理丧事，或者发疯狂笑起来。因为她已厌倦人生，她微弱的心已经麻木死了。我每回看到人们的流泪，不管是失恋的刺痛，或者丧亲的悲哀，我总觉人生真的值得

---

① Don Juan：《唐璜》，拜伦的长诗。

一活的。眼泪真是人生的甘露。当我是小孩时候，常常觉得心里有说不出的难过，故意去臆造些伤心事情，想到有味时候，有时会不觉流下泪来，那时就感到说不出的快乐。现在却再寻不到这种无根的泪痕了。哪个有心人不爱看悲剧，亚里士多德所说的净化的确不错。我们精神所纠结郁积的悲痛随着台上的凄惨情节发出来，哭泣之后我们有形容不出的快感，好似精神上吸到新鲜空气一样，我们的心灵忽然间呈非常健康的状态。Gogol 的著作人们都说是笑里有泪[1]，实在正是因为后面有看不见的泪，所以他小说会那么诙谐百出，对于生活处处有回甘的快乐。中国的诗词说高兴赏心的事总不大感人，谈愁语恨却是易工，也是由于那些怨词悲调是泪的结晶，有时会逗我们洒些同情的泪。所以亡国的李后主，感伤的李义山始终是我们爱读的作家。天下最爱哭的人莫过于怀春的少女同情海中翻身的青年，可是他们的生活是最有力，色彩最浓，最不虚过的生活。人到老了，生活力渐渐消磨尽了，泪泉也干了，剩下的只是无可无不可那种行将就木的心境和好像慈祥实在是生的疲劳所产生的微笑——我所怕的微笑。十八世纪初期浪漫派诗人格雷在他的 *On a Distant Prospect of Eton College* 里说[2]：

> 流下也就忘了的泪珠，
> 那是照耀心胸的阳光。
> The tear forgot as soon as shed,
> The sunshine of the breast.

这些热泪只有青年才会有，它是同青春的幻梦同时消灭的。泪尽了，个个人都像苏东坡所说的“存亡惯见浑无泪”那样的冷漠了，坟墓的影已染着我们的残年。

---

① Gogol：果戈理（1809—1852），俄国作家，作品有《死魂灵》等。
② *On a Distant Prospect of Eton College*：《展望伊顿公学》。

天真与经验

天真和经验好像是水火不相容的东西。我们常以为只有什么经验也没有的小孩子才会天真，他那位饱历沧桑的爸爸是得到经验，而失掉天真了。可是，天真和经验实在并没有这样子不共戴天。它们俩倒很常是聚首一堂。英国最伟大的神秘诗人勃来克著有两部诗集[①]：《天真的歌》（*Songs of Innocence*）同《经验的歌》（*Songs of Experience*）。在天真的歌里，他无忧无虑地信口唱出晶莹甜蜜的诗句，他简直是天真的化身，好像不晓得世上是有龌龊的事情的。然而在经验的歌里，他把人情的深处用简单的辞句表现出来，真是找不出一个比他更有世故的人了。他将伦敦城里扫烟囱小孩子的穷苦，娼妓的厄运说得辛酸凄迷，可说是看尽人间世的烦恼。可是他始终仍然是那么天真，他还是常常亲眼看见天使；当他的工作没有做得满意时候，他就同他的妻子双双跪下，向上帝祈祷。他快死的前几天，那时他结婚已经有四十五年了，一天他看着他的妻子，忽然拿起铅笔叫道；"别动！我眼里你一向是一个天使；我要把你画下。"他就立刻画出她的相貌。这是多么天真的举动。尖酸刻毒的斯惠夫特写信给他那两位知心的女人时候，的确是十足的孩子气，谁去念 *The Journal to Stella* 这部书信集，也不会想到写这信的人就是 *Gulliver's Travels* 的作者[②]。斯蒂芬生在他的小品文集《贻青年少女》

---

① 勃来克：今译布莱克。

② 斯惠特：今译斯威夫特。*The Journal to Stella*：《致丝苔腊书信集》。*Gulliver's Travels*：《格列佛游记》。

(*Virginibus Punrisque*) 中[①]，说了许多世故老人的活。尤其是对于婚姻，讲有好些叫年青的爱人们听着会灰心的冷话。但是他却没有失丢了他的童心，他能够用小孩子的心情去叙述海盗的故事，他又能借小孩子的口气，著出一部《小孩的诗园》(*A Child's Garden of Verses*)，里面充满着天真的空气，是一本儿童文学的杰作。可见确然吃了知识的果，还是可以在乐园里逍遥到老。我们大家并不是个个都像亚当先生那么不幸。

也许有人会说，这班诗人们的天真是装出来的，最少总有点做作的痕迹，不能像小孩子的天真那么浑脱自然，毫无机心。但是，我觉得小孩子的天真是靠不住的，好像个很脆的东西，经不起现实的接触。并且当他们才发现出人情的险诈同世路的崎岖时候，他们会非常震惊，因此神经过敏地以为世上除开计较得失利害外是没有别的东西的，柔嫩的心或者就这么麻木下去，变成个所谓值得父兄赞美的少年老成人了。他们从前的天真是出于无知，值不得什么赞美的，更值不得我们欣羡。桌子是个一无所知的东西，它既不晓得骗人，更不会去骗人，为什么我们不去颂扬桌子的天真呢？小孩子的天真跟桌子的天真并没有多大的分别。至于那班已坠世网的人们的天真就大不同了。他们阅历尽人世间的纷扰，经过了许多得失哀乐，因为看穿了鸡虫得失的无谓，又知道在太阳底下是难逢笑口的，所以肯将一切利害的观念丢开，来任口说去，任性做去，任情去欣赏自然界的快乐。他们以为这样子痛快地活着才是值得的。他们把机心看做是无谓的虚耗，自然而然会走到忘机的境界了。他们的天真可说是被经验锻炼过了，仿佛像在八卦炉里蹲过，做成了火眼金睛的孙悟空。人世的波涛再也不能将他们的天真卷去，他们真是“世路如今已惯，此心到处悠然”，这种悠然的心境既然成为习惯，习惯又成天然，所以他们的天真也是浑脱一气，没有刀笔的痕迹的。这个建在理智上面的天真绝非无知的天真所可比拟的，从无

① 斯蒂芬生：今译斯蒂文生。

知的天真走到这个超然物外的天真，这就全靠着个人的生活艺术了。

忽然记起我自己去年的生活了，那时我同G常作长夜之谈。有一晚电灯灭后，蜡烛上时，我们搓着睡眼，重新燃起一斗烟来，就谈着年青人所最爱谈的题目——理想的女人。我们不约而同地说道最可爱的女子是像卖解，女优，歌女等这班风尘人物里面的痴心人。她们流落半生，看透了一切世态，学会了万般敷衍的办法，跟人们好似是绝不会有情的，可是若使她们真真爱上了一个情人，她们的爱情比一般的女子是强万万倍的。她们不像没有跟男子接触过的女子那样盲目，口是心非的甜言蜜语骗不了她们，暗地皱眉的热烈接吻瞒不过她们的慧眼，她们一定要得到了个一往情深的爱人，才肯来永不移情地心心相托。她们对于爱人所以会这么苛求，全因为她们自己是恳挚万分。至于那班没有经验的女子，她们常常只听到几句无聊的卿卿我我，就以为是了不得了，她们的爱情轻易地结下，将来也就轻易地勾销，这哪里可以算做生生死死的深情。不出闺门的女子只有无知，很难有颠扑不破的天真，同由世故的熔炉里铸炼出来的热情。数十年来我们把女子关在深闺里，不给她们一个得到经验的机会，既然没有经验来锻炼，她们当然不容易有个强毅的性格，我们又来怪她们的杨花水性，说了许多混话，这真是太冤枉了。我们把无知误解做天真，不晓得从经验里突围而出的天真才是可贵的，因此上造了这九洲大错，这又要怪谁呢？

没有尝过劳苦的人们是不懂得安逸的好处的，没有感到人生的寂寞的人们是不能了解爱的价值的，同样地未曾有过经验的孺子是不知道天真之可贵的。小孩子一味天真，糊糊涂涂地过日，对于天真并未曾加以认识，所以不能做出天真的诗歌来，笨大的爸爸们尝遍了各种滋味，然后再洗涤俗虑，用锻炼过后的赤子之心来写诗歌，却做出最可喜的儿童文学，在这点上就可以看出人世的经验对于我们是最有益的东西了。老年人所以会和蔼可亲也是因为他们受过了经验的洗礼。必定要对于人世上万物万事全看淡了，然后对于一二件东西的留恋才会倍见真挚动人。宋诗里常有这种意境。欧阳永叔的“棋罢不知人换世，酒阑无奈客思家”，同苏长公的“存亡惯见浑无泪，乡井难忘尚有心”，全能够表现出这种依依的心情。[①]虽然把人世存亡全置之度外，漠然不动于衷，但是对于客子的思家同自己的乡愁仍然是有些牵情。这种怅惘的情怀是多么清新可喜，我们读起来觉得比处处留情的才子们的滥情是高明得多，这全因为他们的情绪受过了一次蒸馏。从经验里出来的天真会那么带着诗情也是为着同样的缘故。

蔼里斯在他的杰作《性的心理的研究》第六卷里说道[②]：“就说我们承认看着裸体会激动了热情，这个激动还是好的，因为它引起我们的一种良好习惯，自制。为着恐怕有些东西对于我们会有引诱的能力，就赶紧跑到沙漠去住，这也可说是一种可怜的道德了。我们应当知道在文化当中故意去创造出一个沙漠来包围自己，这种举动是比别的要更坏得多了。我们无法丢掉热情，即使我们有这个决心；何尔巴哈说得好[③]，“理智是教人这样拣择正当的热情，教育是教人们怎样把正当的热情种植培养在人心里面。观看裸体有一个精神上的价值，那可以教我们学会去欣赏我们没有占有着的东西，这个教训是一切良好的社会生活的重要预备训练。小孩子应当学到看见花，而不想去采它；男人应当学到看见着一个女人的美，而不想占有她。”我们所说的天真常是躲在沙漠里，远隔人世的引诱这类的天真。经验陶冶后的天真是见花不采，看到美丽的女人，不动枕席之念的天真。

人世是这么百怪千奇，人命是这样他生未卜，这个千载一时的看世界机会实在不容错过，绝不可误解了天真意味，把好好的人儿

---

① 欧阳永叔：欧阳修（1007—1072），字永叔。“棋罢”二句，出自其诗《梦中作》。苏长公：即苏轼。“存亡”二句，出自其诗《过永乐文长老已卒》。

② 蔼里斯：通译蔼理斯（1859—1939），英国学者。《性的心理研究》：亦译《性心理学》，是蔼理斯的代表作。

③ 何尔巴哈：今译费尔巴哈（Ludwig Andreas Fenerbach，1804—1872），德国古典哲学家。

囚禁起来，使他草草地过了一生，并没有尝到做人的意味，而且也不懂得天真的真意了。这种活埋的方法绝非上帝造人的本意，上帝是总有一天会跟这班刽子手算帐的。我们还是别当刽子手好罢，何苦手上染着女人小孩子的血呢！

途　中

今天是个潇洒的秋天，飘着零雨，我坐在电车里，看到沿途店里的伙计们差不多都是懒洋洋地在那里谈天，看报，喝茶——喝茶的尤其多，因为今天实在有点冷起来了。还有些只是倚着柜头，望望天色。总之纷纷扰扰的十里洋场顿然现出闲暇悠然的气概，高楼大厦的商店好像都化做三间两舍的隐庐，里面那班平常替老板挣钱，向主顾陪笑的伙计们也居然感到了生活余裕的乐处，正在拉闲扯散地过日，仿佛全是古之隐君子了。路上的行人也只是稀稀的几个，连坐在电车里面上银行去办事的洋鬼子们也燃着烟斗，无聊赖地看报上的广告，平时的燥气全消，这大概是那件雨衣的效力罢！到了北站，换上去西乡的公共汽车，雨中的秋之田野是别有一种风味的。外面的蒙蒙细雨是看不见的，看得见的只是车窗上不断地来临的小雨点同河面上错杂得可喜的纤纤雨脚。此外还有粉般的小雨点从破了的玻璃窗进来，栖止在我的脸上。我虽然有些寒战，但是受了雨水的洗礼，精神变成格外地清醒。已撄世网，醉生梦死久矣的我真不容易有这么清醒，这么气爽。再看外面的景色，既没有像春天那娇艳得使人们感到它的不能久留，也不像冬天那样树枯草死，好似世界是快毁灭了，却只是静默默地，一层轻轻的雨雾若隐若现地盖着，把大地美化了许多，我不禁微吟着乡前辈姜白石的诗句，真是“人生难得秋前雨”①。忽然想到今天早上她皱着眉头说道：“这样凄风苦雨的天气，你也得跑那么远的路程，这真可厌

① “人生难得秋前雨”：语出姜夔（号白石道人）诗《平甫见招不欲往》。

呀!”我暗暗地微笑。她哪里晓得我正在凭窗赏玩沿途的风光呢?她或者以为我现在必定是哭丧着脸，像个到刑场的死囚，万不会想到我正流连着这叶尚未调，草已添黄的秋景。同情是难得的，就是错误的同情也是无妨，所以我就让她老是这样可怜着我的仆仆风尘罢；并且有时我有什么逆意的事情，脸上露出不豫的颜色，可以借路中的辛苦来遮掩，免得她一再追究，最后说出真话，使她凭添了无数的愁绪。

其实我是个最喜欢在十丈红尘里奔走道路的人。我现在每天在路上的时间差不多总在两点钟以上，这是已经有好几月了，我却一点也不生厌，天天走上电车，老是好像开始蜜月旅行一样。电车上和道路上的人们彼此多半是不相识的，所以大家都不大拿出假面孔来，比不得讲堂里，宴会上，衙门里的人们那样彼此拚命地一味敷衍。公园，影戏院，游戏场，馆子里面的来客个个都是眉花眼笑的，最少也装出那么样子，墓地，法庭，医院，药店的主顾全是眉头皱了几十纹的，这两下都未免太单调了，使我们感到人世的平庸无味。车子里面和路上的人们却具有万般色相，你坐在车里，可要你睁大眼睛不停地观察了三十分钟，你差不多可以在所见的人们脸上看出人世一切的苦乐感觉同人心的种种情调。你坐在位子上默默地鉴赏，同车的客人们老实地让你从他们的形色举止上去推测他们的生平同当下的心境，外面的行人一一现你眼前，你尽可恣意瞧着，他们并不会晓得，而且他们是这么不断地接连走过，你很可以拿他们来彼此比较，这种普通人的行列的确是比什么赛会都有趣得多，路上源源不绝的行人可说是上帝设计的赛会，当然胜过了我们佳节时红红绿绿的玩意儿了。并且在路途中我们的心境是最宜于静观的，最能吸收外界的刺激的。我们通常总是有事干，正经事也好，歪事也好，我们的注意免不了特别集中在一点上，只有路途中，尤其走熟了的长路，在未到目的地以前，我们的方寸是悠然的，不专注于一物，却是无所不留神的，在匆匆忙忙的一生里，我们此时才得好好地看一看人生的真况。所以无论从哪一方面说起，途中是认识人生最方便的地方。车中，船上同人行道可说是人生博览会的三张入场券，可惜许多人把它们当做废纸，空走了一生的路。我们有一句古话："读万卷书，行万里路。"所谓行万里路自然是指走遍名山大川，通都大邑，但是我觉换一个解释也是可以。一条的路你来往走了几万遍，凑成了万里这个数目，只要你真用了你的眼睛，你就可以算是懂得人生的人了。俗语说道："秀才不出门，能知天下事。"我们不幸未得入泮，只好多走些路，来见见世面罢！对于人生有了清澈的观照，世上的荣辱祸福不足以扰乱内心的恬静，我们的心灵因此可以获到永久的自由，可见个个的路都是到自由的路，并不限于罗素先生所钦定的：所怕的就是面壁参禅，目不窥路的人们，他们自甘沦落，不肯上路，的确是无法可办。读书是间接地去了解人生，走路是直接地去了解人生，一落言诠，便非真谛，所以我觉得万卷书可以搁开不念，万里路非放步走去不可。

了解自然，更是非走路不可。但是我觉得有意的旅行倒不如通常的走路那样能与自然更见亲密。旅行的人们心中只惦着他的目的地，精神是紧张的。实在不宜于裕然地接受自然的美景。并且天下的风光是活的，并不拘泥于一谷一溪，一洞一岩，旅行的人们所看的却多半是这些名闻四海的死景，人人莫名其妙地照例赞美的胜地。旅行的人们也只得依样葫芦一番，做了万古不移的传统的奴隶。这又何苦呢？并且只有自己发现出的美景对着我们才会有贴心的亲切感觉，才会感动了整个心灵，而这些好景却大抵是得之偶然的，绝不能强求。所以有时因公外出，在火车中所瞥见的田舍风光会深印在我们的心坎里，而花了盘川，告了病假去赏玩的名胜倒只是如烟如雾地浮动在记忆的海里。今年的春天同秋天，我都去了一趟杭州，每天不是坐在划子里听着舟子的调度，就是跑山，恭敬地聆着车夫的命令，一本薄薄的指南隐隐地含有无上的威权，等到把所谓胜景一一领略过了，重上火车，我的心好似去了重担。当我再继续过着我通常的机械生活，天天自由地东瞧西看，再也不怕受了舟子，车夫，游侣的责备，再也没有什么应该非看不可的东西，我真快乐得几乎发狂。西泠的景色自然是渐渐消失得无影无迹，可惜消失得太慢，起先还做了我几个噩梦的背境。当我梦到无私的车夫，带我走着崎岖难行的宝石山或者光滑不能住足的往龙井的石路，不管我怎样求免，总是要迫我去看烟霞洞的烟霞同龙井的龙角。谢谢上帝，西湖已经不再浮现在我的梦中了。而我生平所最赏心的许多美景是从到西乡的公共汽车的玻璃窗得来的。我坐在车里，任它一上一下，一左一右地跳荡，看着老看不完的十八世纪长篇小说，有时闭着书随便望一望外面天气，忽然觉得青翠迎人，遍地散着香花，晴天现出不可描摹的蓝色。我顿然感到春天已到大地，这时我真是神魂飞在九霄云外了。再去细看一下，好景早已过去，剩下的是闸北污秽的街道，明天再走到原地，一切虽然仍旧，总觉得有所不足，与昨天是不同的，于是乎那天的景色永留在我的心里。甜蜜的东西看得太久了也会厌烦，真真的好景都该这样一瞬即逝，永不重来。婚姻制度的最大毛病也就是在于日夕聚首：将一切好处都因为太熟而化成坏处了。此外在热狂的夏天，风雪载途的冬季我也常常出乎意料地获到不可名言的妙境，滋润着我的心田。会心不远，真是陆放翁所谓的“何处楼台无月明”①。自己培养有一个易感的心境，那么走路的确是了解自然的捷径。

“行”不单是可以使我们清澈地了解人生同自然，它自身又是带有诗意的，最浪漫不过的。雨雪霏霏，杨柳依依，这些境界只有行人才有福享受的。许多奇情逸事也都是靠着几个人的漫游而产生的。《西游记》，《镜花缘》，《老残游记》，Cervantes 的《吉诃德先生》（*Don Quixote*），Swift 的《海外轩渠录》（*Gulliver's Travels*），Bunyan 的《天路历程》（*Pilgrim's Progress*），Cowper 的《痴汉骑马歌》（*John Gilpin*），Dickens 的 *Pickwick Papers*，Byron 的 *Childe Harold's Pilgrimage*，Fielding 的 *Joseph Andrews*，Gogols 的 *Dead Souls* 等不可一世的杰作没有一个不是以“行”为骨子的，所说的全是途中

① “何处楼台无月明”：语出陆游（号放翁）诗《排闷》。

的一切，我觉得文学的浪漫题材在爱情以外，就要数到“行”了[①]。陆放翁是个豪爽不羁的诗人，而他最出色的杰作却是那些纪行的七言。我们随便抄下两首，来代我们说出“行”的浪漫性罢！

剑南道中遇微雨

衣上征尘杂酒痕，远游无处不销魂，
此身合是诗人未，细雨骑驴入剑门。

南定楼遇急雨

行遍梁州到益州，今年又作度泸游，
江山重复争供眼，风雨纵横乱入楼，
人语朱离逢峒獠，棹歌欸乃下吴州，
天涯住稳归心懒，登览茫然却欲愁。

因为“行”是这么会勾起含有诗意的情绪的，所以我们从“行”可以得到极愉快的精神快乐，因此“行”是解闷销愁的最好法子，将濒自杀的失恋人常常能够从漫游得到安慰，我们有时心境染了凄迷的色调，散步一下，也可以解去不少的忧愁。Howthorne 同 Edgar Allen Poe 最爱描状一个心里感到空虚的悲哀的人不停地在城里的各条街道上回复地走了又走，以冀对于心灵的饥饿能够暂时忘却。Dostoievsky 的《罪与罚》里面的 Raskolnikov 犯了杀人罪之后[②]，也是无目的到处乱走，仿佛走了一下，会减轻了他心中的重压。甚至于有些人对于“行”具有绝大的趣味，把别的趣味一齐压下了，Stevenson 的《流浪汉之歌》就表现出这样的一个人物，他在最后一段里说道：“财富我不要，希望，爱情，知己的朋友，我

---

① Cervantes：塞万提斯（1741—1616），西班牙小说家。《吉诃德先生》：今多译《堂·吉诃德》。《海外轩渠录》：林纾的《格列佛游记》译名。Bunyan：扬（1628—1688），英国作家。*Pickwick Papers*：《匹克威克外传》。*Childe Harold's Pilgrimage*：《恰尔德·哈罗尔德游记》，拜伦的长诗。Fielding：菲尔丁（1707—1754），英国小说家。*Joseph Andrews*，《约瑟夫·安德鲁斯》。*Dead Souls*：《死魂灵》。

② Raskolnikov：拉斯科尔尼柯夫，《罪与罚》中的重要人物。

也不要；我所要的只是上面的青天同脚下的道路。”

Wealth I ask not，hope nor love，
Nor a friend to know me；
All I ask，the heaven above
And the road below me.

Walt Whitman 也是一个歌颂行路的诗人，他的《大路之歌》真是“行”的绝妙赞美诗，我就引他开头的雄浑诗句来做这段的结束罢！

Afoot and light-hearted to the open road，
Healthy，free，the world before me，
The long brown path before me leading wherever I choose.

我们从摇篮到坟墓也不过是一条道路，当我们正寝以前，我们可说是老在途中。途中自然有许多的苦辛，然而四围的风光和同路的旅人都是极有趣的，值得我们跋涉这程路来细细鉴赏，除开这条悠长的道路外，我们并没有别的目的地，走完了这段征程，我们也走出了这个世界，重回到起点的地方了。科学家说我们就归于毁灭了，再也不能重走上这段路途。主张灵魂不灭的人们以为来日方长，这条路我们还能够一再重走了几千万遍。将来的事，谁去管它，也许这条路有一天也归于毁灭。我们还是今天有路今天走罢，最要紧的是不要闭着眼睛，朦胧一生，始终没有看到了世界。

十八年十一月五日

论智识贩卖所的伙计

“每门学问的天生仇敌是那门的教授。”

——威廉·詹姆士[1]

智识贩卖所的伙计大约可分三种：第一种是著书立说，多半不大甘心于老在这个没有多大出息的店里混饭，想到衙门中显显身手的大学教授；第二种是安分守己，一声不则，随缘消岁月的中学教员；第三种是整天在店里当苦工，每月十几块工钱有时还要给教育厅长先挪去，用做招待星期讲演的学者（那就是比他们高两级的著书立说的教授）的小学教员。他们的苦乐虽也各各不同，他们却带有个共同的色彩。好像钱庄里的伙计总是现出一副势利面孔，旅馆里的茶房没有一个不是带有不道德的神气，理发匠老是爱修饰，做了下流社会里的花花公子，以及个个汽车夫都使我们感到他们家里必定有个姘头。同样地，教书匠具有一种独有的色彩，那正同杀手脸上的横肉一样，做了他们终身的烙印。

糖饼店里的伙计必定不喜欢食糖饼，布店的伙计穿的常是那价廉物不美的料子，“卖扇婆婆手遮日”是世界里最普通的事情，所以智识贩卖所的伙计是最不喜欢智识，失掉了求知欲望的人们。这也难怪他们，整天弄着那些东西，靠着那些东西来自己吃饭，养活妻子，不管你高兴不高兴，每天总得把这些东西照例说了几十分钟

---

① 威廉·詹姆士：也译威廉·詹姆斯（William James，1842—1910），美国哲学家，实用主义哲学创始人。

或者几点钟，今年教书复明年，春恨秋愁无暇管，他们怎么不会讨厌智识呢？就说是个绝代佳人，这样子天天在一块，一连十几年老是同你卿卿我我，也会使你觉得腻了。所以对于智识，他们失丢了孩童都具有的那种好奇心。他们向来是不大买书的，充其量不过把图书馆的大本书籍搬十几本回家，搁在书架上，让灰尘蠹鱼同蜘蛛来尝味，他们自己也忘却曾经借了图书馆的书，有时甚至于把这些书籍的名字开在黑板上，说这是他们班上学生必须参考的书，害得老实的学生们到图书馆找书找不到，还急得要死；不过等到他们自己高据在讲台之上的时节，也早忘却了当年情事，同样慷慨地腾出家里的书架替学校书库省些地方了。他们天天把这些智识摆在摊上，在他们眼里这些智识好像是当混饨初开，乾坤始定之时，就已存在人间了，他们简直没有想到这些智识是古时富有好奇心的学者不惜万千艰苦，虎穴探子般从“自然”里夺来的。他们既看不到古昔学者的热狂，对于智识本身又因为太熟悉了生出厌倦的心情，所以他们老觉得智识是冷冰冰的，绝不会自己还想去探求这些冻手的东西了。学生的好奇心也是他们所不能了解的，所以在求真理这出捉迷藏的戏里他们不能做学生们的真正领袖，带着他们狂欢地瞎跑，有时还免不了浇些冷水，截住了青年们的兴头，愿上帝赦着他们罢，阿门。然而他们一度也做过学生，也怀过热烈的梦想，许身于文艺或者科学之神，曾几何时，热血沸腾的心儿停着不动，换来了这个二目无光的冷淡脸孔，隐在白垩后面，并且不能原谅年青人的狂热，可见亲自经验是天下里最没用的事，不然人们也不会一代一代老兜同一的愚蠢圈子了。他们最喜欢那些把笔记写得整整齐齐，伏贴贴地听讲的学生，最恨的是信口胡问的后生小子，他们立刻露出不豫的颜色，仿佛这有违乎敬师之道。法郎士在《伊壁鸠鲁斯园》里有一段讥笑学者的文字[①]，可以说是这班伙计们的最好写真。他说：“跟学者们稍稍接触一下就够使我们看到他们是人类里

① 法郎士：今译法朗士。

最没有好奇心的。前几年偶然在欧洲某大城里，我去参观那里的博物院，在一个保管的学者领导之下，他把里面所搜集的化石很骄傲地，很愉快地讲述给我听。他给我许多很有价值的知识，一直讲到鲜新世的岩层①。但是我们走到那个发现了人类最初遗痕的地层的陈列柜旁边，他的头忽然转向别的地方去了；对于我的问题他答道这是在他所管的陈列柜之外。我知道鲁莽了。谁也不该向一个学者问到不在他所管的陈列柜之内的宇宙秘密。他对于它们没有感到兴趣。”叫他们去鼓舞起学生求知的兴趣，真是等于找个失恋过的人去向年青人说出恋爱的福音，那的确是再滑稽也没有的事。不过我们忽略过去，没有下一个仔细的观察，否则我们用不着看陆克，贾波林的片子②，只须走到学校里去，想一想他们干的实在是怎么一回事，再看一看他们那种慎重其事的样子，我们必定要笑得肚子痛起来了。

他们不只不肯自备斧斤去求智识，你们若使把什么新智识呈献他们面前，他们是连睬也不睬的，这还算好呢，也许还要恶骂你们一阵，说是不懂得天高地厚，信口胡谈。原来他们对于任何一门智识都组织有一个四平八稳的系统，整天在那里按章分段，提纲挈领地说出许多大大小小的系统来。你看他们的教科书，那是他们的圣经，是前有总论，后有结论的。他们费尽苦心把前人所发现的智识编成这样一个天罗地网，炼就了这个法宝，预备他们终身之用，子孙百世之业。若使你点破了这法宝，使他们变成为无棒可弄的猴子，那不是窘极的事吗？从前人们嘲笑烦琐学派的学者说道：当他们看到自然界里有一种现象同亚里士多德书中所说的相反，他们宁可相信自己的眼看错了，却不肯说亚里士多德所讲的话是不对的。智识贩卖所的伙计对于他们的系统所取的盲从同固执的态度也是一样的。听说美国某大学有一位经济思想史的教授，他所教的经济思潮是截至一八九〇年为止的，此后所发表的经济学说他是毫不置问

① 鲜新世：全新世，地质学概念，指最年轻的地质时期，即第四纪最新的一个世。

② 陆克：美国喜剧演员。贾波林：卓别麟。

的，仿佛一八九〇年后宇宙已经毁灭了，这是因为他是在那年升做教授了，他也是在那年把他的思想铸成了一篇只字不能移的讲义了。记得从前在北平时候，有一位同乡在一个专门学校电气科读书，他常对我说他先生所定的教科书都是在外国已经绝版了的，这是因为当这几位教授十几年前在美国过青灯黄卷生涯时是用这几本书，他们不敢忘本，所以仍然捧着这本书走上十几年后中国的大学讲台。前年我听到我这位同乡毕业后也在一个专门学校教书，我暗想这本教科书恐怕要三代同堂了。这一半是惯性使然。在这贩卖所里跑走几年之后，多半已经暮气沉沉，更哪里找得到一股精力，翻个觔斗，将所知道的智识拿来受过新陈代谢的洗礼呢！一半是由于自卫本能，他们觉得他们这一套的智识是他们的惟一壁垒，若使有一方树起降幡，欢迎新智识进来，他们只怕将来喧宾夺主，他们所懂的东西要全军覆没了，那么甚至于影响到他们在店里的地位。人们一碰到有切身利害的事情时，多半是只瞧利害，不顾是非的，这已变成为一种不自觉的习惯。学术界的权威者对于新学说总是不厌极端诋毁，他们有时还是不自知有什么卑下的动机，只觉得对于新的东西有一种说不出的厌恶，也是因为这是不自觉的。惟其是不自觉的，所以是更可怕的。总之，他们已经同智识的活气告别了，只抱个死沉沉的空架子，他们对于新发现是麻木不仁了，只知道倚老卖老做一日和尚撞一日钟。白垩使他们的血管变硬了，这又哪里是他们自己的罪过呢？

笛卡儿哲学的出发点是“我怀疑，所以我存在”①，智识贩卖所的伙计们的哲学的出发点是“我肯定，所以我存在”。他们是以肯定为生的，从走上讲台一直到铃声响时，他们所说的全是十二分肯定的话，学生以为他们该是无所不知的，他们亦以全知全能自豪。“人之患在好为人师。”② 所谓好为人师就是喜欢摆出我是什么都懂得的神气，对着别人说出十三分肯定的话。这种虚荣的根性是

---

① “我怀疑……”：这句话又译“我思故我在”。
② “人之患在好为人师”：语出《孟子·离娄上》。

谁也有的，这班伙计们却天天都有机会来发挥这个低能的习气，难怪他们都染上了夸大狂，不可一世地以正统正宗自命，觉得普天之下只有一条道理，那又是在他掌握之中的。这个色彩差不多是自三家村教读先生以至于教思想史的教授所共有的。怀疑的精神早已风流云散，月去星移了，剩下来的是一片惨淡无光，阴气森森的真理。Schiller 说过[①]："只有错误才是活的，智识却是死的。"那么难怪智识贩卖所里的伙计是这么死沉沉的。他们以贩卖智识这块招牌到处招摇，却先将智识的源泉——怀疑的精神——一笔勾销，这是看见母鸡生了金鸡子，就把母鸡杀死的办法。他们不止自己这么武断一切，并且把学生心中一些存疑的神圣火焰也弄熄了，这简直是屠杀婴儿。人们天天嚷道天才没有出世，其实是有许多天才遭了这班伙计们的毒箭。我不相信学了文学概论，小说作法等课的人们还能够写出好小说来。英国一位诗人说道，我们一生的光阴常消磨在两件事情上面，第一是在学校里学到许多无谓的东西，第二是走出校门后把这些东西一一设法弃掉。最可惜的就是许多人刚把这些垃圾弃尽，还我海阔天空时候，却寿终正寝了。

因此，我所最敬重的是那班常常告假，不大到店里来的伙计们。他们的害处大概比较会少点吧！

---

① Schiller：席勒（1759—1805），德国诗人、剧作家，作品有《阴谋与爱情》、《威廉·退尔》等。

观　火

独自坐在火炉旁边，静静地凝视面前瞬息万变的火焰，细听炉里呼呼的声音，心中是不专注在任何事物上面的，只是痴痴地望着炉火，说是怀一种惘怅的情绪，固然可以，说是感到了所有的希望全已幻灭，因而反现出恬然自安的心境，亦无不可。但是既未曾达到身如槁木，心如死灰的地步，免不了有许多零碎的思想来往心中，那些又都是和“火”有关的，所以把它们集在“观火”这个题目底下。

火的确是最可爱的东西。它是单身汉的最好伴侣。寂寞的小房里面，什么东西都是这么寂静的，无生气的，现出呆板板的神气，惟一有活气的东西就是这个无聊赖地走来走去的自己。虽然是个甘于寂寞的人，可是也总觉得有点儿怪难过。这时若使有一炉活火，壁炉也好，站着有如庙里菩萨的铁炉也好，红泥小火炉也好，你就会感到宇宙并不是那么荒凉了。火焰的万千形态正好和你心中古怪的想象携手同舞，倘然你心中是枯干到生不出什么黄金幻梦，那么体态轻盈的火焰可以给你许多暗示，使你自然而然地想入非非。她好像但丁《神曲》里的引路神①，拉着你的手，带你去进荒诞的国土。人们只怕不会做梦，光剩下一颗枯焦的心儿，一片片逐渐剥落。倘然还具有梦想的能力，不管做的是狰狞凶狠的噩梦，还是融融春光的甜梦，那么这些梦好比会化雨的云儿，迟早总能滋润你的心田。看书会使你做起梦来，听你的密友细诉衷曲也会使你做梦，

---

① 但丁（1265—1321）：意大利文艺复兴时期诗人，《神曲》为其代表作。

晨晴，雨声，月光，舞影，鸟鸣，波纹，桨声，山色，暮蔼……都能勾起你的轻梦，但是我觉得火是最易点着轻梦的东西。我只要一走到火旁，立刻感到现实世界的重压一一消失，自己浸在梦的空气之中了。有许多回我拿着一本心爱的书到火旁慢读，不一会儿，把书搁在一边，却不转睛地尽望着火。那时我觉得心爱的书还不如火这么可喜。它是一部活书。对着它真好像看着一位大作家一字字地写下他的杰作，我们站在一旁跟着读去。火是一部无始无终，百读不厌的书，你哪回看到两个形状相同的火焰呢！拜伦说："看到海而不发出赞美词的人必定是个傻子。"我是个沧海曾经的人，对于海却总是漠然地，这或者是因为我会晕船的缘故罢！我总不愿自认为傻子。但是我每回看到火，心中常想唱出赞美歌来。若使我们真有个来生，那么我只愿下世能够做一个波斯人，他们是真真的智者，他们晓得拜火。

记得希腊有一位哲学家——大概是 Zeno 罢——跳到火山的口里去[①]，这种死法真是痛快。在希腊神话里，火神（Hephaestus or Vulcan）[②] 是个跛子，他又是一个大艺术家。天上的宫殿同盔甲都是他一手包办的。当我靠在炉旁时候，我常常期望有一个黑脸的跛子从烟里冲出，而且我相信这位艺术家是没有留了长头发同打一个大领结的。

在《现代丛书》（*Modern Library*）的广告里，我常碰到一个很奇妙的书名，那是唐南遮（D'Annvnzio）的长篇小说《生命的火焰》（*The Flane of Life*）[③]。唐南遮的著作我一字都未曾读过，这本书也是从来没有看过的，可是我极喜欢这个书名，《生命的火焰》这个名字是多么含有诗意，真是简洁他说出人生的真相。生命的确是像一朵火焰，来去无踪，无时不是动着，忽然扬焰高飞，忽然销

① Zeno：芝诺（约前 495—前 430）：古希腊哲学家。

② Hephaestus：赫菲斯托斯，希腊神话中的火神与工匠神。Vulcan：伏尔坎，罗马神话中的火神。

③ 唐南遮：今译邓南遮（1863—1938），意大利作家。

沉将熄，最后烟消火灭，留下一点残灰，这一朵火焰就再也燃不起来了。我们的生活也该像火焰这样无拘无束，顺着自己的意志狂奔，才会有生气，有趣味。我们的精神真该如火焰一般地飘忽莫定，只受里面的热力的指挥，冲倒习俗、成见、道德种种的藩篱，一直恣意干去，任情飞舞，才会迸出火花，幻出五色的美焰。否则阴沉沉地，若存若亡地草草一世，也辜负了创世主叫我们投生的一番好意了。我们生活内一切值得宝贵的东西又都可以用火来打比。热情如沸的恋爱，创造艺术的灵悟，虔诚的信仰，求知的欲望，都可以拿火来做象征。Heraclitus 真是绝等聪明的哲学家[①]，他主张火是宇宙万物之源。难怪得二千多年后的柏格森诸人对着他仍然是推崇备至[②]。火是这么可以做人生的象征的，所以许多民间的传说都把人的灵魂当作一团火。

爱尔兰人相信一妇人若使梦见一点火花落在她口里或者怀中，那么她一定会怀孕，因为这是小孩的灵魂。希腊神话里，Prometheus 做好了人后，亲身到天上去偷些火下来，也是这种的意思。有些诗人心中有满腔的热情，灵魂之火太大了，倒把他自己燃烧成灰烬，短命的济慈就是一个好例子。可惜我们心里的火都太小了，有时甚至于使我们心灵感到寒战，怎么好呢？

我家乡有一句土谚：“火烧屋好看，难为东家。”火烧屋的确是天下一个奇观。无数的火舌越梁穿瓦，沿窗冲天地飞翔，弄得满天通红了，仿佛地球被掷到熔炉里去了，所以没有人看了心中不会起种奇特的感觉，据说尼罗王因为要看大火[③]，故意把一个大城全烧了，他可说是知道享福的人，比我们那班做酒池肉林的暴君高明得多[④]。我每次听到美国那里的大森林着火了，燃烧得一两个月，我就怨自己命坏，没有在哥仑比亚大学当学生。不然一定要告个病

---

① Heraclitus：赫拉克利特（约前 540—前 480），古希腊哲学家。

② 柏格森（Henri Bergson，1859—1941），法国哲学家，生命哲学代表人物。

③ 尼罗王：即尼禄（37—68），古罗马皇帝，暴君。

④ 酒池肉林：我国商代暴君纣王以酒为池、以肉为林，彻夜宴乐。

假，去观光一下。

许多人没有烟瘾，抽了烟也不觉得什么特别的舒服，却很喜欢抽烟，违了父母兄弟的劝告，常常抽烟，就是身上只剩一角小洋了，还要拿去买一盒烟抽，他们大概也是因为爱同火接近的缘故罢！最少，我自己是这样的。所以我爱抽烟斗，因为一斗的火是比纸烟头一点儿的火有味得多。有时没有钱买烟，那么拿一匣的洋火，一根根擦燃，也很可以解这火瘾。

离开北方已经快两年了，在南边虽然冬天里也生起火来，但是不像北方那样一冬没有熄过地烧着，所以我现在同火也没有像在北方时那么亲热了。回想到从前在北平时一块儿烤火的几位朋友，不免引起惆怅的心情，这篇文字就算做寄给他们的一封信罢！

十九年元旦试笔

破　晓

今天破晓酒醒时候，我忽然忆起前晚上他向我提过“空持罗带，回首恨依依”这两句词[1]。仿佛前宵酒后曾有许多感触。宿酒尚未全醒的我，就闭着眼睛暗暗地追踪那时思想的痕迹。底下所写下来的就是还逗留在心中的一些零碎。也许有人会拿心理分析的眼光含讥地来解剖这些杂感，认为是变态的，甚至于低能的，心理的表现；可是我总是十分喜欢它们。因为我爱自己，爱这个自己厌恶着的自己，所以我爱我自己心里流出，笔下写出的文字，尤其爱自己醒时流泪醉时歌这两种情怀凑合成的东西。而且以善于写信给学生家长，而荣膺大学校长的许多美国大学校长，和单知道立身处世，势利是图的佛兰克林式的人物[2]，虽然都是神经健全，最合于常态心理的人们，却难免得使甘于堕落的有志之士恶心。

“空持罗带，回首恨依依”，这真是我们这一班人天天尝着的滋味。无数黄金的希望失掉了，只剩下希望的影子，做此刻惆怅的资料。此刻又弄出许多幻梦，几乎是明知道不能实现的幻梦，那又是将来回首时许多感慨之所系。于是乎，天天在心里建起七宝楼台，天天又看到前天架起的灿烂的建筑物消失在云雾里，化作命运的狞笑，仿佛《亚俪丝异乡游记》里所说的空中里一个猫的笑脸[3]。可

---

① “空持罗带”二句：五代南唐后主李煜《临江仙》词句。

② 佛兰克林：当指本杰明·富兰克林，他的《自传》有修身信条，同时他又创办实业、做过生意。

③ 《亚俪丝异乡游记》：今译《艾丽丝漫游奇境记》，英国作家卡罗尔（Lewis Carroll，1832—1898）的代表作。

是我们心里又晓得命运是自己，某一位文豪早已说过，“性格是命运”了！不管我们怎样似乎坦白地向朋友们，向自己痛骂自己的无能和懦弱，可是对于这个几十年来寸步不离，形影相依的自己怎能说没有怜惜，所以只好抓着空气，捏成一个莫名其妙的命运，把天下地上的一切可杀不可留的事情全归诿在他（照希腊神话说，应当称为她们）的身上，自己清风朗月般在旁学泼妇的骂街。屠格涅夫在他的某一篇小说里不是说过：Desiny makes everyman, and every man makes his own destiny.（命运定于一切人，然而一切人能够定他自己的命运。）

屠格涅夫，这位旅居巴黎，后来害了谁也不知道的病死去的老文人，从前我对他很赞美，后来却有些失恋了。他是一个意志薄弱的人，他最爱用微酸的笔调来描绘意志薄弱的人，我却也是个意志薄弱的人，也常在玩弄或者吐唾自己这种心性，所以我对于他的小说深有同感，然而太相近了，书上的字，自己心里的意思，颠来倒去无非意志薄弱这个概念，也未免太单调，所以我已经和他久违了。他在年青时候曾跟一个农奴的女儿发生一段爱情，好像还产有一位千金，后来却各自西东了，他小说里也常写这一类飞鸿踏雪泥式的恋爱，我不幸得很或者幸得很却未曾有过这么一回事，所以有时倒觉得这个题材很可喜，这也是我近来又翻翻几本破旧尘封的他的小说集的动机。这几天偷闲读屠格涅夫，无意中却有个大发现，我对于他的敬慕也从新燃起来了。屠格涅夫所深恶的人是那班成功的人，他觉得他们都是很无味的庸人，而那班从娘胎里带来一种一事无成的性格的人们却多少总带些诗的情调。他在小说里凡是说到得意的人们时，常现出藐视的微笑和嘲侃的口吻。这真是他独到的地方，他用歌颂英雄的心情来歌颂弱者，使弱者变为他书里惟一的英雄，我觉得他这种态度是比单描写弱者性格，和同情于弱者的作家是更别致，更有趣得多。实在说起来，值得我们可怜的绝不是一败涂地的，却是事事马到功成的所谓幸运人们。

人们做事情怎么会成功呢？他必定先要暂时跟人世间一切别的

事物绝缘，专心致志去干目前的勾当。那么，他进行得愈顺利，他对于其他千奇百怪的东西越离得远，渐渐对于这许多有意思的玩意儿感觉迟钝了，最后逃不了个完全麻木。若使当他干事情时，他还是那样子处处关心，事事牵情，一曝十寒地做去，他当然不能够有什么大成就，可是他保存了他的趣味，他没有变成个只能对于一个刺激生出反应的残缺的人。有一位批评家说第一流诗人是不做诗的，这是极有道理的话。他们从一切目前的东西和心里的想象得到无限诗料，自己完全浸在诗的空气里，鉴赏之不暇，哪里还有找韵脚和配轻重音的时间呢？人们在刺心的悲哀里时是不会做悲歌的，Tennyson 的 *In Memoriam* 是在他朋友死后三年才动笔的。一生都沉醉于诗情中的绝代诗人自然不能写出一句的诗来。感觉钝迟是成功的代价，许多扬名显亲的大人物所以常是体广身胖，头肥脑满，也是出于心灵的空虚，无忧无虑麻木地过日。归根说起来，他们就是那么一堆肉而已。

人们对于自己的功绩常是带上一重放大镜。他不单是只看到这个东西，瞧不见春天的花草和街上的美女，他简直是攒到他的对象里面去了。也可说他太走近他的对象，冷不防地给他的对象一口吞下。近代人是成功的科学家，可是我们此刻个个都做了机械的奴隶，这件事聪明的 Samuel Butler 六十年前已经屈指算出，在他的杰作《虚无乡》（*Erewhon*）里慨然言之矣①。崇拜偶像的上古人自己做出偶像来跟自己打麻烦，我们这班聪明的，知道科学的人们都觉得那班老实人真可笑，然而我们费尽心机发明出机械，此刻它们反脸无情，踏着铁轮来蹂躏我们了。后之视今，犹今之视昔，真不知道将来的人们对于我们的机械会作何感想，这是假设机械没有将人类弄得覆灭，人生这幕喜剧的悲剧还继续演着的话。总之，人生是多方面的，成功的人将自己的十分之九杀死，为的是要让那一方面尽量发展，结果是尾大不掉，虽生犹死，失掉了人性，变做世上一

---

① 《虚无乡》：今译《埃瑞洪》，是 nowhere 的倒拼，意为乌托邦。

两件极微小的事物的祭品了。

世界里什么事一达到圆满的地位就是死刑的宣告。人们一切的痴望也是如此，心愿当真实现时一定不如蕴在心头时那么可喜。一件美的东西的告成就是一个幻觉的破灭，一场好梦的勾销。若使我们在世上无往而不如意，恐怕我们会烦闷得自杀了。逍遥自在的神仙的确是比监狱中终身监禁的犯人还苦得多。闭在黑暗房里的囚犯还能做些梦消遣，神仙们什么事一想立刻就成功，简直没有做梦的可能了。所以失败是幻梦的保守者，惘怅是梦的结晶，是最愉快的，洒下甘露的情绪。我们做人无非为着多做些依依的心怀，才能逃开现实的压迫，剩些青春的想头，来滋润这将干枯的心灵。成功的人们劳碌一生最后的收获是一个空虚，一种极无聊赖的感觉，厌倦于一切的胸怀，在这本无目的的人生里，若使我们一定要找一个目的来磨折自己，那么最好的目的是制做“空持罗带，回首恨依依”的心境。

救 火 夫

三年前一个夏天的晚上，我正坐在院子里乘凉，忽然听到接连不断的警钟声音，跟着响三下警炮，我们都知道城里什么地方的屋子又着火了。我的父亲跑到街上去打听，我也奔出去瞧热闹。远远来了一阵嘈杂的呼喊，不久就有四五个赤膊工人个个手里提一只灯笼，拚命喊道，“救”，“救”，从我们面前飞也似地过去，后面有六七个工人拖一辆很大的铁水龙同样快地跑着，当然也是赤膊的。他们只在腰间系一条短裤，此外棕黑色的皮肤下面处处有蓝争的浮筋跳动着，他们小腿的肉的颤动和灯笼里闪烁欲灭的烛光有一种极相协的和谐，他们的足掌打起无数的尘土，可是他们越跑越带劲，好像他们每回举步时，从脚下的“地”都得到一些新力量。水龙隆隆的声音杂着他们尽情的呐喊，他们在满面汗珠之下现出同情和快乐的脸色。那一架庞大的铁水龙我从前在救火会曾经看见过，总以为最少也要十七八个人用两根杠子才抬得走，万想不到六七个人居然能够牵着它飞奔。他们只顾到口里喊“救”，那么不在乎地拖着这笨重的家伙望前直奔，他们的脚步和水龙的轮子那么一致飞动，真好像铁面无情的水龙也被他们的狂热所传染，自己用力跟着跑了。一霎眼他们都过去了，一会儿只剩些隐约的喊声。我的心却充满了惊异，愁闷的心境顿然化为晴朗，真可说拔云雾而见天日了。那时的情景就不灭地印在我的心中。

从那时起，我这三年来老抱一种自己知道绝不会实现的宏愿，我想当一个救火夫。他们真是世上最快乐的人们，当他们心中只惦着赶快去救人这个念头，其他万虑皆空，一面善用他们活泼泼的躯干，跑过十里长街，像救自己的妻子一样去救素来不识面的人们，他们的生命是多么有目的，多么矫健生姿。我相信生命是一块顽铁，除非在同情的熔炉里烧得通红的，用人间世的灾难做锤子来使他迸出火花来，他总是那么冷冰冰，死沉沉地，惘怅地徘徊于人生路上的我们天天都是在极剧烈的麻木里过去——一种甚至于不能得自己同情的苦痛。可是我们的迟疑不前成了天性，几乎将我们活动的能力一笔勾销，我们的惯性把我们弄成残废的人们了。不敢上人生的舞场和同伴们狂欢地跳舞，却躲在帘子后面呜咽，这正是我们这般弱者的态度。在席卷一切的大火中奔走，在快陷下的屋梁上攀缘，不顾死生，争为先登的救火夫们安得不打动我们的心弦。他们具有坚定不拔的目的，他们一心一意想营救难中的人们，凡是难中人们的命运他们都视如自己地亲切地感到，他们尝到无数人心中的哀乐，那般人们的生命同他们的生命息息相关，他们忘记了自己，将一切火热里的人们都算做他们自己，凡是带有人的脸孔全可以算做他们自己，这样子他们生活的内容丰富到极点，又非常澄净清明，他们才是真真活着的人们。

他们无条件地同一切人们联合起来，为着人类，向残酷的自然反抗。这虽然是个个人应当做的事，并没有什么了不得，然而一看到普通人们那样子任自然力蹂躏同类，甚至于认贼作父，利用自然力来残杀人类，我们就不能不觉得那是一种义举了。他们以微小之躯，为着爱的力量的缘故，胆敢和自然中最可畏的东西肉搏，站在最前面的战线，这时候我们看见宇宙里最悲壮雄伟的戏剧在我们面前开演了：人和自然的斗争，也就是希腊史诗所歌咏的人神之争（因为在希腊神话里，神都是自然的化身）。我每次走过上海静安寺路救火会门口，看见门上刻有 We Fight Fire 三字，我总觉得凛然起敬。我爱狂风暴浪中把着舵神色不变的舟子，我对于始终住在霍乱流行极盛的城里，履行他的职务的约翰·勃朗医生[1]（Dr. John

---

① 约翰·勃朗：今译约翰·布朗。

Brown）怀一种虔敬的心情（虽然他那和蔼可亲的散文使我觉得他是个脾气最好的人），然而专以杀微弱的人类为务的英雄却勾不起我丝毫的欣羡，有时简直还有些鄙视。发现细菌的巴斯德（Pasteur）[①]，发明矿中安全灯的某一位科学家（他的名字我不幸忘记了），以及许多为人类服务的人们，像林肯，威尔逊之流[②]，他们现在天天受我们的讴歌，实际上他们和救火夫具有同样的精神，也可说救火夫和他们是同样地伟大，最少在动机方面是一样的，然而我却很少听到人们赞美救火夫，可是救火夫并不是一眼瞧着受难的人类，一眼顾到自己身前身后的那般伟人，所以他们虽然没有人们献上甜蜜蜜的媚辞，却很泰然地干他们冒火打救的伟业，这也正是他们的胜过大人物们的地方。

有一位愤世的朋友每次听到我赞美救火夫时，总是怒气汹汹的说道，这个胡涂的世界早就该烧个干干净净，山穷水尽，现在偶然天公做美，放下一些火来，再用些风来助火势，想在这片龌龊的地上锄出一小块洁白的土来。偏有那不知趣的，好事的救火夫焦头烂额地来浇下冷水，这真未免于太杀风景了，而且人们的悲哀已经是达到饱和度了，烧了屋子和救了屋子对于人们实在并没有多大关系，这是指那般有知觉的人而说。至于那般天赋与铜心铁肝，毫不知苦痛是何滋味的人们，他们既然麻木了，多烧几间房子又何妨呢！总之，天下本无事，庸人自扰之，足下的歌功颂德更是庸人之尤所干的事情了。这真是“人生一世浪自苦，盛衰桃杏开落闲”[③]。我这位朋友是最富于同情心的人，但是顶喜欢说冷酷的话，这里面恐怕要用些心理分析的功夫罢！然而，不管我们对于个个的人有多少的厌恶，人类全体合起来总是我们爱恋的对象，这是当代一位没

---

① 巴斯德（Louis Pastear，1822—1895），法国微生物学家、化学家，细菌的发现者，首创疫苗接种。

② 林肯（A. Lincan，1809—1865），美国第 16 任总统。威尔逊（W. Wilson，1856—1924），美国第 28 任总统。

③ “人生一世浪自苦，盛衰桃杏开落闲”：语出欧阳修《镇阳残杏》。

有忘却现实的哲学家 George Santayana 讲的话[1]。这话是极有道理的，人们受了遗传和环境的影响，染上了许多坏习气，所以个个人都具些讨厌的性质，但是当我们抽象地想到人类时，我们忘记了各人特有的弱点，只注目在人们真美善的地方，想用最完美的法子使人性向着健全壮丽的方面发展，于是彩虹般的好梦现在当前，我们怎能不爱人类哩！英国十九世纪末叶诗人 Frederick Locker-Lampson 在他的《自传》（*My Confidences*）说道[2]："一个思想灵活的人最善于发现他身边的人们的潜伏的良好气质，他是更容易感到满足的，想象力不发达的人们是最快就觉得旁人的可厌，的确是最喜欢埋怨他们朋友的知识上同别方面的短处。"总之，当救火夫在烟雾里冲锋突围的时候，他们只晓得天下有应当受他们的援救的人类，绝没有想到着火的屋里住有个杀千刀，杀万刀的该死狗才。天下最大的快乐无过于无顾忌地尽量使用已身隐藏的力量，这个意思亚里士多德在二千年前已经娓娓长谈过了。救火夫一时激于舍身救人的意气，举重若轻地拖着水龙疾驰，履险若夷地攀登危楼，他们忘记了困难危险，因此危险困难就失丢了它们一大半的力量，也不能同他们捣乱了。他们慈爱的精神同活泼的肉体真得到尽量的发展，他们奔走于惨淡的大街时，他们脚下踏的是天堂的乐土，难怪他们能够越跑越有力，能够使旁观的我得到一付清心剂。就说他们所救的人们是不值得救的，他们这派的气概总是可敬佩的。天下有无数女人捧着极纯净的爱情，送给极卑鄙的男子，可是那雪白的热情不会沾了尘污，永远是我们所欣羡不置的。

救火夫不单是从他们这神圣的工作得到无限的快乐，他们从同拖水龙，同提灯笼的伴侣又获到强度的喜悦。他们那时把肯牺牲自己，去营救别人的人们都认为比兄弟还要亲密的同志。不管村俏老少，无论贤愚智不肖，凡是努力于扑灭烈火的人们，他们都看做生

---

① George Santayana：乔治·桑塔耶（亚）那（1863—1992），美国哲学家。

② Frederick Locker-Lampson：弗雷德里克·洛克·兰普逊（1821—1895），英国诗人。

平的知己，因为是他们最得意事的伙计们。他们有时在火场上初次相见，就可以相视而笑，莫逆于心，“乐莫乐兮新相知”[①]，他们的生活是多有趣呀！个个人雪亮的心儿在这一场野火里互相认识，这是多么值得干的事情。懦怯无能的我在高楼上玩物丧志地读着无谓的书的时候，偶然听到警钟，望见远处一片漫天的火光，我是多么神往于随着火舌狂跳的壮士，回看自己枯瘦的影子，我是多么心痛，痛惜我虚度了青春同壮年。

我们都是上帝所派定的救火夫，因为凡是生到人世来都具有救人的责任，我们现在时时刻刻听着不断的警钟，有时还看见人们呐喊着望前奔，然而我们有的正忙于挣钱积钱，想做面团团，心硬硬，人蠢蠢的富家翁，有的正阴谋权位，有的正搂着女人欢娱，有的正缘着河岸，自鸣清高地在那儿伤春悲秋，都是失职的救火夫。有些神经灵敏的人听到警钟，也都还觉得难过，可是又顾惜着自己的皮肤，只好拿些棉花塞在耳里，闭起门来，过象牙塔里的生活。若使我们城里的救火夫这样懒惰，拿公事来做儿戏，那么我们会多么愤激地辱骂他们，可是我们这个大规模的失职却几乎变成当然的事情了。天下事总是如是莫测其高深的，宇宙总是这么颠倒地安排着，难怪波斯诗人喊起“打倒这胡涂世界”的口号[②]。

① 乐莫乐兮新相知：语出屈原《九歌》：“乐莫乐兮新相知，悲莫悲今生别离。”
② 波斯诗人：当指中世纪波斯诗人萨迪（约1208—1291）。

她 走 了

她走了，走出这古城，也许就这样子永远走出我的生命了。她本是我生命源的中心里的一朵小花，她的根总是种在我生命的深处，然则此后我也许再也见不到那隐有说不出的哀怨的脸容了。这也可说我的生命的大部分已经从我生命里消逝了。

两年前我的懦怯使我将这朵花从心上轻轻摘下，（世上一切残酷大胆的事情总是懦怯弄出来的，许多自杀的弱者，都是因为起先太顾惜生命了，生命果然是安稳地保存着，但是自己又不得不把它扔掉。弱者只怕失败，终免不了一个失败，天天兜着这个圈子，兜的回数愈多，也愈离不开这圈子了！）——两年前我的懦怯使我将这朵小花从心上摘下，花叶上沾着几滴我的心血，它的根当还在我心里，我的血就天天从这折断处涌出，化成脓了。所以这两年来我的心里的贫血症是一年深一年了。今天这朵小花，上面还濡染着我的血，却要随着江水——清流乎？浊流乎？天知道！——流去，我就这么无能为力地站在岸上，这么心里也狂涌鲜红的血。

“谁道人生无再少，门前流水尚能西。”但是我凄惨地相信西来的弱水绝不是东去的逝波。否则，我愿意立刻化作牛矢满面的石板在溪旁等候那万万年后的某一天。

她走之前，我向她扯了多少瞒天的大谎呀！但是我的鲜血都把它们染成为真实了。还没有涌上心头时是个谎话，一经心血的洗礼，却变做真实的真实了。我现在认为这是我心血惟一的用处。若使她知道个个谎都是从我心房里榨出，不像那信口开河的真话，她一定不让我这样不断地扯谎着。我将我生命的精华搜集在一起，全放在这些谎话里面，掷在她的脚旁，于是乎我现在剩下的只是这堆渣滓，这个永远是渣滓的自己。我好比一根火柴，跟着她已经擦出一朵神奇的火花了。此后的岁月只消磨于躺在地板上做根腐朽的木屑罢了！人们践踏又何妨呢？“推枰犹恋全输局”，我已经把我的一生推在一旁了，而且丝毫也不留恋着。

她劝我此后还是少抽烟，少喝酒，早些睡觉，我听着我心里欢喜得正如破晓的枝头弄舌的黄雀，我不是高兴她这么挂念着我，那是用不着证明的，也是言语所不能证明的，我狂欢的理由是我看出她以为我生命还未全行枯萎，尚有留恋自己生命的可能，所以她进言的时期还没有完全过去；否则，她还用得着说这些话吗？我捧着这血迹模糊的心求上帝，希望她永久保留有这个幻觉。虽然我也许不能再见她的倩影了，但是我却有些迷信，只怕她靠着直觉能够看到数千里外的我的生活情形。

她走之前，她老是默默地听我的忏情的话，她怎能说什么呢？我怎能不说呢？但是她的含意难伸的形容向我诉出这十几年来她辛酸的经验，悲哀已爬到她的眉梢同她的眼睛里去了，她还用得着言语吗？她那轻脆的笑声是她沉痛的心弦上弹出的绝调，她那欲泪的神情传尽人世间的苦痛，她使我凛然起敬，我觉得无限的惭愧，只好滤些清净的心血，凝成几句的谎言。天使般的你呀！我深深地明白你会原宥，我从你的原宥我得到我这个人惟一的价值。你对我说：“女子多半都是心地极偏狭的，顶不会容人的，我却是心地最宽大的。”你这句自白做了我黑暗的心灵的闪光。

我真认识得你吗？真走到你心窝的隐处吗？我绝不这样自问着，我知道在我不敢讲的那个字的立场里，那个字就是惟一的认识。心心相契的人们哪里用得着知道彼此的姓名和家世。

你走了，我生命的弦戛然一声全断了，你听见了没有？

写这篇东西时，开头是用“她”字，但是有几次总误写做“你”字，后来就任情地写“你”字了。仿佛这些话迟早免不了被你瞧见，命运的手支配着我的手来写这篇文字，我又有什么办法哩！

六月十日午夜一时

苦 笑

你走了，我却没有送你。我那天不是对你说过，我不去送你吗。送你只添了你的伤心，我的伤心，不送许倒可以使你在匆忙之中暂时遗忘了你所永不能遗忘的我，也可以使我存了一点儿濒于绝望的期望，那时你也许还没有离开这古城。我现在一走出家门，就尽我的眼力望着来往街上远远近近的女子，看一看里面有没有你。在我的眼里天下女子可分两大类，一是“你”，一是“非你”，一切的女子，不管村俏老少，对于我都失掉了意义，他们唯一的特征就在于“不是你”这一点，此外我看不出她们有什么分别。在Fichte的哲学里世界分做ego和non-ego两部分①，在我的宇宙里，只有you和non-you两部分。我憎恶一切人，我憎恶自己，因为这一切都不是你，都是我所不愿意碰到的，所以我虽然睁着眼睛，我却是个盲人，我什么也不能看见，因为凡是“不是你”的东西都是我所不肯瞧的。

我现在极喜欢在街上流荡，因为心里老想着也许会遇到你的影子，我现在觉得再有一瞥，我就可以在回忆里度过一生了。在我最后见到你以前，我已经觉得一瞥就可以做成我的永生了，但是见了你之后，我仍然觉得还差了一瞥，仍然深信再一瞥就够了。你总是这么可爱，这么像孙悟空用绳子拿着银角大王的心肝一样，抓着我的心儿，我对于你只有无穷的刻骨的愿望，我早已失掉我的理性了。

---

① Fichte：费希特（Johann Gottlieb Fichte，1762—1814），德国哲学家。ego，本我；non-ego，非我。

你走之后，我变得和气得多了，我对于生人老是这么嘻嘻哈哈敷衍着，对于知己的朋友老是这么露骨地乱谈着，我的心已经随着你的衣裳飘到南方去了，剩下来的空壳怎么会不空心地笑着呢？然而，我深信你是饱尝过人世间苦辛的人，你已具有看透人生的眼力了。所以你对于人生取这么通俗的态度，这么用客套来敷衍我。你是深于忧患的，你知道客套是一切灵魂相接触的缓冲地，所以你拿这许多客套来应酬我，希冀我能够因此忘记我的悲哀，和我们以前的种种。你的装做无情正是你的多情，你的冷酷正是你的仁爱，你真是客套得使我太感到你的热情了。

今晚我醉了，醉得几乎不知道我自己的姓名。但是一杯一杯的酒使我从不大和我相干的事情里逃出，使我认识了许多东西实在不是属于我的。比如我的衣服，那是如是容易破烂的，比如我的脸孔，那是如是容易变得更清瘦，换一个样子，但是在每杯斟到杯缘的酒杯底我一再见到你的笑容，你的苦笑，那好像一个人站在悬岩边际，将跳下前一刹那的微笑。一杯一杯干下去，你的苦笑一下一下沉到我心里。我也现出苦笑的脸孔了，也参到你的人生妙诀了。做人就是这样子苦笑地站着，随着地球向太空无目的地狂奔，此外并无别的意义。你从生活里得到这么一个教训，你还它以暗淡的冷笑，我现在也是这样了。

你的心死了，死得跟通常所谓成功的人的心一样地麻木，我的心也死了，死得恍惚世界已返于原始的黑暗了。两个死的心再连在一起有什么意义呢？苦痛使我们灰心，把我们的心化做再燃不着的灰烬，这真是“哀莫大于心死”。所以我们是已经失掉了生的意志和爱的能力了，“希望”早葬在坟墓之中了，就说将来会实现也不过是僵尸而已矣。

年纪总算青青，就这么万劫不复地结束，彼此也难免觉得惆怅罢！这么人不知鬼不觉地从生命的行列退出，当个若有若无的人，脸上还涌着红潮的你怎能甘心呢？因此你有时还发出挣扎着的呻吟，那是已堕陷井的走兽最后的呼声。我却只有望着烟斗的烟雾凝想，想到以前可能，此刻绝难办到的事情。

今晚有一只虫，惭愧得很我不知道它叫做什么，在我耳边细吟，也许你也听到这类虫的声音罢！此刻我们居在地上听着，几百年后我们在地下听着，那有什么碍事呢，虫声总是这么可喜的。也许你此时还听不到虫声，却望着白浪滔天的大海微叹。你看见海上的波涛没有？来时多么雄壮，一会儿却消失得无影无踪，你我的事情也不过大海里的微波罢，也许上帝正凭栏远眺水平线上的苍茫山色，没有注意到我们的一起一伏，那时我们又何必如此夜郎自大，狂诉自个的悲哀呢？

坟

你走后，我夜夜真是睡得太熟了，夜里绝不醒来，而且未曾梦见过你一次，岂单是没有梦见你，简直什么梦都没有了。看看钟，已经快十点了，就擦一擦眼睛，躺在床上，立刻睡着。死尸一样地睡了九个钟头，这是我每夜的情形。你才走后，我偶然还涉遐思，但是渺茫地忆念一会儿，我立刻喝住自己，叫自己不要胡用心力，因为“想你”是罪过，可说是对你犯一种罪。不该想而想，想我所不配想的人，这样行为在中古时代叫做“渎神”，在有皇冕的国家叫做“大不敬”。从前读 Bury 的《思想自由史》[①]，对于他开章那几句话已经很有些怀疑，他说思想总是自由的，所以我们普通所谓思想自由实在是指言论自由。其实思想何曾自由呢！天下个个人都有许多念头是自己不许自己去想的，我的不敢想你也是如此。然而，“不想你”也是罪过，对于自己的罪过。叫我自己不想你，去拿别的东西来敷衍自己的方寸，那真是等于命令自己将心儿从身里抓出，掷到垃圾堆中。所以为着面面俱圆起见，我只好什么也不想，让世上事物的浮光掠影随便出入我的灵台，我的心就这么毫不自动地凄冷地呆着。失掉了生活力的心怎能够弄出幻梦呢，因此我夜夜都尝了死的意味，过个未寿终先入土的生活，那是爱伦·坡所喜欢的题材，那个有人说死在街头的爱伦·坡呀！那脸容是悲剧的结晶的爱伦·坡呀！

可是，我心里却也不是空无一物，里面有一座小坟。“小影心

---

① Bury：J. B. 伯里（1861—1927），英国历史学家，著有《晚期罗马帝国史》。

头葬”[1]，你的影子已深埋在我心里的隐处了。上面当然也盖一座石坟，两旁的石头照例刻上“春秋多佳日，山水有清音”这副对联[2]，坟上免不了栽几棵松柏。这是我现在的“心境”，的的确确的心境，并不是境由心造的。负上莫明其妙的重担，拖个微弱的身躯，蹒跚地在这沙漠上走着，这是世人共同的状态；但是心里还有一座石坟镇压得血脉不流，这可是我的专利。天天过坟墓中人的生活，心里却又有一座坟墓，正如广东人雕的象牙球，球里有球，多么玲珑呀！吾友沉海说过：“诉自己的悲哀，求人们给以同情，是等于叫花子露出胸前的创伤，请过路人施舍。”旨哉斯言！但是我对于我心里这个新家颇有沾沾自喜的意思，认为这是我生命换来的艺术品，所以像 Coleridge 诗里的古舟子那样牵着过路人，硬对他们说自己凄苦的心曲，甚至于不管他们是赴结婚喜宴的客人。

石坟上松柏的阴森影子遮住我一切年少的心情，“春秋多佳日，山水有清音”，这二句诗冷嘲地守在那儿。十年前第一次到乡下扫墓，见到这两句对于死人嘲侃的话，我模糊地感到后死者对于泉下同胞的残酷。自然是这么可爱，人生是这么好玩，良辰美景，红袖青衫，枕石漱流，逍遥山水，这哪里是安慰那不能动弹的骷髅的话，简直是无缘无故的侮辱。现在我这座小坟上撒但刻了这十个字，那是十朵有尖刺的蔷薇，这般娇艳，这般刻毒地刺人。所以我觉得这一座坟是很美的，因为天下美的东西都是使人们看着心酸的。

我没有那种欣欢的情绪，去“长歌当哭”，更不会轻盈地捧着含些朝露的花儿，自觉忧愁得很动人怜爱地由人群走向坟前，我也用不着拿扇子去扇干那湿土，当然也不是一个背个铁锄，想去偷坟的解剖学教授，我只是一个默默无言的守坟苍头而已。

---

① 小影心头葬：语出龚自珍词《卜算子》（“曾在曲栏杆”）。

② 这两句诗分别见于陶潜诗《移居》：“春秋多佳日，登高赋新诗”；左思《招隐诗》“非必丝与竹，山水有清音”。

猫狗

惭愧得很，我不单是怕狗，而且怕猫，其实我对于六合之内一切的动物都有些害怕。

怕狗这个情绪是许多人所能了解的，生出同情的。我的怕狗几乎可说是出自天性。记得从前到初等小学上课时候，就常因为恶狗当道，立刻退却，兜个大圈子，走了许多平时不敢走的僻路，结果是迟到同半天的心跳。十几年来踽踽地踯躅于这荒凉的世界上。童心差不多完全消失了，而怕狗的心情仍然如旧，这不知道是不是可庆的事。

怕狗，当然是怕它咬，尤其怕被疯狗咬。但是既会无端地咬起人来，那条狗当然是疯的。猛狗是可怕的，然而听说疯狗常常现出驯良的神气，尾巴低垂，夹在两腿之间。并且狗是随时可以疯起来的。所以天下的狗都是可怕的。若使一个人给疯狗咬了，据说过几天他肚子里会发出怪声，好像有小疯狗在里叫着。这真是惊心动魄极了，最少对于神经衰弱的我是够恐怖了。

我虽然怕它，却万分鄙视它，厌恶它。缠着姨太太脚后跟的哈巴狗是用不着提的。就说那驰骋森林中的猎狗和守夜拒贼的看门狗罢！见着生客就狺狺着声势逼人，看到主子立刻伏贴贴地低首求欢，甚至于把前面两脚拱起来，别的禽兽绝没有像它这么奴性十足，总脱不了“走狗”的气味。西洋人爱狗已经是不对了，他们还有一句俗语“若使你爱我，请也爱我的狗罢”，（Love me，Love my dog.）这真是岂有此理。人没有权利叫朋友这么滥情。不过西洋人里面也有一两人很聪明的。歌德在《浮士德》里说那个可怕的

Mephistopheles 第一次走进浮士德的书房[①]，是化为一条狗。因此我加倍爱念那部诗剧。

可是拿狗来比猫，可又变成个不大可怕的东西了。狗只能咬你的身体，猫却会蚕食你的灵魂，这当然是迷信，但是也很有来由。我第一次怕起猫来是念了爱伦·坡的短篇小说《黑猫》。里面叙述一个人打死一只黑猫，此后遇了许多不幸事情，而他每次在不幸事情发生的地点都看到那只猫的幻形，狞笑着。后来有一时期我喜欢念外国鬼怪故事，知道了女巫都是会变猫的，当赴撒但狂舞会时候，个个女巫用一种油涂在身上，念念有词，就化成一只猫从屋顶飞跳去了。中国人所谓狐狸猫，也是同样变幻多端，善迷人心灵的畜生，你看，猫的脚踏地无声，猫的眼睛总是似有意识的，它永远是那么偷偷地潜行，行到你身旁，行到你心里。《亚俪斯游记》里不是说有一只猫现形于空中[②]，微笑着。一会儿猫的面部不见了，光剩一个笑脸在空中。这真能道出猫的神情，它始终这么神秘，这么阴谋着，这么留一个抓不到的影子在人们心里。欧洲人相信一只猫有十条命，仿佛中国也有同样的话，这也可以证明它的精神的深刻矫健了。我每次看见猫，总怕它会发出一种魔力，把我的心染上一层颜色，留个永不会退去的痕迹。碰到狗，我们一躲避开，什么事都没有了，遇见猫却不能这么容易预防。它根本不伤害你的身体，却要占住你的灵魂，使你失丢了人性，变成一个莫名其妙的东西，这些事真是可怕得使我不敢去设想，每想起来，总会打寒噤。

上海是一条狗，当你站在黄浦滩闭目一想，你也许会觉得横在面前是一条恶狗。狗可以代表现实的黑暗，在上海这现实的黑暗使你步步惊心，真仿佛一条疯狗跟在背后一样。北平却是一只猫。它代表灵魂的堕落。北平这地方有一种霉气，使人们百事废弛，最好什么也不想，也不干了，只是这么蹲着呆呆地过日子。真是一只大猫将个个人的灵魂都打上黑印，万劫不复了。

---

① Mephistopheles：靡菲斯特，歌德代表作《浮士德》中的魔鬼。

② 《亚俪斯游记》：今译《艾丽丝漫游奇境记》。

若使我们睁大眼睛，我们可以看出世界是给猫狗平分了。现实的黑暗和灵魂的堕落霸占了一切。我愿意这片大地是个绝无人烟的荒凉世界，我又愿意我从来就未曾来到世界过。这当然只是个黄金的幻梦。

这么一回事

一

我每次跟天真烂漫的小学生，中学生接触时候，总觉得悲从中来。他们是这么思虑单纯的，这么纵情嬉笑的，好像已把整个世界搂在怀里了。我呢？无聊的世故跟我结不解之缘，久已不发出痛彻心脾的大笑矣。我的心好比已经摸过柏树油的，永远不能清爽。

我每次和晒日黄，缩袖打瞌睡的老头子谈话，也觉得欲泣无泪。“两个极端是相遇的”。他们正如经过无数狂风怒涛的小舟，篷扯碎了，船也翻了，可是剩下来在水面的一两块板却老在海上飘游，一直等到销磨的无影无踪。他们就是自己生命的残留物。他们失掉青春和壮年的火气，情愿忘却一切和被一切忘却了，就是这样若有若无地寄在人间，这倒也是个忘忧之方。真是难得糊涂。既不能满意地活它一场，就让它变为几点残露随风而逝罢！

可是，既然如是赞美生命力的销沉，何不于风清月朗之辰，亲自把生命送到门口呢？换一句话说，何不投笔而起，吃安眠药，跳海，当兵去，一了百了，免得世人多听几声呻吟，岂不于人于己两得呢？前几天一位朋友拉到某馆子里高楼把酒，酒酣起舞弄清影时候，凭阑望天上的半轮明月，下面蚁封似的世界，忽然想跨阑而下，让星群在上面啧啧赞美，嫦娥大概会拿着手帕抿着嘴儿笑，给下面这班蚂蚁看一出好看的戏，自己就立刻变做不是自己，这真是人天同庆，无损于己（自己已经没有了，还从那里去损伤他呢？）

有益于人。不说别的，报馆访员就可以多一段新闻，hysteria 的女子可以暂忘却烦闷，没有爱人的大学生可以畅谈自杀来销愁。

但是既然有个终南捷径可以逃出人生，又何妨在人生里鬼混呢！

但是……

但是……

…… ……

二

昨天忽然想起苏格拉底是常在市场里蹓跶的，我件件不如这位古圣贤，难道连这一件也不如吗？于是乎振衣而起，赶紧到市场人群里乱闯。果然参出一些妙谛，没有虚行。

市场里最花红柳绿的地方当然要推布店了。里面的顾客也复杂得有趣，从目不识丁的简朴老妇人到读过二十，三十，四五十，以至整整八十单位的女学生。可是她们对于布店都有一种深切之感。她们一进门来，有的自在地坐下细细鉴赏，有的慢步巡视，有的和女伴或不幸的男伴随便谈天，有的皱着眉头冥想，真是宾至如归。虽说男女同学已经有年，而且成绩卓著，但是我觉得她们走进课堂时总没有走进布店时态度那么自然。唉吓！我却是无论走进任何地方，态度都是不自然的。乡友镜君从前说过："人在世界上是个没有人招待的来客。"这真是千古达者之言。牢骚搁起，言归正传。天下没有一个女人买布时会没有主张的。她们胸有成竹，罗列了无数批评标准，对于每种布匹绸缎都有个永劫不拔的主张，她们的主张仿佛也有古典派浪漫派之分，前者是爱素淡宜人的，后者是喜欢艳丽迷离的。至于高兴穿肉色的衣料和虎豹纹的衣料，那大概是写实派罢。但是她们意见也常有更改，应当说进步。然而她们总是坚持自己当时的意见，绝不犹豫的。这也不足奇，男人选妻子岂不也是如此吗？许多男人因为别人都说那个女子漂亮，于是就心火因君特地燃了。天下没有一个男人不爱女子，也好像没有一个女子不爱衣服一样。刘备说过："妻子是衣服。"千古权奸之言，当然是没有错的。

布店是堕落的地方。亚当夏娃堕落后才想起穿衣。有了衣服，就有廉耻，就有礼教，真是："圣人不死，大盗不止。"人生本来只有吃饭一问题，这两位元始宗亲无端为我们加上穿衣一项，天下从此多事了。

动物里都是雄的弄得很美丽来引诱雌的。在我们却是女性在生育之外还慨然背上这个责任。女性始终花叶招展，男性永远是这么黑漆一团。我们真该感谢这勇于为世界增光的永久女性。

这也是一篇 Sartor Resartus 罢！

无情的多情和多情的无情

情人们常常觉得他俩的恋爱是空前绝后的壮举，跟一切芸芸众生的男欢女爱绝不相同。这恐怕也只是恋爱这场黄金好梦里面的幻影罢。其实通常情侣正同博士论文一样地平淡无奇。为着要得博士而写的论文同为着要结婚而发生的恋爱大概是一样没有内容吧。通常的恋爱约略可以分做两类：无情的多情和多情的无情。

一双情侣见面时就倾吐出无限缠绵的话，接吻了无数万次，欢喜得淌下眼泪，分手时依依难舍，回家后不停地吟味过去的欣欢——这是正打得火热的时候。后来时过境迁，两人不得不含着满泡眼泪离散了，彼此各自有两个世界，旧的印象逐渐模糊了，新的引诱却不断地现在当前。经过了一段若即若离的时期，终于跟另一爱人又演出旧戏了。此后也许会重演好几次。或者两人始终保持当初恋爱的形式，彼此的情却都显出离心力，向外发展，暗把种种盛意搁在另一个人身上了。这般人好像天天都在爱的旋涡里，却没有弄清真是爱哪一个人，他们外表上是多情，处处花草颠连，实在是无情，心里总只是微温的。他们寻找的是自己的享乐，以“自己”为中心，不知不觉间做出许多残酷的事，甚至于后来还去赏鉴一手包办的悲剧，玩弄那种微酸的凄凉情调，拿所谓痛心的事情来解闷销愁。天下有许多的眼泪流下来时有种快感，这般人却顶喜欢尝这个精美的甜味。他们爱上了爱情，为爱情而恋爱，所以一切都可以牺牲，只求始终能尝到爱的滋味而已。他们是拿打牌的精神踱进情场，“玩玩吧”是他们的信条。他们有时也假装诚恳，那无非因为可以更玩得有趣些。他们有时甚至于自己也糊涂了，以为真是以全生命来恋爱，其实他们的下意识是了然的。他们好比上场演戏，虽然兴高采烈时忘了自己，居然觉得真是所扮的脚色了，可心中明知台后有个可以洗去脂粉，脱下戏衫的化装室。他们拿人生最可贵的东西：爱情来玩弄，跟人生开玩笑，真是聪明得近乎大傻子了。这般人我们无以名之，名之为无情的多情人，也就是洋鬼子所谓 Sentimental 了①。

上面这种情侣可以说是走一程花草缤纷的大路，另一种情侣却是探求奇怪瑰丽的胜境，不辞跋涉崎岖长途，缘着悬岩峭壁屏息而行，总是不懈本志，从无限苦辛里得到更纯净的快乐。他们常拿难题来试彼此的挚情，他们有时现出冷酷的颜色。他们觉得心心既相印了，又何必弄出许多虚文呢？他们心里的热情把他们的思想毫发毕露地照出，他们的感情强烈得清晰有如理智。天下抱定了成仁取义的决心的人干事时总是分寸不乱，行若无事的，这般情人也是神情清爽，绝不慌张的，他们始终是朝一个方向走去，永久抱着同一的深情，他们的目标既是如皎日之高悬，像大山一样稳固，他们的步伐怎么会乱呢？他们已从默然相对无言里深深了解彼此的心曲，他们哪里用得着绝不能明白传达我们意思的言语呢？他们已经各自在心里矢誓，当然不作无谓的殷勤话儿了。他们把整个人生搁在爱情里，爱存则存，爱亡则亡，他们怎么会拿爱情做人生的装饰品呢？他们自己变为爱情的化身，绝不能再分身跳出圈外来玩味爱情。聪明乖巧的人们也许会嘲笑他们态度太严重了，几十个夏冬急水般的流年何必如是死板板地过去呢；但是他们觉得爱情比人生还重要，可以情死，绝不可为着贪生而断情。他们注全力于精神，所以忽于形迹，所以好似无情，其实深情，真是所谓“多情却似总无情”。我们把这类恋爱叫做多情的无情，也就是洋鬼子所谓 Passionate 了②。

但是多情的无情有时渐渐化做无情的无情了。这种人起先因为

---

① Sentimental：多愁善感的。

② Passionate：热情的。

全借心中白热的情绪，忽略外表，有时却因为外面惯于冷淡，心里也不知不觉地淡然了。人本来是弱者，专靠自己心中的魄力，不知道自己魄力的脆弱，就常因太自信了而反坍台。好比那深信具有坐怀不乱这副本领的人，随便冒险，深入女性的阵里，结果常是冷不防地陷落了。拿宗教来做比喻吧。宗教总是有许多方式，但是有一般人觉得我们既然虔信不已，又何必这许多无谓的虚文缛节呢，于是就将这道传统的玩意儿一笔勾销，但是精神老是依着自己，外面无所附着，有时就有支持不起之势，信心因此慢慢衰颓了。天下许多无谓的东西所以值得保存，就因为它是无谓的，可以做个表现各种情绪的工具。老是扯成满月形的弦不久会断了，必定有弛张的时候。睁着眼睛望太阳反见不到太阳，眼睛倒弄晕眩了行，必定斜着看才行。老子所谓“无”之为用，也就是在这类地方。

拿无情的多情来细味一下吧。乔治·桑（George Sand）在她的小说里曾经隐约地替自己辩护道：“我从来绝没有同时爱着两个人。我绝没有，甚至于在思想里属于两个人，无论在什么时候。这自然是指当我的情热继续着。当我不再爱一个男人的时候，我并没有骗他，我同他完全绝交了。不错，我也曾设誓，我在狂热时候，永远爱他；我设誓时也是极诚意的。每次我恋爱，总是这么热烈地，完全地，我相信那是我生平第一次，也是最后一次的真恋爱。”乔治·桑的爱人多极了，这是谁都知道的事情，但是我们不能说她不诚恳。乔治·桑是个伟大的爱人，几千年来像她这样的人不过几个，自然不能当做常例看，但是通常牵情的人们的确有他可爱的地方。他们是最含有诗意的人们，至少他们天天总弄得欢欣地过日子。假使他们没有制造出事实的悲剧，大家都了然这种飞鸿踏雪泥式的恋爱，将人生渲染上一层生气勃勃，清醒活泼的恋爱情调，情人们永久是像朋友那样可分可合，不拿契约来束缚水银般转动自如的爱情，不处在委曲求全的地位，那么整个世界会青春得多了。唯美派说从一而终的人们是出于感觉迟钝，这句话像唯美派其他的话一样，也有相当的道理。许多情侣多半是始于恋爱，而终于莫名其妙的妥协。他们忠于彼此的婚后生活并不是出于他们恋爱的真挚持久。却是因为恋爱这个念头已经根本枯萎了。法朗士说过："当一个人恋爱的日子已经结束，这个人大可不必活在世上。"高尔基也说："若使没有一个人热烈地爱你，你为什么还活在世上呢?"然而许多应该早下野，退出世界舞台的人却总是恋栈，情愿无聊赖地多过几年那总有一天结束的生活，却不肯急流勇退，平安地躺在地下，免得世上多一个麻木的人。"生的意志"（Will to live）使人世变成个血肉模糊的战场。它又使人世这么阴森森地见不到阳光。在悲剧里，一个人失败了，死了，他就立刻退场，但是在这幕大悲剧里许多虽生犹死的人们却老占着场面，挡住少女的笑涡。许多夫妇过一种死水般的生活，他们意志销沉得不想再走上恋爱舞场，这种的忠实有什么可赞美呢？他们简直是冷冰的，连微温情调都没有了，而所谓 Passionate 的人们一失足，就掉进这个陷阱了。爱情的火是跳动的，需要新的燃料，否则很容易被人世的冷风一下子吹熄了。中国文学里的情人多半是属于第一类的，说得肉麻点，可以叫做卿卿我我式的爱情，外国文学里的情人多半是属于第二类的，可以叫做生生死死的爱情。这当有许多例外，中国有尾生这类痴情的人[①]，外国有屠格涅夫、拜伦描写的玩弄爱情滋味的人。

---

① 尾生：中国古代传说中信守誓约的男子。事见《庄子·盗跖》："尾生与女子期于梁下，女子不来，水至不去，抱梁柱而死。"中国古诗称这种信义为"抱柱信"。

毋忘草

一

Butler 和 Stevenson 都主张我们应当衣袋里放一本小簿子，心里一涌出什么巧妙的念头，就把它抓住记下，免得将来逃个无影无踪。我一向不大赞成这个办法，一则因为我总觉得文章是“妙手偶得之”的事情，不可刻意雕出。那大概免不了三分“匠”意。二则，既然记忆力那么坏，有了得意的意思又会忘却，那么一定也会忘记带那本子了，或者带了本子，没有带笔，结果还是一个忘却，倒不如安分些，让这些念头出入自由罢。这些都是壮年时候的心境。

近来人事纷扰，感慨比从前多，也忘得更快，最可恨的是不全忘去，留个影子，叫你想不出全部来觉得怪难过的。并且在人海的波涛里浮沉着，有时颇顾惜自己的心境，想留下来，做这个徒然走过的路程的标志。因此打算每夜把日间所胡思乱想的多多少少写下一点儿，能够写多久，那是连上帝同魔鬼都不知道的。

二

老子用极恬美的文字著了《道德经》，但是他在最后一章里却说：“信言不美，美言不信。”大有一笔勾销前八十章的样子。这是抓到哲学核心的智者的态度。若使他没有看透这点，他也不会写出这五千言了。天下事讲来讲去讲到彻底时正同没有讲一样，只有知道讲出来是没有意义的人才会讲那么多话。又讲得那么好。Montaigne，Voltaire，Pascal①，Hume说了许多的话，却是全没有结论，也全因为他们心里是雪亮的，晓得万千种话一灯青，说不出什么大道理来，所以他们会那样滔滔不绝，头头是道。天下许多事情都是翻觔斗，未翻之前是这么站着，既翻之后还是这么站着，然而中间却有这么一个觔斗！

镜君屡向我引起庄子的“道隐于小成，言隐于荣华”②，又屡向我盛称庄生文章的奇伟瑰丽，他的确很懂得庄子。

三

我现在深知道“忆念”这两个字的意思，也许因为此刻正是穷秋时节罢。忆念是没有目的，没有希望的，只是在日常生活里很容易触物伤情，想到千里外此时有个人不知道作什么生。有时遇到极微细的，跟那人绝不相关的情境，也会忽然联想起那个穿梭般出入我的意识的她，我简直认为这念头是来得无端。忆念后又怎么样呢？没有怎么样，我还是这么一个人。那么又何必忆念呢？但是当我想不去忆念她时，我这想头就是忆念着她了。当我忘却了这个想头，我又自然地忆念起来了。我可以闭着眼睛不看外界的东西，但是我的心眼总是清炯炯的，总是睇着她的倩影。在欢场里忆起她时，我感到我的心境真是静悄悄得像老人了。在苦痛时忆起她时，我觉得无限的安详，仿佛以为我已挨尽一切了。总之，我时时的心境都经过这么一种洗礼，不管当时的情绪为何，那色调是绝对一致的，也可以说她的影子永离不开我了。

“人间别久不成悲”③，难道已浑然好像没有这么一回事吗？

① Pascal：帕斯卡尔（1623—1662），法国思想家、科学家，著有《思想录》。

② “道隐于小成，言隐于荣华”：语出《庄子·齐物论》。

③ 人间别久不成悲：语出姜夔词《鹧鸪天》（“肥水东流无尽期”）。

不，绝不！初别的时候心里总难免万千心绪起伏着，就构成一个光怪陆离的悲哀。当一个人的悲哀变成灰色时，他整个人溶在悲哀里面去了，惘怅的情绪既为他日常心境，他当然不会再有什么悲从中来了。

黑　暗

我们这班圆颅趾方的动物应当怎样分类呢？若使照颜色来分做黄种，黑种，白种，红种等等，那的确是难免于肤浅。若使打开族谱，分做什么，Aryan，Semitic 等等①，也是不彻底的，因为五万年前本一家。再加上人们对于他国女子的倾倒，常常为着要得到异乡情调，宁其冒许多麻烦，娶个和自己语言文字以及头发眼睛的颜色绝不相同的女人，所以世界上的人们早已打成一片，无法来根据皮肤颜色和人类系统来分类了。德国讽刺家 Saphir 说②：“天下人可以分做两种——有钱的人们和没有钱的人民。”这真是个好办法！但是他接着说道：“然而，没有钱的人们不能算做人——他们不是魔鬼——可怜的魔鬼，就是天使，有耐心的，安于贫穷的天使。”所以这位出语伤人的滑稽家的分类法也就根本推翻了。Charles Lamb 说：“照我们能建设的最好的理论，人类是两种人构成的，‘向人借钱的人们’同‘借钱给人的人们’。”可是他真是太乐观了，他忘记了天下尚有一大堆毫无心肝的那班洁身自好的君子。他们怕人们向他们借钱，于是先立定主意永不向人们借钱，这样子人们也不好意思来启齿了；也许他们怕自己会向人们借钱，弄到亏空，于是先下个决心不借钱给别人，这样子自断自己借钱的路，当然会节俭了，总之，他们的心被钱压硬了，再也发不出同情的或豪放的跳动。钱虽然是万能，在这方面却不能做个良好的分类工具。我们只好向人们精神方面去找个分类标准。

---

① Aryan：雅利安人。Semitic：闪米特人（犹太人）。

② Saphir：萨皮尔（1884—1937），德裔美籍语言学家。

夸大狂是人们的一种本性，个个人都喜欢用他自命特别具有的性质来做分类的标准。基督教徒认为世人只可以分做基督教徒和异教徒；道学家觉得人们最大的区别是名教中人和名教罪人；爱国主义者相信天下人可以黑白分明地归于爱国者和卖国贼这两类；“钟情自在我辈”的名士心里只把人们斫成两部分，一面是餐风饮露的名士，一面是令人作呕的俗物。这种唯我独尊的分类法完全出自主观，因为要把自己说的光荣些，就随便竖起一面纸糊的大旗，又糊好一面小旗偷偷地插在对面，于是乎拿起号角，向天下人宣布道这是世上的真正局面，一切芸芸苍生不是这边的好汉，就是那面的喽罗，自己就飞扬跋扈地站在大旗下傻笑着。这已经是够下流了。但是若使没有别的结果，只不过令人冷笑，那倒也是无妨的；最可怕的却是站在大旗下的人们总觉得自己是正宗，是配得站在世界上做人的，对面那班小鬼都是魔道，应该退出世界舞台的。因此认为自己该享到许多特权，那班敌人是该排斥，压迫，毁灭的。所以基督教徒就在中古时代演出教会审判那幕惨凄的悲剧；道学家几千年来在中国把人们弄得这么奄奄一息，毫无“异端”的精神；爱国主义者吃了野心家的迷醉剂，推波助澜地做成欧战；而名士们一向是靠欺骗奸滑为生，一面骂俗物，一面做俗物的寄生虫，养成中国历来文人只图小便宜的习气。这几个招牌变成他们的符咒，借此横行天下，发泄人类残酷的兽性。我们绝不能再拿这类招牌来惹祸了。

在上帝创造世界之后，宇宙是黑漆一团的，而世界的末日也一定是归于原始的黑暗，所以这个宇宙不过是两个黑暗中间的一星火花。但是这个世界仍然是充满了黑暗，黑暗可说是人生核心；人生的态度也就是在乎怎样去处理这个黑暗。然而，世上有许多人根本不能认识黑暗，他们对于人生是绝无态度的，只有对于世人通常姿态的一种出于本能的模仿而已，他们没有尝到人生的本质，黑暗，所以他们是始终没有看清人生的；永远是影子般浮沉世上。他们的哀乐都比别人轻，他们生活的内容也浅陋得很，他们真可说虽生之日犹死之年。可是，他们占了世人的大部分，这也是几千年来天下所以如是纷纷的原因之一。

他们并非完全过着天鹅绒的生活，他们也遇过人生的坎坷，或者终身在人生的臼子里面被人磨舂着，但是他们不能了解什么叫做黑暗。天下有许多只会感到苦痛，而绝不知悲哀的人们。当苦难压住他们时候，他们本能地发出哀号，正如被打的猫狗那么嚷着一样。苦难一走开，他们又恢复日常无意识的生活状态了，一张折做两半的纸还没有那么容易失掉那折痕。有时甚至当苦痛还继续着时候，他们已经因为和苦痛相熟，而变麻木了。过去是立刻忘记了，将来是他们所不会推测的，现在的深刻意义又是他们所无法明白的，所以他们免不了莫名其妙的过日子。悲哀当然是没有的，但是也失丢了生命，充实的生命。他们没有高举生命之杯，痛饮一番，他们只是尝一尝杯缘的酒痕。有时在极悲哀的环境里，他们会如日常地白痴地笑着，但是他们也不晓得什么是人生最快意的时候。他们始终没有走到生命里面去，只是生命向前的一个无聊的过客。他们在世上空尝了许多无谓的苦痛同比苦痛更无谓的微温快乐，他们其实不懂得生命是怎么一回事。真是深负上天好生之德。

有人以为志行高洁的理想主义者应当不知道世上一切龌龊的事体，应当不懂得世上有黑暗这个东西。这是再错不过的见解。只有深知黑暗的人们才会热烈地赞美光明。没有饿过的人不大晓得食饱的快乐，没有经过性的苦闷的小孩子很难了解性生活的意义。奥古斯丁，托尔斯泰都是走遍世上污秽的地方，才产生了后来一尘不沾的洁白情绪。不觉得黑暗的可怕，也就看不见光明的价值了。孙悟空没有在八卦炉中烧了六十四天，也无从得到那对洞观万物的火眼金睛了。所以天下最贞洁高尚的女性是娼妓。她们的一生埋在黑暗里面，但是有时谁也没有她们那么恋着光明。她们受尽人们的揶揄，历遍人间凄凉的情境，尝到一切辛酸的味道，若使她们的心还卓然自立，那么这颗心一定是满着同情和怜悯。她们抓到黑暗的核心，知道侮辱她们的人们也是受这个黑暗残杀着，她们怎么不会满心都是怜悯呢，当 De Quincey 流落伦敦，彷徨无依的时候，街上下等的娼妓是他惟一的朋友，最纯洁的朋友，当朵斯妥夫斯基的《罪与罚》里主要人物 Raskonikov 为着杀了人，万种情绪交哄胸中时候，妓女 Sonia 是惟一能够安慰他的人，和他同跪在床前念圣经，劝他自首。① 只有濯污泥者才能够纤尘不染。从黑暗里看到光明的人正同新罗曼主义者一样，他们受过写实主义的洗礼，认出人们心苗里的罗曼根源，这才是真真的罗曼主义。在这个糊涂世界里，我们非是先一笔勾销，再重新一一估定价值过不可，否则囫囵吞枣地随便加以可否，是猪八戒吃人参果的办法。没有夜，哪里有晨曦的光荣。正是风雨如晦时候，鸡鸣不已才会那么有意义，那么有内容。不知黑暗，心地柔和的人们像未锻炼过的生铁，绝不能成光芒十丈的利剑。

但是了解黑暗也不是容易的事，想知道黑暗的人最少总得有个光明的心地。生来就盲目的，绝对不知道光明和黑暗的分别，因此也可说不能了解黑暗了。说到这里，我们很可以应用柏拉图的穴居人的比喻。他们老住在穴中，从来没有看到阳光，也不觉得自己是在阴森森的窟里。当他们才走出来的时候，他们羞光，一受到光明的洗礼，反头晕目眩起来，这是可以解说历来人们对于新时代的恐怖，总是恋着旧时代的骸骨，因为那是和人们平常麻木的心境相宜的。但是当他们已惯于阳光了，他们一回去，就立刻深觉得窟里的黑暗凄惨。人世的黑暗也正和这个窟穴一样，你必定瞧到了光明，才能晓得那是多么可怕的。诗人们所以觉得世界特别可悲伤的，也是出于他们天天都浴在洁白的阳光里。而绝不能了解人世光明方面的无聊小说家是无法了解黑暗，虽然他们拼命写许多所谓黑幕小说。这类小说专讲怎样去利用人世的黑暗，却没有说到黑暗的本质。他们说的是技术，最可鄙的技术，并没有尝到人世黑暗的悲哀。所以他们除开刻板的几句世俗道德家的话外，绝无同情之可言。不晓得悲哀的人怎么会有同情呢？“人心险诈”这个黑暗是值

① 朵斯妥夫斯基：今译陀思妥耶夫斯基。Raskonikov：拉斯科尔尼柯夫，因贫辍学的大学生，因不愿妹妹为其牺牲而杀死高利贷者。Sonia：索尼娅。

得细味的，至于人心怎样子险诈，以及我们在世上该用哪种险诈手段才能达到目的，这些无聊的世故是不值得探讨的。然而那班所谓深知黑暗的人们却只知道玩弄这些小技，完全没有看到黑暗的真意义了。俄国文学家 Dostoievsky，Gogol，Chekhov 等才配得上说是知道黑暗的人。他们也都是光明的歌颂者。当我们还无法来结实地来把人们分类时候，就将世人分做知道黑暗的和不知道黑暗的，也未始不是个好办法罢！最少我这十几年来在世网里挣扎着的时候对于人们总是用这点来分类，而且觉得这个标准可以指示出他们许多其他的性质。

一个“心力克”的微笑

写下题目，不禁微笑，笑我自己毕竟不是个道地的“心力克”(Cynic)[①]。心里蕴蓄有无限世故，却不肯轻易出口，混然和俗，有如孺子，这才是真正的世故。至于稍稍有些人生经验，便喜欢排出世故架子的人们，还好真有世故的人们不肯笑人，否则一定会被笑得怪难为情，老羞成怒，世故的架子完全坍台了。最高的艺术使人们不觉得它有斧斤痕迹，最有世故的人们使人们不觉得他是曾经沧海。他有时静如处女，有时动如走兔，却总不像有世故的样子，更不会无端谈起世故来。我现在自命为“心力克”，却肯文以载道，愿天下有心人无心人都晓得“心力克”的心境是怎么样，而且向大众说我有微笑，这真是太富于同情心，太天真纯朴了。怎么好算做一个“心力克”呢？因此，我对于自己居然也取“心力克”的态度，而微笑了。

这种矛盾其实也不足奇。嵇叔夜的《家诫》对于人情世故体贴入微极了，可是他又写出那种被人们逆鳞的几封绝交书[②]。叔本华的“箴言”揣摩机心，真足以坏人心术[③]，他自己为人却那么痴心，而且又如是悲观，颇有退出人生行列之意，当然用不着去研究如何在五浊世界里躲难偷生了。予何人斯，拿出这班巨人来自比，岂不蒙其他“心力克”同志们的微笑。区区之意不过说明这种矛盾

---

① Cynic：犬儒主义者。

② 嵇叔夜：嵇康（223—263）字叔夜，三国时文学家。他的《与山巨源绝交书》、《与吕长悌绝交书》都是古文名篇。

③ 叔本华（1788—1860）：德国哲学家，唯意志论者。

是古已有之，并不新奇。而且觉得天下只有矛盾的言论是真挚的，是有生气的，简直可以说才算得一贯。矛盾就是一贯，能够欣赏这个矛盾的人们于天地间一切矛盾就都能澈悟了。

好好一个人，为什么要当“心力克”呢？这里真有许多苦衷。看透了人们的假面目，这是件平常事，但是看到了人们的真面目是那么无聊，那么乏味，那么不是他们假面目的好玩，这却怎么好呢？对于人世种种失却幻觉了，所谓 Disillusion[①]，可是同时又不觉得这个 Disillusion 是件了不得的聪明举动：却以为人到了一定年纪，不是上智和下愚却多少总有些这种感觉，换句话说，对于 Disillusion 也 Disillusion 了，这欲怎么好呢？年青时白天晚上都在那儿做蔷薇色的佳梦，现在不但没有做梦的心情，连一切带劲的念头也消失了，真是六根清净，妄念俱灭，然而得到的不是涅槃，而是麻木，麻木到自己倒觉悠然，这怎么好呢？喜怒爱憎之感一天一天钝下去了，眼看许多人在那儿弄得津津有味，又仿佛觉得他们也知道这是串戏，不过既已登台，只好信口唱下去，自己呢，没有冷淡到能够做清闲的观客，隔江观火，又不能把自己哄住，投身到里面去胡闹一场，双脚踏着两船旁，这时倦于自己，倦于人生，这怎么好呢？惆怅的情绪，凄然的心境，以及冥想自杀，高谈人生，这实在都是少年的盛事；有人说道，天下最鬼气森森的诗是血气方旺的年青写出的，这是真话。他们还没有跟生活接触过，哪里晓得人生是这么可悲，于是逞一时的勇气，故意刻画出一个血淋淋的人生，以慰自己罗曼的情调。人生的可哀，没有涉猎过的人是臆测不出的，否则他们也不肯去涉猎了，等到尝过苦味，你就噤若寒蝉，谈虎色变，绝不会无缘无故去冲破自己的伤痕。那时你走上了人生这条机械的路子，要离开要更大的力量，是已受生活打击过的人所无法办到的，所以只好掩泪吞声活下去了，有时挣扎着显出微笑。可是一面兜这一步一步陷下去的圈子，一面又如观止水地看清普天下种种

① Disillusion：无幻想，无热情。

迫害我们的东西，而最大的迫害却是自己的无能，否则拨云雾而见天日，抖擞精神，打个滚九万里风云脚下生，岂不适意哉？然而我们又知道就说你一个人在人生舞台上演一大套热闹的戏，无非使后台地上多些剩脂残粉，破碎衣冠。而且后台的情况始终在你心眼前，装个欢乐的形容，无非更增抑郁而已。也许这种心境是我们最大的无能，也许因为我们无能，所以做出这个心境来慰藉自己。总之，人生路上长亭更短亭，我们一时停足，一时迈步，望苍茫的黄昏里走去，眼花了，头晕了，脚酸了，我们暂在途中打盹，也就长眠了，后面的人只见我们越走越远身体越小，消失于尘埃里了。路有尽头吗，干吗要个尽头呢？走这条路有意义吗，什么叫做意义呢？人生的意义若在人生之中，那么这是人生，不足以解释人生；人生的意义若在人生之外，那么又何必走此一程呢？当此无可如何之时我们只好当“心力克”，借微笑以自遣也。

瞥眼看过去，许多才智之士在那里翻觔斗，也着实会令人叫好。比如，有人排架子，有人排有架子的架子，有人又排不屑计较架子有无的架子，有人排天真的架子，有人排既已世故了，何妨自认为世故的坦白架子，许多架子合在一起，就把人生这个大虚空筑成八层楼台了，我们在那上面有的战战兢兢走着，有的昂头阔步走着，终免不了摔下来，另一个人来当那条架子了。阿迭生拿桥来比人生[①]，勃兰德斯在一篇叫做《人生》的文章里拿梯子来比人生[②]，中间都含有摔下的意思，我觉得不如我这架子之说那么周到，因为还说出人生的本素。上面说得太简短了，当然未尽所欲言，举一反三，在乎读者，不佞太忙了，因为还得去微笑。

---

① 阿迭生：即艾迪生。

② 勃兰德斯：今译勃兰兑斯（Georg Brandes，1842—1927），丹麦文学史家，代表著作为《十九世纪文学主潮》。

善　言

曾子说："人之将死，其言也善。"[①] 真的，人们胡里胡涂过了一生，到将瞑目时候，常常冲口说出一两句极通达的、含有诗意的妙话。歌德以为小孩初生下来时的呱呱一声是天上人间至妙的声音，我看弥留的模糊呓语有时会同样地值得领味。前天买了一本梁巨川先生遗笔[②]，夜里灯下读去，看到绝命书最后一句话是"不完亦完"，掩卷之后大有"为之掩卷"之意。

宇宙这样子"大江流日夜"地不断的演进下去，真是永无完期，就说宇宙毁灭了，那也不过是它的演进里一个过程罢。仔细看起来，宇宙里万事万物无一不是永逝不回，岂单是少女的红颜而已。人们都说花有重开日，人无再少年，可是今年欣欣向荣的万朵娇红绝不是去年那一万朵。若使只要今年的花儿同去年的一样热闹，就可以算去年的花是青春长存，那么世上岂不是无时无刻都有那么多的少年少女，又何取乎惋惜。此刻的宇宙再过多少年后会完全换个面目，那么这个宇宙岂不是毁灭了吗？所谓生长也就是灭亡的意思，因为已非那么一回事了。十岁的我与现在的我是全异其趣的，那么我也可以说已经夭折了。宗教家斤斤于世界末日之说，实在世界任一日都是末日。入世的圣人虽然看得透这两面道理，却只微笑地说"生生之谓易"[③]，这也是中国人晓得凑趣的地方。但是我却觉得把死死这方面也揭破，看清这里面的玲珑玩意儿，却更妙

---

① 语出《论语·泰伯》。

② 梁巨川：梁济（1857—1918）字巨川。清朝遗老，投积水潭殉清而死。

③ 语出《周易·系辞上》。

得多。晓得了我们天天都是死过去了，那么也懒得去干自杀这件麻烦的勾当了。那时我们做人就达到了吃鸡蛋的禅师和喝酒的鲁智深的地步了。多么大方呀，向普天下善男信女唱个大喏！

这些话并不是劝人们袖手不做事业，天下真真做出事情的人们都是知其不可而为之。诸葛亮心里恐怕是雪亮的，也晓得他总弄不出玩意来，然而他却肯“鞠躬尽瘁，死而后已”。这叫做“做人”。若使你觉无事此静坐是最值得干的事情，那也何妨做了一生的因是子[①]，就是没有面壁也是可以的。总之，天下事不完亦完，完亦不完，顺着自己的心情在这个梦梦的世界去建筑起一个梦的宫殿罢，的确一天也该运些砖头。明眼人无往而不自得，就是因为他知道天下事无一值得执著的，可是高僧也喜欢拿一串数珠，否则他们就是草草此生了。

① 因是子：佛教指未得佛果之前的一般修行者。

Kissing the Fire（吻火）

回想起志摩先生，我记得最清楚的是他那双银灰色的眸子。其实他的眸子当然不是银灰色的，可是我每次看见他那种惊奇的眼神，好像正在猜人生的谜，又好像正在一叶一叶揭开宇宙的神秘，我就觉得他的眼睛真带了一些银灰色。他的眼睛又有点像希腊雕像那两片光滑的，仿佛含有无穷情调的眼睛，我所说银灰色的感觉也就是这个意思罢。

他好像时时刻刻都在惊奇着。人世的悲欢，自然的美景，以及日常的琐事，他都觉得是很古怪的，从来没有看见过的，完全出乎意料之外的。所以他天天都是那么有兴致（Custo），就是说出悲哀的话时候，也不是垂头丧气，厌倦于一切了，却是发现了一朵“恶之华”，在那儿惊奇着。

三年前，在上海的时候，有一天晚上，他拿着一根纸烟向一位朋友点燃的纸烟取火，他说道：“Kissing the fire”，这句话真可以代表他对于人生的态度。人世的经验好比是一团火，许多人都是敬鬼神而远之，隔江观火，拿出冷酷的心境去估量一切，不敢投身到轰轰烈烈的火焰里去，因此过个暗淡的生活，简直没有一点的光辉，数十年的光阴就在计算怎么样才会不上当里面消逝去了，结果上了个大当。他却肯亲自吻着这团生龙活虎般的烈火，火光一照，化腐臭为神奇，遍地开满了春花，难怪他天天惊异着，难怪他的眼睛跟希腊雕像的眼睛相似，希腊人的生活就像他这样吻着人生的火，歌唱出人生的神奇。

这一回在半空中他对于人世的火焰作最后的一吻了。

第二度的青春

人们到了相当年纪，大概不会再有春愁。就说偶然还涉遐思，也不好意思出口了。

乡愁，那是许多人所逃不了的。有些人天生一副怀乡病者的心境，天天惦念着他精神上的故乡。就是住在家乡里，仍然忽忽如有所失，像个海外飘零的客子。就说把他们送到乐园去，他们还是不胜惆怅，总是希冀企望着，想回到一个他所不知道的地方。这些人想象出许多虚幻的境界，那是宗教家的伊甸园，哲学家的伊比鸠鲁斯花园①，诗人的 Elysium El Dorado，Arcadia，理想主义者的乌托邦②，来慰藉他们彷徨的心灵；可是若使把他们放在他们所追求的天国里，他们也许又皱起眉头，拿着笔描写出另个理想世界了。思想无非是情感的具体表现，他们这些世外桃源只是他们不安心境的寄托。全是因为它们是不能实现的，所以才能够传达出他们这种没个为欢处的情怀；一旦不幸，理想变为事实，它们立刻就不配做他们这些情绪的象征了。说起来，真是可悲，然而也怪有趣。总之，这一班人大好年华都消磨于绻怀一个莫须有之乡，也从这里面得到他人所尝不到的无限乐趣。登楼远望云山外的云山，淌下的眼泪流到笑涡里去，这是他们的生活。吾友莫须有先生就是这么一个人③，久不见他了，却常忆起他那泪痕里的微笑。

---

① 伊比鸠鲁斯：今通译伊壁鸠鲁（前 341—前 270），古希腊哲学家。他的住宅花园办有学校。

② Elysium El Dorado：埃尔拉多极乐世界。埃尔拉多，南美神话传说中的黄金国。Arcadia：世外桃源。

③ 莫须有先生：指废名（冯文炳），曾作《莫须有先生传》。

可是，人们到了相当年纪（又是这么一句话），对于自己的事情感到厌倦，觉得太空虚了，不值一想，这时连这一缕乡愁也将化为云烟了。其实人们一走出情场，失掉绮梦，对于自己种种的幻觉都消灭了，当下看出自己是个多么渺小无聊的汉子，正好像脱下戏衫的优伶，从缥渺世界坠到铁硬的事实世界，砰的一声把自己惊醒了。这时睁开眼睛，看到天上恒河沙数的群星，一佛一世界，回想自己风尘下过千万人已尝过，将来还有无数万人来尝的庸俗生活，对于自己怎能不灰心呢？当此“屏除丝竹入中年”时候[①]，怎么好呢？

可是，人们到了相当年纪，免不了儿女累人，三更儿哭，可以搅你的清梦，一声爸爸，可以动你的心弦。烦恼自然多起来了，但是天下的乐趣都是烦恼带来的，烦恼使人不得不希望，希望却是一服包医百病的良方。做了只怕不愁，一生在艰苦的环境下面挣扎着，结果常是“穷”而不“愁”，所谓潦倒也就是麻木的意思。做人做到艳阳天气勾不起你的幽怨，故乡土物打不动你莼鲈之思[②]，真是几乎无路可走了。还好有个父愁。虽然知道自己的一生是个失败，仿佛也看出天下无所谓成功的事情，已猜透成功等于失败这个哑谜了，居然清瘦地站在宇宙之外，默然与世无涉了；可是对于自己孩子们总有个莫名其妙的希望，大有我们自己既然如是塌台，难道他们也会这样吗的意思。只有没有道理的希望是真实的，永远有生气的，做父亲的人们明知小孩变成顽皮大人是种可伤的事情，却非常希望他们赶快长大。已看穿人性的腐朽同宇宙的乏味了，可是还希望他们来日有个花一般的生涯。为着他们，希望许多绝不可能的事情变为可能，为着他们，肯把自己重新掷到过去的幻觉里去，于是乎从他们的生活里去度自己第二次的青春，又是一场哀乐。为

---

① 屏除丝竹入中年：语出清黄仲则诗《绮怀》十六首之十六：“结束铅华归少作，屏除丝竹入中年。”

② 莼鲈之思：回乡的念头。《世说新语·识鉴》载，张翰（字季鹰）在外做官，见秋风起而想起家乡的秋令美味莼菜羹和鲈鱼脍，弃官而归。

着儿女的恋爱而担心，去揣摩内中的甘苦，宛如又踱进情场。有时把儿女的痴梦拿来细味，自己不知不觉也走到梦里去了，孩提的想头和希望都占着做父亲者的心窝，虽然这些事他们从前曾经热烈地执著过，后来又颓然扔开了。人们下半生的心境又恢复到前半生那样了，有时从父愁里也产生出春愁和乡愁。

记得去年快有儿子时候，我的父亲从南方写信来说道："你现也快做父亲了，有了孩子，一切要耐忍些。"我年来常常记起这几句话，感到这几句叮咛包括了整个人生。

又是一年春草绿

一年四季，我最怕的却是春天。夏的沉闷，秋的枯燥，冬的寂寞，我都能够忍受，有时还感到片刻的欣欢。灼热的阳光，憔悴的霜林，浓密的乌云，这些东西跟满目创痍的人世是这么相称，真可算做这出永远演不完的悲剧的绝好背景。当个演员，同时又当个观客的我虽然心酸，看到这么美妙的艺术，有时也免不了陶然色喜，传出灵魂上的笑涡了。坐在炉边，听到呼呼的北风，一页一页翻阅一些畸零人的书信或日记，我的心境大概有点像人们所谓春的情调罢。可是一看到阶前草绿，窗外花红，我就感到宇宙的不调和，好像在弥留病人的榻旁听到少女的轻脆的笑声，不，简直好像参加婚礼时候听到凄楚的丧钟。这到底是恶魔的调侃呢，还是垂泪的慈母拿几件新奇的玩物来哄临终的孩子呢？每当大地春回的时候，我常想起《哈姆雷特》里面那位姑娘戴着鲜花圈子，唱着歌儿，沉到水里去了。这真是莫大的悲剧呀，比哈姆雷特的命运还来得可伤，叫人们啼笑皆非，只好朦胧地徜徉于迷途之上，在谜的空气里度过鲜血染着鲜花的一生了。坟墓旁年年开遍了春花，宇宙永远是这样二元，两者错综起来，就构成了这个杂乱下劣的人世了。其实不单自然界是这样子安排颠倒遇颠连，人事也无非如此白莲与污泥相接。在卑鄙坏恶的人群里偏有些雪白晶清的魂，可是旷世的伟人又是三寸名心未死，落个白玉之玷了。天下有了伪君子，我们虽然亲眼看见美德，也不敢贸然去相信了；可是极无聊，极不堪的下流种子有时却磊落大方，一鸣惊人，情愿把自己牺牲了。席勒说：“只有错误才是活的，真理只好算做个死东西罢了。”可见连抽象的境界里都不会有个称心如意的事情了。“可哀惟有人间世”，大概就是为着这个原因罢。

我是个常带笑脸的人，虽然心绪凄其的时候居多。可是我的笑并不是百无聊赖时的苦笑，假使人生单使我们觉得无可奈何，“独闭空斋画大圈”，那么这个世界也不值得一笑了。我的笑也不是世故老人的冷笑，忙忙扰扰的哀乐虽然尝过了不少，鬼鬼祟祟的把戏虽然也窥破了一二，我却总不拿这类下流的伎俩放在眼里，以为不值得尊称为世故的对象，所以不管我多么焦头烂额，立在这片瓦砾场中，我向来不屑对于这些加之以冷笑。我的笑也不是哀莫大于心死以后的狞笑。我现在最感到苦痛的就是我的心太活跃了，不知怎的，无论到哪儿去，总有些触目伤心，凄然泪下的意思，大有失恋与伤逝冶于一炉的光景，怎么还会狞笑呢。我的辛酸心境并不是年青人常有的那种略带诗意的感伤情调，那是生命之杯盛满后溅出来的泡花，那是无上的快乐呀，释迦牟尼佛所以会那么陶然，也就是为着他具了那个清风朗月的慈悲境界罢。走入人生迷园而不能自拔的我怎么会有这种的闲情逸致呢！我的辛酸心境也不是像丁尼生所说的“天下最沉痛的事情莫过于回忆起欣欢的日子”。这位诗人自己却又说道：“曾经亲爱过，后来永诀了，总比绝没有亲爱过好多了。”我是没有过这么一度的鸟语花香，我的生涯好比没有绿洲的空旷沙漠，好比没有棕榈的热带国土，简直是挂着蛛网，未曾听过管弦声的一所空屋。我的辛酸心境更不是像近代仕女们脸上故意贴上的“黑点”，朋友们看到我微笑着道出许多伤心话，总是不能见谅，以为这些娓娓酸语无非拿来点缀风光，更增生活的妩媚罢了。“知己从来不易知”，其实我们也用不着这样苛求，谁敢说真知道了自己呢，否则希腊人也不必在神庙里刻上“知道你自己”那句话了①。可是我就没有走过芳花缤纷的蔷薇的路，我只看见枯树同落叶；狂欢的宴席上排了一个白森森的人头固然可以叫古代的波斯人

① 希腊神庙上的这句话也译作“认识你自己”。

感到人生的悠忽而更见沉醉，骷髅搂着如花的少女跳舞固然可以使荒山上月光里的撒但摇着头上的两角哈哈大笑，但是八百里的荆棘岭总不能算做愉快的旅程罢；梅花落后，雪月空明，当然是个好境界，可是牛山濯濯的峭壁上一年到底只有一阵一阵的狂风瞎吹着，那就会叫人思之欲泣了。这些话虽然言之过甚，缩小来看，也可以映出我这个无可为欢处的心境了。

在这个无时无地都有哭声回响着的世界里年年偏有这么一个春天；在这个满天澄蓝，泼地草绿的季节，毒蛇却也换了一套春装睡眼朦胧地来跟人们作伴了，禁闭于层冰底下的秽气也随着春水的绿波传到情侣的身旁了。这些矛盾恐怕就是数千年来贤哲所追求的宇宙本质罢！藐尔的我大概也分了一份上帝这笔礼物罢。笑涡里贮着泪珠儿的我活在这个乌云里夹着闪电，早上彩霞暮雨凄凄的宇宙里，天人合一，也可以说是无憾了，何必再去寻找那个无根的解释呢。“满眼春风百事非”，这般就是这般。

春　雨

整天的春雨，接着是整天的春阴，这真是世上最愉快的事情了。我向来厌恶晴朗的日子，尤其是娇阳的春天；在这个悲惨的地球上忽然来了这么一个欣欢的气象，简直像无聊赖的主人宴饮生客时拿出来的那副古怪笑脸，完全显出宇宙里的白痴成分。在所谓大好的春光之下，人们都到公园大街或者名胜地方去招摇过市，像猩猩那样嘻嘻笑着，真是得意忘形，弄到变成为四不像了。可是阴霾四布或者急雨滂沱的时候，就是最沾沾自喜的财主也会感到苦闷，因此也略带了一些人的气味，不像好天气时候那样望着阳光，盛气凌人地大踏步走着，颇有上帝在上，我得其所的意思。至于懂得人世哀怨的人们，黯淡的日子可说是他们唯一光荣的时光。苍穹替他们流泪，乌云替他们皱眉，他们觉到四围都是同情的空气，仿佛一个堕落的女子躺在母亲怀中，看见慈母一滴滴的热泪溅到自己的泪痕，真是润遍了枯萎的心田。斗室中默坐着，忆念十载相违的密友，已经走去的情人，想起生平种种的坎坷，一身经历的苦楚，倾听窗外檐前凄清的滴沥，仰观波涛浪涌，似无止期的雨云，这时一切的荆棘都化做洁净的白莲花了，好比中古时代那班圣者被残杀后所显的神迹。“最难风雨故人来”，阴森森的天气使我们更感到人世温情的可爱，替从苦雨凄风中来的朋友倒上一杯热茶时候，我们很有放下屠刀，立地成佛子的心境。“风雨如晦，鸡鸣不已”[①]，人类真是只有从悲哀里滚出来才能得到解脱，千锤百炼，腰间才有这一

① 风雨如晦，鸡鸣不已：语出《诗经·郑风·风雨》。

把明晃晃的钢刀，“今日把似君，谁为不平事”[①]。“山雨欲来风满楼”[②]，这很可以象征我们孑立人间，尝尽辛酸，远望来日大难的气概，真好像思乡的客子拍着阑干，看到郭外的牛羊，想起故里的田园，怀念着宿草新坟里当年的竹马之交，泪眼里仿佛模糊辨出龙钟的父老蹒跚走着，或者只瞧见几根靠在破壁上的拐杖的影子。所谓生活术恐怕就在于怎么样当这么一个临风的征人罢。无论是风雨横来，无论是澄江一练，始终好像惦记着一个花一般的家乡，那可说就是生平理想的结晶，蕴在心头的诗情，也就是明哲保身的最后壁垒了；可是同时还能够认清眼底的江山，把住自己的步骤，不管这个异地的人们是多么残酷，不管这个他乡的水土是多么不惯，却能够清瘦地站着戛戛然好似狂风中的老树。能够忍受，却没有麻木，能够多情，却不流于感伤，仿佛楼前的春雨，悄悄下着，遮住耀目的阳光，却滋润了百草同千花。檐前的燕子躲在巢中，对着如丝如梦的细雨呢喃，真有点像也向我道出此中的消息。

可是春雨有时也凶猛得可以，风驰电掣，从高山倾泻下来也似的，万紫千红，都付诸流水，看起来好像是煞风景的，也许是哪有怀抱罢。生平性急，一二知交常常焦急万分地苦口劝我，可是暗室扪心，自信绝不是追逐事功的人，不过对于纷纷扰扰的劳生却常感到厌倦，所谓性急无非是疲累的反响罢。有时我却极有耐心，好像废殿上的玻璃瓦，一任他风吹雨打，霜蚀日晒，总是那样子痴痴地望着空旷的青天。我又好像能够在没字碑面前坐下，慢慢地去冥想这块石板的深意，简直是个蒲团已碎，呆然趺坐着的老僧，想赶快将世事了结，可以抽身到紫竹林中去逍遥，跟把世事撇在一边，大隐隐于市，就站在热闹场中来仰观天上的白云，这两种心境原来是不相矛盾的。我虽然还没有，而且绝不会跳出人海的波澜，但是拳拳之意自己也略知一二，大概摆动于焦燥与倦怠之间，总以无可奈

---

① 今日把似君，谁为不平事：语出贾岛诗《剑客》。

② 山雨欲来风满楼：语出许浑《咸阳城东楼》诗：“溪云初起日沉阁，山雨欲来风满楼。”

何天为中心罢。所以我虽然爱濛濛茸茸的细雨，我也爱大刀阔斧的急雨，纷至沓来，洗去阳光，同时也洗去云雾，使我们想起也许此后永无风恬日美的光阴了，也许老是一阵一阵的暴雨，将人世哀乐的踪迹都漂到大海里去，白浪一翻，什么渣滓也看不出了。焦燥同倦怠的心境在此都得到涅槃的妙悟，整个世界就像客走后撤下筵席，洗得顶干净排在厨房架子上的杯盘。当个主妇的创造主看着大概也会微笑罢，觉得一天的工作总算告终了。最少我常常臆想这个还了本来面目的大地。

可是最妙的境界恐怕是尺牍里面那句烂调，所谓“春雨缠绵”罢。一连下了十几天的霉雨，好像再也不会晴了，可是时时刻刻都有晴朗的可能。有时天上现出一大片的澄蓝，雨脚也慢慢收束了，忽然间又重新点滴凄清起来，那种捉摸不到，万分别扭的神情真可以做这个哑谜一般的人生的象征。记得十几年前每当连朝春雨的时候，常常剪纸作和尚形状，把他倒贴在水缸旁边，意思是叫老天不要再下雨了，虽然看到院子里雨脚下一粒一粒新生的水泡我总觉到无限的欣欢，尤其当急急走过檐前，脖子上溅几滴雨水的时候。可是那时我对于春雨的情趣是不知不觉之间领略到的，并没有凝神去寻找，等到知道怎么样去欣赏恬适的雨声时候，我却老在干燥的此地做客，单是夏天回去，看看无聊的骤雨，过一过雨瘾罢了。因此“小楼一夜听春雨”的快乐当面错过[①]，从我指尖上滑走了，盛年时候好梦无多，到现在彩云已散，一片白茫茫，生活不着边际，如堕五里雾中，对于春雨的怅惘只好算做内中的一小节罢，可是仿佛这一点很可以代表我整个的悲哀情绪。但是我始终喜欢冥想春雨，也许因为我对于自己的愁绪很有顾惜爱抚的意思；我常常把陶诗改过来，向自己说道：“衣沾不足惜，但愿恨无违。”[②] 我会爱凝恨也似的缠绵春雨，大概也因为自己有这种的心境罢。

---

① 小楼一夜听春雨：语出宋陆游诗《临安春雨初霁》，对句为“深巷明朝卖杏花”。

② 陶诗（《归田园居》之三）为“衣沾不足惜，但使愿无违”。

Giles Lytton Strachey（1880—1932）

你们不要说我没有说什么新话，那些旧材料我却重新安排过了。我们打网球的时候，虽然双方同打一个球，但是总有一个人能把那球打到一个较巧妙的地点去。

——Pascal

今年一月二十一日英国那位瘦棱棱的，脸上有一大片红胡子的近代传记学大师齐尔兹·栗董·斯特刺奇病死了[①]。他向来喜欢刻划人们弥留时的心境，这回他自己也是寄余命于寸阴了；不知道当时他灵台上有什么往事的影子徘徊着。也许他会记起三十年前的事情，那时他正在剑桥大学三一学院里念书，假期中某一天的黄昏他同几位常吵架的朋友——将来执欧洲经济学界的牛耳，同一代舞星Lopokova 结婚的 J. M. Keynes[②]，将来竖起新批评家的旗帜，替人们所匿笑的涡卷派同未来派画家辩护的 Clive Bell[③]，将来用细腻的笔调写出带有神秘色彩的小说的E. M. Forster[④]——到英国博物院邻近已故的批评家 Sir Leslie Stephen 家里[⑤]，跟那两位年轻俏丽，耽于飘缈幻想的小姐——将来提倡描写意识之流的女小说家 Virginia Woolf 同她爱好艺术的姐姐[⑥]——在花园里把世上的传统同眼前的权威都

---

① 齐尔兹·栗董·斯特刺奇：今译吉尔斯·莱顿·斯特雷奇。

② Lopokova：L. 洛普科娃，凯恩斯的妻子，是位芭蕾舞演员。J. M. Keynes：约·梅·凯恩斯（1883—1946），英国经济学家。

③ Clive Bell：克莱夫·贝尔（1881—1964），英国美术评论家。

④ E. M. Forster：E. M. 福斯特（1879—1970），英国小说家、散文家、评论家。

⑤ Sir Leslie Stephen：莱斯利·斯蒂芬爵士（1832—1904），英国评论家。

⑥ Virginia Woolf：维吉尼娅·伍尔芙（1882—1941），英国女小说家、散文家。

扯成粉碎，各自凭着理智的白光去发挥自己新奇的意思，年青的好梦同狂情正罩着这班临风吐萼也似地的大学生。也许他会记起十年前的事情，《维多利亚女王传》刚刚出版，像这么严重的题材他居然能用轻盈诙谐的文笔写去，脱下女王的服装，画出一个没主意，心地真挚的老太婆，难怪她的孙子看了之后也深为感动，立刻写信请他到宫里去赴宴，他却回了一封措辞委婉的短简，敬谢陛下的恩典。可是不幸得很——他已买好船票了，打算到意大利去旅行，所以还是请陛下原谅罢。也许记起他一些零碎的事情，记起他在大学里写下的一两行情诗，记起父亲辉煌夺目的军服，记起他母亲正在交际场中雍容闲暇的态度，记起他姊姊写小说时候的姿势，也许记起一些琐事，觉得很可以做他生活的象征……

日常琐事的确是近代新传记派这位开山老祖的一件法宝。他曾经说：历史的材料好比一片大海，我们只好划船到海上去，这儿那儿放下一个小桶，从深处汲出一些具有特性的标本来，拿到太阳光底下用一种仔细的好奇心去研究一番。他所最反对的是通常那种两厚册的传记，以为无非是用沉闷的恭维口吻把能够找到的材料乱七八糟堆在一起，作者绝没有费了什么熔铸的苦心。他以为保存相当的简洁——凡是多余的全要排斥，只把有意义的搜罗进来——是写传记的人们第一个责任。其次就是维持自己精神上的自由；他的义务不是去恭维，却是把他所认为事实的真相暴露出来。这两点可说是他这种新传记的神髓。我们现在先来谈这个理论消极方面的意义罢。写传记的动机起先是完全为着纪念去世的人们，因此难免有一味地歌功颂德的毛病；后来作者对于人们的性格渐渐感到趣味，而且觉得大人物的缺点正是他近于人情的地方，百尺竿头差此一步，贤者到底不是冷若冰霜的完人，我们对于他也可以有同情了，Boswell 的 Samuel Johnson 传① Moore 的 ScottMoore 的 Byron 传②，Lockhart 的 Scott 传都是颇能画出 Cromwell 的黑痣的忠实记述。

---

① Boswell：鲍斯威尔。Samuel Johnson：塞缪尔·约翰生。

② T. 穆尔（1779—1852），爱尔兰诗人，拜伦、雪莱的友人。

Moore：Lockhart：洛克哈特（1794—1854）英国小说家、传记作家。Cromwell：[①]（不幸得很，十九世纪中来了一位怪杰，就是标出崇拜英雄的 Carlyle，他说：人类的历史就是伟人的历史，我们应当找出这些伟人，把他们身上的尘土洗去，将他们放在适当的柱础上头。经他这么一鼓吹，供奉偶像那出老把戏又演出来了，结果是此人只应天上有，尘寰中的读者对于这些同荷马史诗里古英雄差不多的人物绝不能有贴切的同情，也无从得到深刻的了解了。原来也是血肉之躯，经作者一烘染，好像从娘胎坠地时就是这么一个馨香的木乃伊，充其量也不过是呆呆地站在柱础上的雕像罢。斯特剌奇正像 Maurois 所说的[②]，却是个英雄破坏者，一个打倒偶像的人。他用轻描淡写的冷讽吹散伟人头上的光轮，同时却使我们好像跟他们握手言欢了，从友谊上领略出他们真正的好处。从前的传记还有一个大缺点，就是作者常站在道学的立场上来说话。他不但隐恶扬善，而且将别人的生平拿来迁就自己伦理上的主张，结果把一个生龙活虎的人物化为几个干燥无味的道德概念，既然失掉了描状性格的意义，而且不能博得读者的信仰，因为稍微经些世变的人都会知道天下事绝没有这样黑白分明，人们的动机也不会这样简单得可笑。Dean Stanley 所著的 Arnold 传虽然充满老友的同情，却患了这个削足入履的毛病，终成白玉之玷，H. Ia，Fausset 的 Keats 评传也带了这种色彩[③]，一个云中鹤也似的浪漫派诗人给他用一两个伦理的公式就分析完了。其实这种抬出道德的观念来做天平是维多利亚时代作家的习气，Macaulay，Matthew Arnold 以及 Walter Bagehot[④] 的短篇评传都是采取将诗人，小说家，政治家装在玻璃瓶里，外面

---

① 克伦威尔（1599—1658），英国资产阶级革命的发起人，1653 年起担任护国公。克伦威尔右眉上长有黑痣。

② Maurois：莫洛亚（1885—1967），法国传记作家、史学家。著有雪莱、拜伦、伏尔泰、雨果、屠格涅夫等人的传记。

③ H. Ia. Fausset：H. Ia. 福塞特（1895—1965），英国诗人、文艺批评家。

④ Walter Bagehot：沃尔特·白芝浩（1826—1977），英国作家、编辑，长期担任《经济学家》主编，直至逝世。

贴上一个纸条的办法。有的人不拿出道德家的面孔，却摆起历史家的架子来，每说到一个人，就牵连到时代精神，前因后果，以及并世的贤豪，于是越说越多，离题越远，好几千页里我们只稍稍看到主人公的影子而已。这种传记给我们一个非常详细的背境，使我们能够看见所描状的人物在当时当地特别的空气里活动着，假使处处能够顾到跟主要人物的关系，同时背面敷粉，烘托出一个有厚薄的人形，那也是个很好的办法。Carlyle 的 Frederick The Great 传，Spedding 的 Bacon 传，Masson 的 Milton 传都是良好的例子。[①] 可是这样很容易变成一部无聊的时代史，充量只能算做这类传记惟一的特色了。还有些作家并没有这些先见，不过想编一部内容丰富的传记，于是把能够抓到手的事实搁进去，有时还自夸这才算做科学的，客观的态度，可是读者掩卷之后只有个驳杂的印象，目迷五色，始终理不出一个头绪来，通常那种两巨册的 Life and Letters 大概要属于这一类罢[②]。

斯特剌奇的方法跟这些却截然不同，他先把他所能找到的一切文献搜集起来，下一番扒罗剔括的工夫，选出比较重要的，可以映出性格的材料，然后再从一个客观的立场来批评，来分析这些砂砾里淘出的散金，最后他对于所要描写的人物的性格得到一个栩栩有生气的明了概念了，他就拿这个概念来做标准，到原来的材料里去找出几个最能照亮这个概念的铁事同言论，末了用微酸的笔调将这几段百炼成钢的意思综合地，演绎地娓娓说出，成了一本薄薄的小书，我们读起来只觉得巧妙有趣的故事像雨点滴到荷池上那么自然地纷至沓来，同时也正跟莲叶上的小水珠滚成一粒大圆珠一样，这些零碎的话儿一刹那里变得成个灵活生姿的画像了，简直是天衣无缝，浑然一体，谁会想到作者经过无穷的推敲，费了不尽的苦心呢？他所写的传记没有含了道学的气味，这大概因为他对于人们的

---

① Frederick The Great：腓特烈大帝（1712—1786），普鲁士国王。Spedding：斯佩丁（1808—1881），英国历史学家。Masson：马松（1847—1923），法国历史学家。

② Life and Letters：生平与作品。

性格太感到趣味了。而且真真彻底地抓到一个人灵魂的核心时候，对于那个人所有的行动都能寻出原始的动机，生出无限的同情和原谅，将自己也掷到里头去了，怎么还会去扮个局外人，袖着手来下个无聊的是非判断呢。Carlyle 在他论 Burns 那篇文章里主张我们应当从作品本身上去找个标准来批评那篇作品，拿作者有没有完美地表现了所要表现的意思做个批评的指南针，却不该先立下放之四海而皆准的抽象主张，把每篇作品都拿来称一称，那是不懂得文学的有机性的傻人们干的傻事。当代批评家 Spingarn 所主张的表现主义也是同样的意思[①]。斯特剌奇对于所描状的人物可说持了同一的批评态度，他只注意这些不世的英才没有充分发挥他们特有的性格，却不去理世俗的人们对于那些言行该下一个什么判词。这种尊重个人性格自由的开展的宽容态度也就是历来真懂得人性，具有博爱精神的教育家所提倡的，从 Montaigne 一直到 Betrand Russell 都是如此；这样兼容并包的气概可说是怀疑主义者的特权，我们这位写传记的天才就从他的怀疑癖性里得到这个纯粹观照的乐趣了。他又反对那班迷醉于时代精神的人们那样把人完全当做时间怒潮上的微波，却以为人这个动物太重要了，不该只当做过去的现象看待。他相信人们的性格有个永久的价值，不应当跟瞬刻的光阴混在一起，因此仿佛也染上了时间性，弄到随逝波而俱亡。其实他何尝注意时代精神呢，不过他总忘不了中心的人物，所以当他谈到那时的潮流的时候，他所留心的是这些跟个人性格互相影响的地方，结果还是利用做阐明性格的工具。他撇开这许多方便的法门，拈起一枝笔来素描，写传记自然要变成一件非常费劲的勾当了，怪不得他说把别人生活写得好也许同自己生活过得好一样地困难。我们现在来欣赏一下他在世上五十二年里辛苦写成的几部书的内容罢。

他第一部出版的书是《法国文学的界石》（*Landmarks in French Literature*），属于“家庭大学丛书”，所以照老例篇幅只能有二百五

① Spingarn：斯平加恩（1875—1939），美国文艺批评家、出版家。

十六页。这书是于一九一二年与世人见面的，当时他已经三十二岁了。文学批评本来不是他的专长处，他真是太喜欢研究人物了，每说到微妙的性格就有滔滔的谈锋，无穷的隽语，可是一叙述文学潮流的演进兴致立刻差得多了。所以这本书不能算做第一流的文学史，远不如 Saintsbury 的 *A Short History of French Literature* 同 Dowden 的 *History of French Literature*①，他们对于各代的风格感到浓厚的趣味，探讨起来有说不尽的欣欢，因此就是干燥得像韵律这类的问题经他们一陈述，读起来也会觉得是怪好玩的。可是这本素人编的文学史也有特别的好处，通常这类书多半偏重于作品；对于作家除生死年月同入学经过外也许就不赞一词，因为未曾念过多少作品的读者有时像听楚人说梦，给一大堆书名弄糊涂了，这本古怪的文学史却不大谈这些内行的话，单是粗枝大叶地将个个文学家刻划出来，所以我们念完后关于法国文学的演变虽然没有什么心得，可是心里印上了几个鲜明的画像，此后永远忘不了那个徘徊歧路，同时具有科学家和中古僧侣精神的 Pascal，那个住在日内瓦湖畔，总是快死去样子，可是每天不断地写出万分刻毒的文章的老头子 Voltaire，以及带有近世感伤色彩，却生于唯理主义盛行的时代，一生里到处碰钉子的 Rousseau。所以这本文学史简直可说是一部文苑传，从此我们也可以窥见作者才气的趋向。还有从作者叙述各时代文学所用的篇幅，我们也可以猜出作者的偏好。假使我们将这本小史同 Maurice Baring 编的 *French Literature* 一比较②，他这本书十七世纪文学占全书三分之一，十八世纪文学占全书四分之一，十九世纪只占全书七分之一，Baring 的书十七世纪不过占四分之一，十八世只六分之一，十九世纪却占三分之一了，这个比例分明告诉我们斯特剌奇是同情于古典主义的，他苦口婆心向英国同胞解释 Corneille，Racine，Le

① Dowden：多顿（1843—1913），爱尔兰评论家、文学史家。

② Maurice Baring：莫里克·巴林（1874—1945），英国学者、记者。

Fontaine 的好处[1]。为着替三一律辩护，他不惜把伊利沙伯时代戏剧的方式说得漏洞丛生，他详论 Boussett 同 Fontenelles，整本书里却没有提起 Zola 的名字！[2] 这种主张最少可以使迷醉于浪漫派同写实主义的人们喝了一服清凉散。假使本来不大念法国作品的读者想懂得一点法国文学的演进，那么这本书恐怕要算做最可口的入门，因为作者绝没有排出那种拒人于千里之外的学究架子，却好像一位亲密的老师炉旁灯下闲谈着。

《法国文学的界石》不大博得当代的好评，七年后《维多利亚时代的名人》（*Eminent Victorians*）出版了，那却是一鸣惊人的著作，的确也值得这样子轰动文坛。在序里一劈头他就说维多利亚时代的历史是没有法子写的，因为我们知道得太多了。他以为无知是历史家第一个必要的条件，无知使事实变成简单明了了，无知会恬然地将事实选择过，省略去，那是连最高的艺术都做不到的。接着他就说他对于这个题目取袭击的手段，忽然间向隐晦的所在射去一线灯光，这样子也许反能够给读者几个凸凹分明的观念。他又说英国传记近来有点倒霉了，总是那种信手写成的两厚册，恐怕是经理葬事的人们安埋后随便写出的罢！后来就举出我们开头所述的那两要点，说他这本书的目的是不动心地，公平地，没有更深的用意地将一些他所认识的事实暴露出来。这样子一笔抹杀时下的作品，坦然标出崭新的旗帜，的确是很大胆的举动，可是这本书里面四篇的短传是写得那么斩钉截铁，好像一个大雕刻家运着斧斤毫不犹豫地塑出不朽的形相，可是又那么冰雪聪明，处处有好意的冷笑，我们也不觉那个序言说得太过分了。他所要描状的维多利亚时代的名人是宗教家 Cardinal Manning，教育家 Dr. Arnold，慈善家 Florence

---

① Corneille：高乃依（1606—1684），法国戏剧家。Racine：拉辛（1639—1699），法国戏剧家、诗人。La Fontaine：拉·封丹（1621—1695），法国寓言诗人。

② Boussett：波塞特，法国传记作家。Fontenelles：丰特奈尔（1657—1757），法国科学家、作家。Zola：左拉（1840—1902），法国作家，自然主义奠基人。

Nightingale，同一代的名将 General Gordon。[①] 他一面写出这四位人英的气魄，诚恳同威信，一面却隐隐在那儿嘲笑那位宗教家的虚荣心，那位教育家的胡涂，那位慈善家的坏脾气，那位将军的怪僻。他并没有说出他们有这些缺点，他也没有说出他们有那些优点，他光把他们生平的事实用最简单的方法排列起来，用一种不负责任的诙谐同讥讽口吻使读者对于他们的性格恍然大悟。诙谐同讥讽最大的用处是在于有无限大的暗示能力，平常要千言万语才能说尽的意思，有时轻轻一句冷刺或者几个好笑的字眼就弄得非常清楚了，而且表现得非常恰好。英国文学家常具有诙谐的天才，法国文学家却是以讥讽见长，（德国人文章总是那么又长又笨，大概就是因为缺乏这两个成分罢），斯特剌奇是沉溺于法国作家的英国人，所以很得了此中三昧，笔尖儿刚刚触到纸面也似地悄悄写去，读起来禁不住轻松地微笑一声，同时却感到隐隐约约有许多意思在我们心头浮动着。斯特剌奇将一大半材料搁在一边不管，只选出几个来调理，说到这几段时，也不肯尽情讲去，却吞吞吐吐地于不言中泄露出他人的秘密，若使用字的经济，真像斯宾塞所说的，见文章理想的境界，那么我们谈的这个作者该归到第一流里去了。他真可说惜墨如金。其实只有像他这样会射暗箭，会说反话，会从干燥的叙述里射出飘忽的鬼火，才可以这样子三言两语结束了一件大事。他这个笔致用来批评维多利亚时代的名人真是特别合式，因为维多利亚时代的大人物向来是那么严重（难怪这时代的批评家 Matthew Arnold 一开口就说文学该具有 high seriousness），那么像煞有介事样子，虽然跟我们一样地近人情，却自己以为他们的生活完全受过精神上规律的支配，因此难免不自觉里有好似虚伪的地方，责备别人也嫌于太严厉。斯特剌奇扯下他们的假面孔，初看好像是唐突古人，其实使

---

① Cardinal Manning：红衣主教曼宁（1808—1892），英国枢机主教。Dr. Arnold：阿诺德博士（1795—1842）：拉格比公学校长。Florence Nightingale：弗洛伦斯·南丁格尔（1820—1910），妇女护士职业创始人，护理学先驱。General Gordon：戈登将军（1833—1910），英国将军，在华领导过镇压太平军的洋枪队，指挥火烧圆明园。

他们现出本来的面目，那是连他们自己都不大晓得的，因此使他们伟大的性格活跃起来了，不像先前那么死板板地滞在菩萨龛里，这么一说他真可算是“找出这些伟人，把他们身上的尘土洗去，将他们放在适当的”——不，绝不是柱础上头——却是“地面上”。崇拜英雄是傻子干的事情，凭空地来破坏英雄也有点无聊，把英雄那种超人的油漆刮去，指示给我们看一个人间世里的伟大性格，这才是真爱事实的人干的事情，也可以说是科学的态度。

三年后，《维多利亚女王传》出版了，这本书大概是他的绝唱罢。谁看到这个题目都不会想那是一本很有趣味的书，必定以为天威咫尺，说些不着边际的颂辞完了。就是欣赏过前一本书的人们也料不到会来了一个更妙的作品，心里想对于这位君临英国六十年的女王，斯特剌奇总不便肆口攻击罢。可是他正是个喜欢在独木桥上翻觔斗的人，越是不容易下手的题目，他做得越起劲，简直是马戏场中在高张的绳子上轻步跳着的好汉。他从维多利亚是个小姑娘，跟她那个严厉的母亲 The Duchess of Kent 同她那个慈爱的保姆 Fraulein Lehzen 过活，和有时到她那个一世英才的外祖父 King Leopold 家里去说起，叙述她怎么样同她的表兄弟 Prince Albert 结婚，这位女王的丈夫怎么样听了一位聪明忠厚，却是极有手段的医生 Stocknar 的劝告，从一个爱玄想的人变成为一个专心国务的人，以及他对于女王的影响，使一个骄傲的公主变成为贤惠的妻子了，可是他自己总是有些怀乡病者的苦痛，在王宫里面忙碌一生却没有一个真正快乐的时光；此外还描写历任首任的性格，老成持重的 Lord Melbourne 怎么样匡扶这位年青的女王，整天陪着她，怀个老父的心情；别扭古怪的 Lord Palmerston 怎么样跟她闹意见，什么事都安排妥帖，木已成舟后才来请训，以及怎样靠着人民的拥护一意孤行自己的政策；精灵乖巧的 Disralie 怎么样得她欢心，假装做万分恭敬，其实渐渐独揽大权了，而且花样翻新地来讨好，当女王印行一本日记之后，他召见时常说“We，authors”，使女王俨然有文豪之意；还有呆板板的 Gladstone 怎么样因为太恭敬了，反而招女王的厌恶；最后说到她末年时儿孙绕膝，她的儿子已经五十岁了，宴会迟到看见妈妈时还是怕得出汗，退到柱子后不敢声张，一直讲到女王于英国威力四震，可是来日大难方兴未艾时悠然死去了。这是一段多么复杂的历史，不说别的，女王在世的光阴就有八十一年，可是斯特剌奇用不到三百页的篇幅居然游刃有余地说完了，而且还有许多空时间在那儿弄游戏的笔墨，那种紧缩的本领的确堪惊。他用极简洁的文字达到写实的好处，将无数的事情用各人的性格连串起来，把女王郡王同重臣像普通的人物一样写出骨子里是怎么一回事，还是跟《维多利亚时代的名人》一样用滑稽同讥讽的口吻来替他们洗礼，破开那些硬板板的璞，剖出一块一块晶莹玉来。有一点却是这本书胜过前本书的地方，前本书多少带些试验的色彩，朝气自然比较足些，可是锋芒未免太露，有时几乎因为方法而牺牲内容了，这本书却是更成熟的作品，态度稳健得多，而出色的地方并不下于前一本，也许因为镇静些，反显得更为动眼。这本书叙述维多利亚同她丈夫一生的事迹以及许多白发政治家的遭遇，不动感情地一一道出，我们读起来好像游了一趟 Pompei 的废墟或者埃及的金字塔，或者读了莫伯桑的《一生》同 Bennett 的《炉边谈》（*Old Wive's Tales*）[①]，对于人生的飘忽，和世界的常存，真有无限的感慨，仿佛念了不少的传记，自己也涉猎过不少的生涯了，的确是种黄昏的情调。可是翻开书来细看，作者简直没有说出这些伤感的话，这也是他所以不可及的地方。

过了七年半，斯特剌奇第三部的名著 *Elizabeth and Essex*：*A Tragic History* 出版了[②]。这是一段旖旎温柔的故事，叙述年青英武的 Essex 还不到二十岁时候得到五十三岁的女王伊利沙伯的宠幸，夏夜里两人独自斗牌，有时一直斗到天亮，仿佛是一对爱侣，不幸得很，两人的性情刚刚相反，女王遇事总是踌躇莫决，永远在犹豫之中，有时还加上莫名其妙的阴谋，Essex 却总是趋于极端，慷慨悲

---

① 莫伯桑：今译莫泊桑。*Old Wive's Tales*：当译《老妇谈》。

② 这里的书名可译作《伊利莎白与埃塞克斯：一段悲剧史》。

歌，随着一时的豪气干去，因此两人常有冲突；几番的翻脸，几番的和好，最终 Essex 逼得无路可走，想挟兵攻政府，希冀能够打倒当时的执政者 Burghley，再得到女士的优遇，事情没有弄好，当女王六十七岁的时候，这位三十四岁的幸臣终于走上断头台了。这是多么绚烂夺目的题材，再加上远征归来的 Walter Raleigh，沉默不言，城府同大海一样深的 Burghley，精明强干，替 Essex 买死力气的 Anthony Bacon，同他那位弟弟，起先受 Essex 的恩惠，后来为着自己的名利却来落井下石，判决 Esses 命运的近代第一个哲学家 Francis Bacon，这一班人也袍笏登场，自然是一出顶有意思的悲剧，所以才出版时候批评界对这本书有热烈的欢迎。可是假使我们仔细念起来，我们就会觉得这本书的气味跟前两部很不相同，也可以说远不如了。在前两本，尤其在《维多利亚女王传》里，我们不但赞美那些犀利的辞藻，而且觉得这些合起来的确给我们一个具体的性格，我们不但认出那些性格各自有其中心点，而且看清他们一切的行动的确是由这中心点出发的，又来得非常自然，绝没有牵强附会的痕迹。在这部情史里，文字的俊美虽然仍旧，描写的逼真虽然如前，但是总不能叫我们十分相信，仿佛看出作者是在那儿做文章，把朦胧的影子故意弄得黑白分明，因此总觉得美中不足。这当然要归咎于原来材料不多，作者没有选择的余地，臆造的马脚就露出来了。可是斯特剌奇的不宜于写这类文字恐怕也是个大原因罢。有人以为他带有浪漫的情调，这话是一点不错的，可是正因如此，所以他不宜于写恋爱的故事。讥讽可算他文体的灵魂，当他描写他一半赞美，一半非难的时候，讥讽跟同情混在一起来合作，结果画出一个面面周到，生气勃勃的形象，真像某位博物学家所谓的，最美丽的生物是宇宙得到最大的平衡时造出来的。他这种笔墨好比两支水力相等的河流碰在一起，翻出水花冲天的白浪。这个浪漫的故事可惜太合他的脾胃了，因此他也不免忘情，信笔写去，失掉那个“黄金的中庸之道”。记得柏拉图说到道德时，拿四匹马来比情感，拿马夫来比理智，以为驾驭得住就是上智之所为。斯特剌奇的同情正像狂奔的骏马，他的调侃情趣却是拉着缰的御者，前这两本书里仿佛马跟马夫弄得很好，正在安详地溜蹄着，这回却有些昂走疾驰了。可是里面有几个其他的角色倒写得很有分寸，比如痴心于宗教的西班牙王，Philip，Essex 同 Bacon 的母亲都是浓淡适宜的小像。斯特剌奇写次要人物有时比主要人物还写得好，这仿佛指出虽然他是个这么用苦心的艺术家，可是有一部分的才力还是他所不自觉的，也许因为他没有那么费劲，反而有一种自然的情趣罢。《维多利亚时代名人》里面所描写的几个次要人物，比如老泪纵横，执笔著自辩辞的 J. H. Newman，狡计百出，跟 Manning 联盟的 Cardinal Talbot，以及给 Nightingale 逼得左右为人难的老实大臣 Sidney Herbert，顽梗固执，终于置戈登将军于死地的 Gladstone，都是不朽的小品。我们现在就要说到他的零篇传记了。

他于一九〇六同一九一九之间写了十几篇短文，后来合成一本集子，叫做《书与人物》（*Books and character*：*French and English*），里面有一半是文学批评，其他一半是小传。那些文学批评文字跟他的《法国文学的界石》差不多，不过讲的是英国作家，仿佛还没有像他谈法国文人时说得那么微妙。那些小传里有三篇可以说是他最成熟的作品。一篇述文坛骁将的 Voltaire 跟当代贤王 Frederick the Great 两人要好同吵架的经过，一篇述法王外妾，谈锋压倒四座，才华不可一世的盲妇人 Madame de Duffand 的生平，一篇述生于名门，后来流浪于波斯东方等国沙漠之间，当个骆驼背上的女英雄 Lady Hester Stanhope 的经历。这三篇都是分析一些畸人的心境，他冷静地剥蕉抽茧般一层一层揭起来，我们一面惊叹他手术的灵巧，一面感到写得非常真实，那些古怪人的确非他写不出来，他这个探幽寻胜的心情也是当用到这班人身上时才最为合式。

去年他新出一本集子，包含他最近十年写的短文章，一共还不到二十篇，据说最近几年他身体很不健康，但是惨淡的经营恐怕也是他作品不多的一个大原因。这本集子叫做《小照》（*Portraits in Miniature*），可是有一小半还是文学批评。里面有几篇精致的小传，像叙述第一个发明近代毛厕的伊利沙伯朝诗人 Sir John Harrington，终身不幸的 Muggleton，写出简短诙谐的传记的 Aubrey，敢跟 Voltaire 打官司的 Dr. Colbatca，英国书信第一能手 Horace Walpole，老年时钟情的少女 Mary Berry，都赶得上前一部集子那三篇杰作，而且文字来得更锋利，更经济了。最后一篇文章叫做《英国历史家》(*English Historians*)，里面分六部，讨论六位史家（Hume，Gibbon，Macaulay，Carlyle，Froude，Creighton)，虽然不大精深，却告诉我们他对于史学所取的态度，比如在论 Macaulay 里，他说：历史家必具的条件是什么呢：分明是这三个——能够吸收事实，能够叙述事实，自己能有一个立脚点。在论 Macaulay 的文体时候，他说这个历史家的文字那么钝钢也似的，毫无柔美的好处，大概因为他终身是个单身汉罢。这类的嘲侃是斯特剌奇最好的武器，多么爽快，多么有同情，又带了袅袅不绝之音。他最后这本集子在这方面特别见长，可惜这是他的天鹅之歌了。

我们现在要说到他的风格了。他是个醉心于古典主义的人，所以他有一回演讲 Pope 时候，将这个具有古典主义形式的作家说得花天乱坠，那种浪漫的态度简直超出古典派严格的律例了。他以为古典主义的方法是在于去选择，去忽略，去统一，为的是可以产生个非常真实的中心印象。他讨论 Moliere 古典派的作风时候说到这位伟大法国人的方法是抓到性格上两三个显著的特点，然后用他全副的艺术将这些不能磨灭地印到我们心上去。他自己著书也是采用这种取舍极严的古典派方法，可是他所描写的人物都是很古怪离奇的，有些变态的，最少总不是古典派所爱斲琢的那种伟丽或素朴的形象。而且他自己的心境也是很浪漫的，却从谨严的古典派方式吐出，越显得灿烂光华了，使人想起用纯粹的理智来写情诗的 John Donne 同将干燥的冥想写得热烈到像悲剧情绪的 Pascal。斯特剌奇极注重客观的事实，可是他每写一篇东西总先有一个观点，（那当然也是从事实里提炼出来的，可是提炼的标准要不要算做主观呢?）因为他有一个观点，所以他所拿出来的事实是组成一片的，人们看了不能不相信，因为他的观点是提炼出来的，他的综合，他的演绎都是非常大胆的，否则他也不敢凭着自己心里的意思来热嘲冷讽了。他是同情非常丰富的人，无论什么人经他一说，我们总觉得那个人有趣，就是做了什么坏事，也是可恕的了，可是他无时不在那儿嘲笑，差不多每句话都带了一条刺，这大概因为只有热肠人才会说冷话；否则已经淡于一切了，哪里还用得着毁骂呢？他所画的人物给我们一个整个的印象，可是他文章里绝没有轮廓分明地勾出一个人形，只是东一笔，西一笔零碎凑成，真像他批评 Sir Thomas Browne 的时候所说的，用一大群庞杂的色彩，分开来看是不调和的，非常古怪的，甚至于荒谬的，构成一幅印象派的杰作。他是个学问很有根底的人，而且非常渊博，可是他的书一清如水，绝没有旧书的陈味，这真是化腐臭为神奇。他就在这许多矛盾里找解脱，而且找到战胜的工具，这是他难能可贵的一点。其实这也是不足怪的，写传记本来就是件矛盾的事情，假使把一个人物的真性格完全写出，字里行间却丝毫没有杂了作者的个性，那么这是一个死的东西，只好算做文件罢，假使作者的个性在书里传露出来，使成为有血肉的活东西，恐怕又不是那么一回事了，还好人生同宇宙都是个大矛盾，所以也不必去追究了。

高鲁斯密斯的二百周年纪念[①]

十八世纪英国的文坛上，坐满了许多性格奇奇怪怪的文人。坐在第一排的是曾经受过枷刑，尝过牢狱生活的记者先生狄福 Defoe；坐在隔壁的是那一位对人刻毒万分，晚上用密码写信给情人却又旖旎温柔的斯魏夫特主教 Dean Swift；再过去是那并肩而坐的，温文尔雅的爱狄生 Oddison 和倜傥磊落的斯特鲁 Steele；还有蒲伯 Pope 皱着眉头，露出冷笑的牙齿矮矮地站在旁边。远远地有几位衣服朴素的人们手叉在背后，低着头走来走去，他们同谁也不招呼。中间有一位颈上现着麻绳的痕迹，一顶帽子戴得极古怪，后面还跟着一只白兔的，便是曾经上过吊没死后来却疯死的考伯 Cowper。另一位面容憔悴而停在金鱼缸边，不停的对那一张写着 Elegy 一个字的纸上吟哦的，他的名字是格雷 Gray。还有一个乡下佬打扮，低着头看耗子由面前跑过，城里人说他就是酒鬼奔斯 Burns。据说他们都是诗人。在第二排中间坐着个大胖子，满脸开花，面前排本大字典，伦敦许多穷人都认得他，很爱他，叫他做约翰孙博士 Dr. Johnson。有个人靠着他的椅子站着，耳朵不停的听，眼睛不停的看的，那是著名的傻子包士卫尔 Boswall。[②] 还有一位戴着眼镜的总鼓着嘴想说话，可是人家老怕他开口，因为他常常站起来一讲就是鸡啼；他是伯克议员先生 Burke[③]。此外还有一位衣服穿得非常漂亮

---

① 高鲁斯密斯：今译歌德尔斯密斯。

② 以上人名旧译、今译对照如下：狄福—笛福，斯魏夫特—斯威夫特，爱狄生—艾迪生、阿狄生等，斯特鲁—斯梯尔，蒲伯—蒲柏，考伯—柯珀，奔斯—彭斯，约翰孙—约翰生、约翰逊，包士卫尔—鲍斯威尔、博斯韦尔。

③ Burke：伯克（1729—1797），英国政治家。

（比第一排的斯特鲁的军服还来得光耀夺目）而相貌却可惜生得不大齐整；他一只手尽在袋里摸钱，然而总找不到一个便士，探出来的只是几张衣服店向他要钱的信；他刚要伸手到另一个衣袋里去找，忽然记起里面的钱一半是昨天给了贫妇，一半是在赌场里输了——这位先生就是我们要替他做阴寿的高鲁斯密斯医生 Goldsmith。据那位胖博士说，他作事虽然是有点傻头傻脑，可是提起笔来却写得出顶聪明的东西。这位医生的医道并不高明，据说后来自己生病是让自己医死了。他死后不仅身世萧条，而且还负了许多债。胖博士为这件事还说过他几句闲话，可是许多人都念他为人忠厚老成，尤其是肯切实替人帮忙。有些造谣言的人还说他后来曾经投过胎到中国，长大了名叫杜少卿，仿佛是一本叫做《儒林外史》的谈到他的故事。这杜少卿真是他的二世，做人和他一样地傻好。这位医生还做了好多书，现在许多对世界厌倦的人只要把他的书翻翻就高兴起来了，还有些哭得泪人儿似的看看他的诗眼泪也干了。他的书像 Vicar of Wakefield，Deserted Village，She Stoops to Conquer，这是谁也知道的，用不着再来赘言。英国人近来对这班奇奇怪怪的胖子们（除开那几位所谓的诗人以外，他们都是胖子，就中以那位面前排着字典的最胖；）又重新有了好感；其实这也是应该的，因为这班胖子的为人本就不坏，所写的东西自然更是怪有趣味。今天（十一月十日）可巧是高医生的二百生忌辰，此刻许有一班英国人正在那里捧着酒替他大做阴寿，所以我们也把他的老朋友一齐找出来，在纸上替他图个会面的热闹。听说最近牛津大学又把他那些非借钱即告贷一类的信印成了一大本；书我们虽一时看不到，然而料想内容一定是很有趣味。想借钱的文人很可以先借三先令六便士去买一本来看看。

新传记文学谈

（德国之卢德伟格、法国之莫尔亚、英国之施特拉齐）①

英国十八世纪有一位文学家——大概是 Fielding 吧——曾经刻毒地调侃当时的传记文学。他说在许多传记里只有地名，人名，年月日是真的，里面所描写的人物都是奄奄一息，不像人的样子；小说传奇却刚刚相反，地名，人名，年月日全是胡诌的，可是每个人物都具有显明的个性，念起来你能够深切地了解他们的性格，好像他们就是你的密交腻友。小说的确是比传记好写得多，因为小说的人物是从作者脑子里跳出来的，他们心灵的构造，作者是雪亮的，所以能够操纵自如，写得生龙活虎，传记里面的人物却是上帝做好的，作者只好运用他的聪明，从一些零碎的记录同他们的信札里画出一位大军阀或者大政客的影子，自然很不容易画得栩栩如生。我想天下只有一个人能够写出完善无疵的传记，那是上帝，不过他老人家日理万机，恐怕没有这种闲情逸兴，所以我们微弱的人类只得自己来努力创作。

可是在近十年里西方的传记文学的确可以说开了一个新纪元。这段功勋是英法德三国平分（中国当然是没有份儿的）。德国有卢德伟格（Emil Ludwig），法国有莫尔亚（André Maurois），英国有我们现在正要谈的施特拉齐（Lytton Strachey）。说起来也奇怪，他们三个不约而同地在最近几年里努力创造了一种新传记文学，他们的作品自然带有个性的色彩，但是大致是一样的。他们三位都是用

① 卢德伟格：今译路德维希（1881—1948），德国传记作家，著有歌德、耶稣、林肯、罗斯福、贝多芬等人的传记。莫尔亚：今译莫洛亚。施特拉奇：今译施特雷奇，作者前译斯特拉奇。

写小说的笔法来做传记，先把关于主要人物的一切事实放在作者脑里熔化一番，然后用小说家的态度将这个人物渲染得同小说里的英雄一样，复活在读者的面前，但是他们并没有扯过一个谎，说过一句没有根据的话。他们又利用戏剧的艺术，将主人翁一生的事实编成像一本戏，悲欢离合，波起浪涌，写得可歌可泣，全脱了从前起居注式传记的干燥同无聊。但是他们既不是盲目的英雄崇拜者，也不是专以毁谤伟人的人格为乐的人们，他们始终持一种客观态度，想从一个人的日常细节里看出那个人的真人格，然后用这人格作中心，加上自己想象的能力，就成功了这种兼有小说同戏剧的长处的传记。胆大心细四字可做他们最恰当的批评。

新传记文学还有两点很能够博得我们的同情。他们注意伟人和普通人相同的地方。他们觉得人性是神圣的，神性还没有人性那么可爱，所以他们处处注重伟人的不伟地方。卢德伟格的杰作哥德传（Goethe）又叫做《一个人的故事》（*The Story of a Man*），把一位气吞一世的绝代文豪只当作一个普通人看，也可以见他们是多么着力于共同的人性。这么一来，任何伟大的人在我们眼中也就变做和蔼可亲的朋友了，不像一般传记里所写的那样别有他们的世界，拒人于千里之外。还有一点是他们都相信命运的前定，因此人事是没有法子预计的，只有在事后机会看出造化播弄我们的痕迹，所以他们的作品带有愁闷的调子，但是我们念他们作品时候，一看到命运的神秘，更觉得大家都是宇宙大海狂风怒涛里一只小舟中的旅伴，彼此凭添了无限的同情，这也可以说是这三位新传记大家的福音。施特拉齐在这三位中间可说是老前辈。他的《维多利亚时代的大人物》（*Eminent Victorians*）是在一九一八年出版的，他的杰作《维多利亚皇后》（*Queen Victoria*）是在一九二一年出版的。他的描写是偏重于大人物性格的造成同几个大人物气质的冲突和互相影响。现在他又用他精明的理智同犀利的文笔来刻划伊利沙伯皇后同她的嬖臣厄色克斯的关系[1]。伊利沙伯因为国内新旧教的纷争同许多旁的缘故不能嫁人，但是她又是个搔首弄姿，顾盼自喜的女子，所以宫廷里有了许多年轻英武的宠臣，有名的 Sir Walter Raleigh 是她早年的幸臣，厄色克斯却是她晚年时候的得意人。可惜他们年纪相差四十余岁，厄色克斯充满了青春的热血，想漫游异国，建功海外，伊利沙伯却要他滞在宫里作伴，不许他和他的夫人同居，因此引起种种的冲突，最后厄色克斯想借民众力量来恢复他已失的地位，伊利沙伯震怒之下，将他判决死刑，刽子手利斧一挥，抓着头发，把首级高举起来，喊道："上帝保佑我们的皇后！"这是炙手可热的权臣的末途。我们知道伊利沙伯可说是英国最能干的君王（现在皇帝当然是除外），施特拉齐在这本传里说："她是个凶猛的老母鸡静静地坐着孵出英国，英国的生气勃勃的精力在她的翅膀下很快达到成熟的地步。"厄色克斯具有玉树临风的丰采，自己写过绮丽的诗词，许多当时文人——《仙后》的作者 Spenser 同莎翁的前辈 Ben Jonson——都受过他的恩惠，此外还有一位老奸巨滑的政客倍根——那五十几篇精练深思，包含无限世故的 *Essays* 作者[2]——做他的顾问。把性质这样不同的两人聚在一起，自然是没有平安日子过的，但是因此两人的性格也更见显明，施特拉齐写时也更觉得意味无穷，我们念时自然也免不了神往于三百年前这段公案。

中国近来也很盛行用小说笔法来写历史。那一班《吴佩孚演义》等等当然可以不必论，就是所谓哄动一时的佳作，像杨尘因的《新华春梦记》，大笑的《留芳记》，也无非是摭拾许多轶事话柄，作者对于所描写的人物总没有作什么深刻的心理研究，所以念完后我们不能够有个明了的概念，这些书也只是哄动一时就算了。再看一看比较好一点记载像《清宫二年记》，《乾隆英使觐见记》、《慈禧写照记》、《李鸿章游俄日记》等等都是外国人写的，实在有些惭愧，希望国人丢开笔记式的记载，多读些当代的传记，多做些研究性格的工夫。

---

① 厄色克斯：今译埃塞克斯。

② 倍根：今译培根。他的 58 篇随笔终生不断修改，历时 28 年而成。

《英国小品文选》译者序[①]

把 Essay 这字译做“小品”，自然不甚妥当。但是 Essay 这字含义非常复杂，在中国文学里，带有 Essay 色彩的东西又很少，要找个确当的字眼来翻，真不容易。只好暂译做“小品”，拿来和 Bacon，Johnson，以及 Edmund Gessc[②] 所下 Essay 的定义比较一下，还大致不差。希望国内爱读 Essay 的人，能够想出个更合式的译法。

在大学时候，除诗歌外，我最喜欢念的是 Essay。对于小说，我看时自然也感到兴趣，可是翻过最后一页以后，我照例把它好好地放在书架后面那一排，预备以后每星期用拂尘把书顶的灰尘扫一下，不敢再劳动它在我手里翻身打滚了。Hawthorne 的《红字》（*The Scarlet Letter*），Dostoevski 的《罪与罚》（*Crime and Punishment*），Conrad 的 *Lord Jim*，*The Niggerof Narcissus* 都是我最爱念的小说，可是现在都安然地躺在家里我父亲的书架上面了。[③] 但是 Poe，Tennyson，Christina Rossetti，Keats 的诗集[④]；Montaigne，Lamb，Goldsmith 的全集[⑤]；Steele，Addison，Hazlitt，Leigh Hunt，Dr. Brown，De Quincey，Smith，Thackeray，Stevenson，Lowell，Gissing，Bel-

---

① 《英国小品文选》，斯梯尔等著，梁遇春译编，开明书店，1929/1932。

② Bacan：培根；Johnson：约翰生；Edmund Gessc：埃得蒙德·戈斯。

③ Hawthorne：霍桑。Dostoevski：陀斯妥耶夫斯基。Conrad：康拉德；*Lord Jim*：《吉姆老爷》；*The Nigger of Narcissus*：《水仙号上的黑家伙》

④ Poe：（爱伦·）坡；Tennyson：丁尼生；Christina Rossetti：克里斯蒂娜·罗赛蒂；Keats：济慈。

⑤ Montaigne：蒙田；Lamb：兰姆；Goldsmith：歌尔德斯密斯。

loc，Lewis，Lynd 这些作家的小品集却总在我的身边[①]，轮流地占我枕头旁边的地方。心里烦闷的时候，顺手拿来看看，总可医好一些。其中有的是由旧书摊上买来而曾经他人眉批目注过的，也有是贪一时便宜，版子坏到不能再坏的；自然，也有十几本金边大字印度纸印的。我却一视同仁，读惯了也不想再去换本好版子的来念。因为恐怕有忘恩背义的嫌疑。

常常当读得入神时候，发些痴愿。曾经想把 Montaigne 那一千多页的小品全翻作中文，一回浊酒三杯后，和一位朋友说要翻 Lamb 全集，并且逐句加解释，第二天澄心一想，若使做出来，岂不是有些像《皇清经解》把顽皮万分的 Lamb 这样拘束起来，Lamb 的鬼晚上也会来口吃地和我吵架了。有时高兴起来，也译一二篇，但将译文同原文一比较，免不了觉得失望。所以天天读，天天想翻，二三年始终没有办到。前年冬天反麻麻糊糊地译出一篇自己不十分爱读的屠格涅夫（Turgenev）的小说。回想起来，笑也不是，叹气也不是，只好不去想吧！今年四五月的时候，心境沉闷，想作些翻译解愁。到苦雨斋和岂明老人商量，他说若使用英汉对照地出版，读者会更感到有趣味些。我觉这法子很好，就每天伏案句斟字酌地把平时喜欢的译出来。先译十篇，做个试验，译好承他看一遍，这些事我都要感谢他老先生。

本来打算每一个作家，都加一篇评传，但是试写 Lamb 评传，下笔不能自已，写了一万字，这样算起六篇评传就占六万字了，（当代小品文四篇，本不拟作评传，只打算做一篇泛论当代的小品文，）比翻译还要多二万字，道理说不过去，所以也就不做，等将来再说吧。

所加注释，除原文困难的地方以外，许多是顺便讨论小品文的

---

① Steele：斯梯尔；Addison：艾迪生；Hazlitt：哈兹列特；Leigh Hunt：莱·亨特；Dr. Brown：布朗爵士；De Quincey：德·昆西；Smith：史密斯；Thackeray：萨克雷；Stevenson：斯蒂文森；Lowell：洛威尔；Gissing：吉辛；Belloc：贝洛克；Lewis：里维斯；Lynd：林德。

性质同别的零零碎碎的话，所以有不少赘言，不过也免得太干燥，英文程度好，用不着注释的人，也可以拿来看看。译这书时，我是在北京马神庙西斋；现在写这些话时，人却在真茹了。而且北京也改作北平了。译得不妥的地方，希望读者告诉我。

遇春

十七年九月五日

《小品文选》序[①]

自从有小品文以来，就有许多小品文的定义，当然没有一个是完完全全对的，所以我也不去把几十部破书翻来翻去，一条一条抄下。大概说起来，小品文是用轻松的文笔，随随便便地来谈人生，因为好像只是茶余酒后，炉旁床侧的随便谈话，并没有俨然地排出冠冕堂皇的神气，所以这些漫话絮语很能够分明地将作者的性格烘托出来，小品文的妙处也全在于我们能够从一个具有美妙的性格的作者眼睛里去看一看人生。许多批判家拿抒情诗同小品文相比，这的确是一对很可喜的孪生兄弟，不过小品文是更洒脱，更胡闹些吧！小品文家信手拈来，信笔写去，好似是漫不经心的，可是他们自己奇特的性格会把这些零碎的话儿熔成一气，使他们所写的篇篇小品文都仿佛是在那里对着我们拈花微笑。

小品文同定期出版物几乎可说是相依为命的。虽然小品文的开山老祖 Montaigne 是一个人住在圆塔里静静地写出无数对于人生微妙的观察，去消遣他的宦海余生，积成了一厚册才拿来发表，但是小品文的发达是同定期出版物的盛行做正比例的。这自然是因为定期出版物篇幅有限，最宜于刊登短隽的小品文字，而小品文的冲淡闲逸也最合于定期出版物读者的口味，因为他们多半是看倦了长而无味的正经书，才来拿定期出版物松散一下。所以在这集里，我忽略了奸巧利诈的 Bacon，恬静自安的遗老 Izaak Walton，古怪的 Sir Thomas Browne 同老实的 Abraham Cowley,[②] 虽然他们都是小品文的开国元勋，却从 Steele 起手，因为大家都承认 Steele 的 Tatler 是

---

① 《小品文选序》，斯梯尔等著，梁遇春译编，北新书局，1930。

② Izaak Walton：伊扎克·沃顿。Sir Thomas Browne：托马斯·布朗爵士（1605—1682），英国散文家，职业医生。Apraham Cowley：埃博拉姆·考利。

英国最先的定期出版物[①]。中国近代的文坛岂不也是这样吗？有了《晨报副刊》，有了《语丝》，才有周作人先生的小品文字，鲁迅先生的杂感。我只希望中国将来的小品文也能有他们那么美妙，在世界小品文里面能够有一种带着中国情调的小品文，这也许是我这样不顾鲁拙，翻译这部小品文的一些动机吧！

现在要把这二十位作家约略他说几句。在这二十位里，四位是属于十八世纪的，四位是属于十九世纪的，其他那十二位作家现在都还健在。Steele 豪爽英迈，天生一片侠心肠，所以他的作品是一往情深，恳挚无比的，他不会什么修辞技巧，只任他的热情自然流露在字里行间，他的性格是表现得万分清楚，他的文章所以是那么可爱也全因为他自己是个可喜的浪子。他的朋友 Addison 却跟他很不同了。Addison 温文尔雅，他自己说他生平没有接连着说三句话过，他的沉默，可想而知，他的小品文也是默默地将人生拿来仔细解剖，轻轻地把所得的结果放在读者面前。约翰生不是小品文名家，但是他有几篇小品文是充满了智慧同怜悯，《悲哀》这篇就是一个好例子。Goldsmith 和 Steele 很相似，不过是更糊涂一点。他的《世界公民》*The Citizen of the World* 是一部我百读不厌的书。他的小品文不单是洋溢着真情同仁爱，并且是珠圆玉润的文章。Washington Irving 就是个私淑他的文人[②]，还只学到他的一些好处，就已经是那么令人见爱了。以上四位都是属于十八世纪的，十九世纪的小品文多半是比十八世纪的要长得多，每篇常常占十几二十页。Charles Lamb 是这时代里的最出色的小品文家，有人说他是英国最大的小品文家，不佞也是这样想。他的 Essays of Elia 是诙谐百出的作品，没有一个人读着不会发笑，不止是发笑，同时又会觉得他忽然从个崭新的立脚点去看人生，深深地感到人生的乐趣。William Hazlitt 是个最深刻不过的作家，但是他又能那么平易地说出来，难

---

① Tatler：《闲话报》，斯梯尔主办的周报，每周出刊三期，主要刊载随笔。

② Washington Irving：华盛顿·欧文（1773—1859），美国散文家、历史学家，著有《见闻杂记》、《纽约外史》等。

怪后来的作家像 Henley，Stevenson 对他总是望洋兴叹，以为不可复得。他写有好几本小品文集（*Skectches and Essays*；*Table－Talk*；*Plain Speakers*；*Winterslow*；etc.）同许多批评文字（*Spirit of the Age*；*Lectures on the English Poets*；*Lectureson English Comic Augers*；*Characters of Shekespeare's Plays*；etc.）[①] 他又是英国文学史坐头把椅的批评家。Leigh Hunt 是整天笑哈哈的快乐人儿，确然他一生里有许多不幸的事情，他的人生态度在他这篇《在监狱里》很可看出。他的下牢是因为，他在报纸上攻击当时皇太子。他著有一部很有趣的《自传》。John Brown 是个苏格兰医生，有一回霍乱盛行，别的医生早已逃之夭夭了，他却舍不得病人，始终是在病城中服务。他是个心肠最好的人，最会说牵情的话，他的杰作是一部散文集 *Horae Subsecivae*。他自己喜欢狗，谈起狗来娓娓不倦，他那篇 *Rab and his friends*[②]。是谈狗的无上佳文，可惜太长了，不能收在这本集里。近代的小品文又趋向于短篇了，大概每篇总过不了十页。含蓄可说是近代小品文的共同色彩，甚么话都只说一半出来，其余的意味让读者自己去体会。Chesterton 的风格是刁钻古怪[③]，最爱翻筋斗，说似非而是的话的，无精打采的人们念念他很可以振作精神。Belloc 是以清新为主[④]，他最善于描写穷乡僻处的风景，他同 Chesterton 一样都是大胖子，万想不到这么臃肿的人会写出那么清瘦的作品。Lucas 是研究 Charles Lamb 的专家[⑤]，他自己的文笔也是学 Charles Lamb 的，

---

① *Skectches and Essays*：《素描与随笔》；*Table－Talk*：《席间闲谈》；*Plain Speakers*：《直言者》；*Winterslow*：《温特斯洛特》；*Spirit of the Age*；《时代精神》；*Lectures on the English Poets*：《英国诗歌论稿》；*Lectureson English Comic Augers*：《英国喜剧作家论稿》；*Characters of Shekespeare' s Plays*：《莎士比亚戏剧中的人物》。

② *Rab and his fiends*：《和他的朋友们》。

③ Chesterton：切斯特顿（1874—1936），英国记者、散文家。散文集有《无所不虑》、《琐事惊人》等。

④ Belloc：贝洛克（1870—1953），英国散文家、传记作家。作品有《通向罗马之路》等。

⑤ Lucas：卢卡斯（1868—1938），英国散文家，作品有《炉边和阳光照到的地方》等。

不过却看不出模仿的痕迹。Lynd 的小品文是非常结实的[①]，里面的思想一个一个紧紧地衔接着，却又是那么不费力气样子，难怪有人将他同 Hazlitt 相比。Gardiner 的文字伶俐生姿[②]，他在欧战时候写有许多小品文，来排遣心中的烦闷，《一个旅伴》也是在那时候写的。以上五位差不多是专写小品文的，自然也有其他的作品。此外 Galsworthy 是英国当代五大小说家之一[③]，有时也写些小品文，出版有二三部小品文集子 *The Inn of Tranquillity*；Gastlesin Spain，他的笔轻松得好像是不着纸面的，含蓄是他的最大特色。Murry 是英国文坛宿将[④]，一个有数的批评家，他极赞美俄国近代文学，对于 Dostoyevsky 尤为倾心。他的名著 The Problem of Style[⑤] 是一部极难读而极有价值的书。这篇《事实与小说》是从他的小品集 Pencillings 里选出来的。其他几位比较不重要些，下次再谈吧！

去年此日，正将去年春天所译的十篇英国小品文注好，交开明书店的老板去，当时满想写一篇三万字的序文，详论小品文的性质同各代作家，人事草草，结果是只写出一千多字的短序文。今年开始译这部小品文集时候，又动了这个念头，还想了不少意思，打了许多腹稿，然而结果又仅仅是这么几句零碎的话。对着自己实在有点难为情，真是“人生何事说心期”！

十八年八月十三日于福州

封面画是 W. S. Gilbert[⑥] 的滑稽诗选里的插画，我觉得那种嘻嘻哈哈的跳舞好像小品文家的行文，并且那首诗是以人生之谜为题材的，同小品文的内容又刚相合，所以把它剪下，印在封面上。

---

① Lynd：林德（1879—1949），英国散文家，作品有《无知的乐趣》等。

② Gardiner：（1865—1949），加德纳，英国散文家，作品有《海滩细石》、《风中落叶》等。

③ Galsworthy：高尔斯华绥（1867—1933），英国小说家、创作家、散文家。

④ Murry：默雷。

⑤ The Problem of Style：译为《风格的问题》。

⑥ W. S. Gilbert：W. S. 吉伦伯特。

《小品文续选》序[①]

小品文大概可以分做两种：一种是体物浏亮，一种是精微朗畅。前者偏于情调，多半是描写叙事的笔墨；后者偏于思想，多半是高谈阔论的文字。这两种当然不能截然分开，而且小品文之所以成为小品文就靠这二者混在一起。描状情调时必定含有默思的成分，才能蕴藉，才有回甘的好处，否则一览无余，岂不是伤之肤浅吗？刻划冥想时必得拿情绪来渲染，使思想带上作者性格色彩，不单是普遍的抽象东西，这样子才能沁人心脾，才能有永久存在的理由。不过，因为作者的性格和他所爱写的题材的关系，每个小品文家多半总免不了偏于一方面，我们也就把他们拿来归儒归墨吧。二年前我所编的那部小品文选多半是偏于情调方面。现在这部续选却是思想成分居多。国人因为厌恶策论文章，做小品文时常是偏于情调，以为谈思想总免不了俨然；其实自 Montaigne 一直到当代思想在小品文里面一向是占很重要的位置，未可忽视的。能够把容易说得枯索的东西讲得津津有味，能够将我们所不可须臾离开的东西——思想——美化，因此使人生也盎然有趣，这岂不是个值得一干的盛举吗？话好像说得夸大了。就此打住吧！

这部续选的另一目的是里面所选的作家有一半不是专写小品文的。他们的技术有时不如那班常在杂志上写短文章的人们那么纯熟，可是他们有时却更来得天真，更来得浑脱，不像那班以此为业的先生们那样“修习之徒，缚于有得”。近代小品文的技术日精，

① 《小品文续选》，考利等著，梁遇春译编，北新书局，1935。

花样日增，煞是有趣，可是天分低些的人们手写滑了就堕入所谓“新闻记者派头”（Journalistic），跟人生隔膜，失去纯朴之风，徒见淫巧而已，聪明如 A. A. Milne 者尚不能免此[①]，其他更不用说了。

这九位作家里除 Lamb，Gardiner，Lucus 是熟人，不用介绍外，关于其他六位略谈几句。Cowley 是个诗人，他的诗光怪陆离，意思极多，所以有人把他称为“立学派”，他到晚年才开始写小品文，而且只写十一篇，可是这都是他不朽之作。这些小品很能传出他那素朴幽静的性格，文字单纯，开了近代散文的先河。Hume 是英国经验派哲学发展到极端的人[②]，他走入唯心论同怀疑论了，同时他又是个历史家，他以怀疑主义者明澈的胸怀，历史家深沉的世故来写小品，读起来使人有清醒之感，仿佛清早洗脸到庭中散步一样。Thackeray 是十九世纪讽刺小说大家[③]，他的心却极慈爱，他行文颇有十八世纪作家冲淡之风，写小品时故意胡说一阵，更见得秀雅生姿。Smith 也是个诗人[④]，也以诡奇瑰丽称于当世，所谓“痉挛派”诗人是也。他的小品文里思想如春潮怒涌，虽然形式上不如 Hazlitt 那么珠圆玉润，可是忧郁真挚，新意甚多，《梦村》（*Dreamthorp*）一书爱读者虽无多，这几个却是极喜欢他的人们。Jefferies 是这几位里面唯一专写风景的散文作家[⑤]，他以自己丰富的幻想灌注到他那易感心灵所看的自然美景里，结果是许多直迫咏景长诗的细腻文字，他真可说是在梦的国土里过活的人。Birrell 是学法律出身的，他的小品文在英国小品文学里占有特殊的地位，他那大胆的诙谐口吻，打扮出的权威神气（一面又好像在那里告诉我们这只是打扮而

---

① A. A. Milne：A. A. 米尔恩（1802—1956），英国散文家，作品有《这便是那些日子》。

② Hume：体谟，英国哲学家，著有《人性论》等。

③ Thackeray：萨克雷（1811—1863），英国小说家，散文作品有《十八世纪英国作家》。

④ Smith：史密斯（1865—1946），英国散文家、批评家、语言学家，有《小品集》二卷。

⑤ Jefferies：杰弗里（1848—1887），英国散文家、记者，作品有《猎场看守人家居》等。

班真以权威自豪的人们），以及胸罗万卷，吐属不凡的态度都是极可爱的，他现在已经八十多岁了，据说是个矮老头，终身不娶，对人极和蔼，恐怕念过他文章的人都想和他会一面。Lamb 这里译有二篇，他是译者十年来朝夕聚首的唯一小品文家，从前写了一篇他的评传，后来自己越看越不喜欢，如今仿如家人，没有什么话可说了。去年曾立下译他那《伊里亚随笔》全集的宏愿，岁月慢悠悠地过去，不知道何日能如愿，这是写这篇序时唯一的感慨。写序文似乎总该说些感慨，否则显得庸俗，所以就凑上这几句话。

于北平

《英国诗歌选》序言[1]

英国古民歌

英国古民歌是中世纪里民间所开的文艺之花。那时他们过着共同的生活，大家具有共同的情绪，所以能够合起来，编出单纯真挚的民歌。后来文化进步，印刷术也发明了，生活是一天一天地更趋于复杂，人人各有自己的环境，彼此的隔膜一层层地深下去，大家自然不能够再合伙来唱出牵情的调子了。也可以说，普通人的生活同诗情是越离越远了。新的民歌既然无从产生，旧的民歌又渐渐归于湮没，若使没有 Thomas Percy（1777—1811）[2]、司各脱（Sir Watler Scott，1771—1832）同 Francis James Child（1825—1896）这般独具只眼的人们，孜孜兀兀地来收集，将村夫农妇口里所唱的记下来，这许多可喜的民歌真要绝迹于人间了。

民歌既是大家合伙做出来的，所以它的第一特色是没有个性。它不去表现个人的兴感，倒是将全社会的情绪暴露出来。民歌的第二特色是简单，它里面的思想，情绪，词句，韵律和结构全是最朴素无华的，因此更显出它的新鲜气概同壮健风格。民歌的好处也就在这点。哥德说过："民歌之所以有价值者，全借着它们是直接从

---

① 《英国诗歌选》，梁遇春译注，北新书局，1930。

② Thomas Percy：托马斯·珀西，英国主教，搜集印行了民谣集《英诗辑古》（1765，下文提及）；司各脱：今译司各特；Francis James Child：弗朗西斯·詹姆斯·查尔特，英国19世纪学者。

'自然'得到原动力的。"创造民歌的人们天真地不加雕斫地讴歌出他们共同的情感，这些作品既是自然而然地从他们的心里深处流露出来，所以能够自然而然地深注到听者的心里。

华兹华斯（Wordsworth）说道："一切好诗都是强烈的情感的自然洋溢。"民歌的好处恰是在这点。后来虽然有许多大诗人，像司各脱，华兹华斯，济慈，丁尼生，罗赛谛，吉百龄等，非常激赏古民歌，自己做出很有价值的歌谣来，但是这些新歌谣总不能像古民歌那么纯朴浑厚，他们也因此更能了解民歌的价值。

最普通的民歌集子是 Percy：*The Reliques of Ancient English Poetry* 同 *Everyman's Library* 里面 Brimiey Johnson 所选的 *A Book of British Ballad*；若使要一本搜集无遗，考证精详的本子，那就不能不推 *Child's Endishand Scottish Popular Ballads*（5vols）为第一了。剑桥大学出版部印有节本（Studem's Cambridge Edition），然而也是有七百多页，字又是印得很小的。这部书的确是想研究歌谣者所必备的。

伊利莎白时代的诗歌

这真是一件奇怪的事情，英国文学的极盛时代多半是当女皇执政的时候。伊利莎白女皇看到英国戏剧的成熟，同英国抒情诗吐萼扬华，开得满园春色，安女皇朝英国散文演进成为一种玲珑的文学工具，维多利亚女皇朝，英国那几位最伟大的小说家都正在写下他们不朽的杰作。这三朝里尤以伊利莎白时代最为动人心魄。那时文艺复兴的思潮震荡了全欧，人们大梦方醒地望着这个"世界的发现和人的发现"，大家都怀有无限的热狂和希望，个个人都觉得身里充满着跃跃欲试的生命力。英国那时又值隆盛之世，百姓过着太平的日子，没有什么苦闷，老是笑嘻嘻地听听慷慨激昂的骑士故事和荒诞不经的海客瀛谈，看看演戏，赛会，假面剧种种的玩意儿。他们一面还吸收罗马的古典学问和意大利，西班牙，法国的文化，酒馆里的主顾常拿文学批评来做高谈阔论的题目，朝野一同显出一派新气象来，人民生活的内容可说是丰富极了。在这块肥沃的土壤上就开出了万千朵临风招展的抒情诗小花，那一种斗艳怒发的盛况是英国诗坛上空前绝后的巨观。这个时代的抒情诗有两个特色，它们的情调具有天然的甜蜜同新鲜，好像乡下的山歌，丝毫没有做作的痕迹，却是这么可口，这么清新，真可说是天真流露的作品，好似我们的《古诗十九首》。那一种简朴不俗的口吻，后人虽然非常欣赏，却绝不能做到，这也许是因为此后时代精神同大自然是背道而驰，到我们这般尝着世纪末悲哀的人们，对于它们更只有含着无穷惘怅的赞美了。当时一位大诗人 Sidney 说道[①]，“瞧你自己的心写出来吧”（“Look in thy heart and write”），这句直爽的话可做当时诗人的考语，他们都是童心尚在的可爱人们。他们的第二特色是根据这个特色而来的，因为他们情感纯挚，所以他们的思想也是直率挺拔，会深刻地印在我们心里，他们的诗里存有壮健的意味，这也许是出于他们那种简单的入世的人生观，也许是因为他们都是忙人，不像后来文学家那样雕琢字句，沾沾自喜，化为一个没有心肝的无聊文匠，一些洒脱的气概也没有，自然只能写出柔弱不振，四平八稳的句子了。

Sir Walter Raleigh（1552? —1618）——他是伊利莎白朝一个权臣，他又是一个探险家，一个战士，一切骑士的精神他全备有了。据说番薯同烟草都是他介绍到英国的。他后来被詹姆士第一杀死，为的是要讨西班牙皇帝的欢心。他临刑的前一夜还做一首滑稽诗，这种如虹的意气的确是那时候的风尚。他不是一个有名的诗人，然而他有几首诗非常可爱的。

史本塞（Spenser，1552? —1599）[②]。——他年轻的时候很穷，在剑桥度苦学生的生活。后来做了许久的官，最终死的时候却又是很穷，Ben Jonson[③] 还说他是饿死的，这也许是为着要说得动听点

① Sidney：锡德尼，下文论及。代表作有十四行组诗《爱星者和星星》。

② 史本塞：通译斯宾塞，代表作为《仙后》。

③ 本·琼生，下文论及。代表作有诗集《森林》、《灌木》等。

吧。他最伟大的著作是《仙后》（Fairy Queen）。他的诗浸在幻想的境界里。他是幻觉的，不是善于观察自然同人性的诗人。但是他的诗情是这么缥缈，他诗的音调又是这么铿锵，人们都把他叫做"诗人们的诗人"（The Poet's Poet）。

Sidney（1554—1586）——这个豪爽英迈的青年是史本塞的好朋友，他在战场上忍着口干将一杯难得的水给身旁的兵士去喝，这件事是谁也知道的。他著作的范围极广，批评同创作两方面，都有相当的成就，可惜才过三十岁就死了。

莎士比亚（Shakespeare，1564—1616）——有人说他是世界最伟大的文学家，这大概不是过誉吧。他对于人性有极深切的了解，他看出人性的丑恶同美善。他不单写出人间世一切的色相，而且画出人们黄金的幻梦，所以他既是写实作家，又是浪漫作家。他对于任何种的人都有同情和原谅，所以他所描写的是真正的人性，一点儿偏见也不杂在里面，他心里本来是给温情占满，毫无偏见的余地了。他使用文字真可说是神工鬼斧，他毫不费力地用美丽的句子将他那微妙的意思传出来，文字和意思在他手里达到平均的发展，恰到好处，两不为害。据说他对于自己的作品不大重视，发财后，在家乡过舒服的日子，绝不问他著作的存亡，自己也不去把它们收集起来，这的确具有大文学家的风度。他的短诗神采飘逸，天衣无缝，不愧仙品之称。

Campiom（？—1619）[①]——是一位有名的医生，他的诗几乎全是为乐谱做的；音调甜蜜可喜。但是他却有一个主张，以为诗歌应当是无韵的，这类错误是诗人充作批评家时所常犯的。他的批评学说不久就被人们忘却了，而他的诗歌却与天地同存，这也可见出乎感情的东西的力量是超过出于理智的，因为那是个人性格更深的，更基本的表现。

Ben Jonson（1573？—1637）——他是这个浪漫时代里的古典

---

① Compiom：查普曼。

主义诗人，他反对史本塞，以为不该乱用风花雪月的字眼，他心中理想的是表现得恰到好处，强弱均匀，一丝不漏的玲珑作品。他自己的小诗是具有男性的壮健和女性的秀雅的。这两个性质好似相反，其实相成，精练的句子常使人觉得秀色照人，拖泥带水的东西却绝说不上柔美。

Donne（1573—1631）[①] ——他也是史本塞诗派的反动者，他弃掉普通所谓的文字同诗的题目，专从枯索平凡的现实里去找诗料。他能把臭虫说得非常有趣动听；这样子不用诗的情调遮住现实，却将现实加以诗化，是很近于近代人和现实肉搏的精神，所以他是近代人所喜欢的。他不单是热情沸腾，而且思想玄妙，能够挟着热情一道儿奔驰。他被约翰生称为玄学的诗人，他的诗里每个意象，每个显明的思想后面都隐隐地现出人生同宇宙的最终神秘的闪光，使人们想入非非，所以玄学诗人于他倒是个好名称。

十七世纪诗歌

Ben Jonson 同 John Donne 既是一反伊利莎伯时代作风的诗人，他们自然而然地另开一种诗派，Jonson 的古典主义，和 Donne 的用古怪的幻想溶入诗里都成为第二代诗人的风气。当时诗人专取一个很小的题目，堆砌上许多惊人的比喻，用严密的构造将四五佳句紧凑成一首完整的短诗。他们失去伊利莎伯时代雄伟壮丽的魄力，因为文艺复兴的高潮已经退下去了，他们不能喷出火焰，只能结些晶晶的露珠。虽然没有什么了不得的地方，但是在这类小慧可人的好玩的诗里，他们不失为达到完善境界的聪明人了。但是这些情诗太斫琢了，弄得后来只剩下形式，里面没有什么真情。恳挚动人的情歌暂时不再现于文坛了，一直等到十八世纪的勃莱克（Blake）彭斯（Burns）这般人出来，我们才又有一巢新的歌鸟，唱出牵情的

① Donne：多恩，作品有《圣十四行诗》、《灵魂的进程》。

相思曲。

Herrick（1591—1674）[①] ——他和 Donne 一样，也是一个牧师。他的抒情诗音调非常悦耳，好似清溪的歌声。他唱着鲜花，茅亭，彩柱，畅饮，暮春和盛夜的好景，新婚的夫妇和他们的喜筵，以及天堂的欢娱。他是那时代写短诗人们里的最大诗人，他的诗里存有永生的青春和不醒的幻梦。

Waller（1605—1687）这位十七世纪里享有盛名的恋歌作家的特色是甜蜜。他在诗的形式上有个大贡献，他把古代诗人的对句诗体裁（heroic Couplet）改良一下，就变为当时新诗最普通的形式，在诗坛上占有一百五十年的势力。

Lovelace（1618—1658）——他是个风度翩翩的美少年，才华又佳，所以当时人们都爱他。不幸得很，他因为忠于王事被反对党囚闭起来，他的爱人，Lucy Sacheverell "Lucasta" ——又以为他已经死了，就跟别人结婚，他后来穷愁潦倒得不堪，怪可怜地死了。

这个时期里最大的诗人当然要推那《失乐园》的作者，米尔顿（Milton，1608—1674）[②]。他在十七世纪的位置，正像莎士比亚在伊利莎白时代一样。他用最美的形式把清教徒严正克己，虔信朴实的精神完全表现出来。他曾说过，"诗人自己应当是一首诗"（The Poet must be himself a poem）。他那高尚沉雄的人格正像一首慷慨伟大的诗歌。他生在文学批评开始洗涤英国诗坛的时候，他自己对于古典文学又有很深的研究，所以他的诗没有伊利莎白时代诗人那种放肆同胡闹，可是他的想象力是不弱于他们的。他虽然没有他们的流利自然，可是他有一种更微妙的风格，对于自然也描写得更深刻，诗的结构也更见谨严，最可佩服的是他那种宏大的风韵，苍老劲遒，绝不是别人所能效颦的。无论咏什么题材，用什么格式，他总是具有狮子搏兔那样的从容态度，所以他能将一种新的生命贯注到一切形式里去。他的杰作《失乐园》是谁也知道的，尤以开头两

① Herrick：R. 赫里克，有诗集《雅歌》、《西方乐土》。
② 米尔顿：通译弥尔顿。

卷最为伟大，有人说好像两条大黄金柱子。他的十四行诗在文学史有很重要的位置，以前诗人做十四行诗多半是一写就几十首衔接着，内容又脱不了言情说爱，米尔顿却指出给我们看，十四行诗是偶成的诗最合宜的形式。米尔顿的十四行诗内容是很复杂的，有的是歌夜莺，有的是叹自己年华的消逝，有的是反抗强暴的呼声，有的是赠朋友的温语，因此给华慈华斯这般善于做十四行诗的人们开了一条大路。

他在大学毕业后在家闲居六年，专攻古典文学，后来投到政治的旋涡里去，做 Cromwell 的秘书①。他那伟大的人格在政治生活里也是同样地可钦敬的。他工作太勤，不久就成为盲人了。查理二世复辟后，这位盲诗人隐居着写下他的杰作，寂寞地死了。

米尔顿是旧时代最后一位的大诗人，是无限好的夕阳。他和伊利莎白时代的诗人同样地歌咏着人生的热情，现在却来了一个新的风气了。理性同幻想变做诗歌的唯一题目。他们虽然也在做情歌，但却不是由狂热里迸出来的火花，而是理智熔炉锻冶成的。这般新时代的人们受了法国当时古典主义的文学批评的影响，老是讲究剪裁，干净，精巧，无疵，明了，这些方面。他们的诗是冷冰冰的，不过这类结晶的东西也有它的亮光，也有它的美处，也很值得吟味一番，并且约束住了前时代草率放纵的毛病，在训练方面来说，的确是很有益的。

Dryden（1631—1700）——②是这新时代诗坛上的唯一的权威者。他是讽刺诗的能手，最善于做俏皮的句子。他的目的是想达到强壮有力的思索，微妙精确的形式，文雅无疵的辞句和完美流利的韵律，这几点他全都成功了。有人说他缺乏同情和热忱，这是有点冤枉的。他不是没有强烈的情感，只看这本集子里他这首纯挚的情歌就知道。他所以好似无情，那是因为他生在批评时代，理智时

---

① Cromwell：克伦威尔。弥尔顿在 1649 年 2 月应邀担任国务院拉丁文秘书。

② Dryden：德莱顿。代表作有讽刺诗《沙龙和阿奇托菲尔》、评论集《论戏剧诗》。

代，只有他的理智得到完全的自由发展。所以他不单是个诗人，并且是一位大批评家。人们总跳不出时代，就说他带些冷酷，那也是可以原谅的。

十八世纪诗歌

（一）古典主义

有些批评家把诗人分做两类："自然"的诗人（the poet of nature）和"技巧"的诗人（the poet of art）。前一类是史本塞，莎士比亚，米尔顿这般具有灵感的诗人。他们靠着自己的美丽的心境，伟大的气魄，和强烈的热情，来领会"自然"里美丽，伟大同强烈的意味，他们真可说是和"自然"的灵魂有个神秘的感通。他们既是用想象力将"自然"和盘托出，凡是禀有天性的人们对于他们的作品当然会起共鸣，而感到一种神游八极，与万物一体的喜悦。他们从"自然"走到读者的心里，使读者觉得他们的诗歌都是读者自己心坎里所蕴有的说不出来的真情。至于那班"技巧"的诗人就大异其趣了。他们是懂得世俗上人情的聪明人，善于观察社会里的微末色相，喜欢完整的艺术品，人工烘染过的自然景致，以及人生里微温的柔情。总之他们最怕过火，不敢任意奔驰，他们的目的在于合理的安闲生活，他们不求什么奇观，不想表示个人的性格，只是聚精会神来琢磨出玲珑的字句。他们不讲生活内容的丰富，却想创造温文尔雅的生活。他们是俗世的俗人，没有什么狂梦地执著现实。但是他们在诗的技术上面的确是费了苦心，那种斩钉截铁，短小精悍的诗句在诗匠的工夫方面是很值得赞美的。这类作品好像在一块小象牙上刻下一篇笔划清楚，字小于蚁的《滕王阁序》。没有一个爱好艺术的人不会不啧啧称美，虽然内中没有多少人生的奥妙和高超的理想。

这是假古典主义的妙处，Pope（1688—1744）[1] 就是这时代的骄子。他比 Dryden 更进一步，他诗里绝没有 Dryden 所不免的粗糙成分，也许是因为 Dryden 的心比他的还更具有力气的缘故吧。Pope 的长处是扮出一个毫无偏见和私心的人，对于事情下个似乎公正的判词（他有名的长诗《批评论》属这一类），或者用最刻薄的口气，把他所厌恶的人物加以微妙的痛骂（他的讽刺诗属这一类），或者将安闲的生活和人生里通常家庭朋友的情愫用最雅致的辞句描绘得楚楚可人（他的“书信诗”和我们这集子里的诗属于这一类），或者用一种滑稽口气将小事铺张地叙述得令人不禁不断地微笑。他真可说是一位最伟大的具有一切小聪明的诗人。在这类以趣味见长的诗里，他可以称王。他是个残疾的人，脾气很坏，这也许因为他具有慧眼吧。他才廿四岁就得到福禄特尔（Voltaire）的称赞，认为“当时全欧的最大诗人”[2]。他一生除却做诗外没有别的什么大事情，不到六十岁就到 Westminster Abbey 和过去的诗人做永久的伴侣了。[3]

（二）过渡时代

伊利莎白时代末年的诗歌任情写去，草率粗糙的地方极多，因此失去了自然的美。古典主义起来纠正这个毛病，立下许多规则，他们的诗，虽然完整匀称，却太矫揉做作了，也绝不是自然流露的作品。到了十八世纪下半期有一般诗人出来，他们是崇拜史本塞，莎士比亚的，他们是注重热情，想象力同大自然的，他们是感情主义（Sentimentalism）者，他们觉得“自然”就是“上帝”，那么人的本性当然是善良的了，爱人类变为人们最重要的道德，爱自然做了他们宗教的信条，只要人们能够返到自然境界里去，天国会顿然现在人间。他们既然怀了这么一种天真的信仰，热溢地做出诗来，他们的诗虽不如莎翁同时那些诗人的天马行空，也都还有一种恬然

---

① 蒲柏。作品有《夺发记》、《致阿勃斯诺特医生书》。

② 福禄特尔：今译伏尔泰。

③ Westminster Abbey：威斯敏斯特教堂。

自适的风姿，远胜过假古典主义底下小诗人们的死板板的句子。他们多少总受些古典主义的影响。所以他们的作品仍然保留有严整完善的构造，这是古典主义唯一的遗产。

诗的作风变了，诗的题目当然也是一样地换个方向了。前半期的诗人将所有的才华全花在去描摹刻划上等社会种种的形相和发出尖酸刻薄的热嘲冷讽，他们绝不去管这天青地碧的大自然，充其量也不过拿来做个背境，凑凑热闹罢了。现在感情主义这团火把这冷酷的讥讽溶得无影无踪。人们离开那虚伪的社交，投身到大自然的怀中去了。起先还是不敢恣情地享受自然的美，却好像学步的婴儿，胆小地慢慢进；也可说是因为闭在暗室里太久了，反受不了阳光的照耀，所以一面还用手遮着眉头，只从手指缝里偷向外望。到后来在自然里跳跃飞奔，和自然拈花微笑，就铺好往浪漫主义的路了。那时既已发现了自然，自然里飞鸟鸣虫，游鱼走兽也变为他们所喜欢的东西了，他们常用无限的同情和慈悲来替它们写照。这种歌咏动物的心情此后在诗坛上老占有很大的势力。同时他们对于尚在自然怀中的儿童也起了羡慕和惊奇。他们既弃了绅士淑女来赞美野外的风光，当然对于乡下人的生活会感到浓厚的趣味，他们将村夫野老农妇和乡里小姑娘的朴素的生活和真挚的心境用简明的辞句描绘，那种熙熙攘攘的气象真仿佛乐园现于人间。但是他们还能看出穷人的辛酸，洒下同情的眼泪。他们一知道了去鉴赏平民生活的苦乐，就走进歌谣文学这丛落英缤纷的树林。他们忽然知道，天下绝妙的诗歌是俯拾即是的，只须把晒日黄的老村妇口里唱的古歌谣记下，就是一首纯出天籁的诗，前面谈英国歌谣时所说的 Percy 是这时候搜集歌谣的大家。总之，这是个过渡的时期，我们由不毛的瘠土将走到花笑叶舞的园中，渐入佳处了。

Henry Carey（1693？—1743）——是 Halifax 公爵的私生子，他写了几本笑剧，他最有名的诗是，Sallyinouralley 这首歌谣。

Gray（1716—1771）——[1]这位害羞的，恬退的，神经锐敏的诗人是生性愁闷，善于说出自己胸中郁着幽情的人。他旅行外国时写回给他母亲和二三知交的书信都非常可喜，我们现在读那些信，仿佛有一个流连于意大利山光水色中的愁人现在我们的眼前。他耽于冥想，深有所感于人事的变迁，他那首《墓畔哀歌》（*Elegywrittenina Counry Churchyard*）是这类抚今追昔文学里的杰作。但是他也瞧出人间世里的滑稽情调，有时用他那奇妙的幻想，做出蕴有无限回甘意味的诙谐诗；他的好友说："Gray 除开滑稽文学外什么东西都很费劲；滑稽是他天生的，特有的心情。"我们这里所选的是一个好例子。他一生没有什么大事情，晚年做牛津大学近代史和近代文学教授，可是他没有上过一次讲堂；他的诗不多，却都具有很高的价值。

高尔斯密士（Goldsmith，1728—1774）[2] ——这位诗人脾气极好，心地极仁慈，自己做人却胡涂到万分。他在大学里当苦学生，后来想做牧师，但是他的衣服太艳丽了，因此落选。他买好舱位预备渡重洋到美国去垦荒，可是当船离开英国时，他正逛得高兴，就忘记按时上船了，只好又回到家乡去。他转过念头来去学法律，又没有学好，最后到爱丁堡医科学校里念书。野性难驯，在那里玩了两年，他忽然想到大陆去，名义自然是去继续学医，他在荷兰得到一个莫名其妙的学位，然后漫游大陆，靠他的吹箫本领来糊口。一年后回到祖国，当然还是一贫如洗的。他回来后干许多无聊的事，当小学里的助教师，当书店里受雇的作家。他还挂过招牌当医生，但是门可罗雀，他后来病死是他把自己医坏了，那么那般不来就诊的人们真有先知之明。他此后的生涯是花在著作，躲债，（他老是欠债，不管他挣了多少钱）和干慷慨的事情之中。他死时还有许多未清的债。但是他性情的和蔼，品行的纯洁，思想的高尚是凡跟他接近的人们所异口同声地赞美的。他终身行事老像个小孩，具有小

① Gray：格雷。代表作为《墓畔哀歌》（1750），也译《墓园挽歌》。
② 高尔斯密士：通译哥尔德斯密斯。

孩的任性和小孩的天真。他是英国文学史中最可爱的人物的一个。

他写有一篇小说《威克斐牧师传》（*Vicar of Wakefield*）——许多小品文字，最有名的是 *The Citizen of the World*[①]，那是假托一个侨居英国的中国人写给住在北京的老师的许多书信，里面有描状英国当时社会情形，非常有趣。他还写有两本喜剧《论姻缘》（*She Stoops to Conquer*）同 *The good natured Man*。[②] 他有两篇长诗《荒村》（*The Deserted Village*）同 *The Traveller*。他相信古典[③]主义，但是他那爱自然，爱人类的天性和冷冰冰的古典主义实在是水火不相容的，所以他的诗形式上不管多么古典派的，内容始终是新的精神——感情主义。他无论在哪种作品里都十分显明地流露他的性格，他那仁者之心是溢于言表，这点也是这新时代的精神。

勃莱克（Blake，1757—1827）[④] ——近代许多批评家认他为第一个说出十九世纪浪漫派的思想的人，因为他是第一个用想象的能力将我们从现实里解放出来。他的想象力能使他现出万千色相，一会是天真烂漫的小孩，唱出蕴有极美童心的短歌，一会儿化为世故老人，看到世界里一切阴险和权谋，一会儿与自然为侣地领略大地的风光，一会儿看穿宇宙极深奥的神秘。他最可惊的天才是在能用极简单的字句，几乎一大半都是单音字的，将这许多意思传递出来。并且因为他用的是最易明了的短字，这些意思也更深刻印在我们的心里。当他唱山羊，小花，春天和催眠歌时，他用的字句是这么简单，真好似一个牙牙学语的小孩倚在慈母膝下时说的呓语。他那种意思极分明的辞句说到神秘时，我们加倍地感到那真是宇宙里最深的神秘，是剥蕉般找到人生的核心的作品，因为他的文字正好似一块透明的玻璃，我们得到和神秘直目相视了。那班用莫名其妙的字眼来说神秘的人们说的不是神秘，倒是表现自己思想能力的薄

---

① *The Citizen of the World*：《世界公民》。

② 《论姻缘》：通译《委曲求全》。*The good natured Man*：《好脾气的人》。

③ *The Traveller*：《旅行者》（又名《社会景象》）。

④ 勃莱克：今译布莱克，作品有《天真之歌》、《经验之歌》、《四天神》等。

弱。要这样子说得明白万分，而里面的神秘却终是一个不可解的神秘，这才是真正的神秘诗人。他八岁时就常在白天里看见天使，他一生里和灵的世界总是相通消息的。他又是个善于镂版的人，他用铜版画来做他诗集的插图，这种铜版雕刻是他所发明的，他那些书也正和他的诗一样，具有空前绝后的美。可惜他死后，一位朋友说这类淫巧的技术是魔鬼指使的，把他的心血都付之一炬，只剩一点儿下来，做我们赞美同怅惘的材料。他和 Donne 一样都是现代人所乐道的诗人。

彭斯（Burns，1759—1796）——若使我们要找一个真正的出自田间的平民诗人，那么不能不推这位贪酒好色的农夫彭斯了。他从十四岁一直到廿四岁老在他父亲的田里耕作，*To A Mouse* 就是他耕田时的一点感触。他的诗集发表后誉满全国，他的生活也更放荡，才三十七岁就因身体摧残太甚而死了。从十七世纪以来，热烈的恋歌已绝响于文坛许久了，彭斯的情诗却能承接伊利莎白时代一往情深的情调，重燃起抒情诗的火焰。他不单是能写出激越的词句，他几乎每句出口的诗都带了这感奋的色彩。那时正需要这么一个情感极浓的人来拨开理智的雾障，彭斯拿乡下人的诚恳，冲破当时诗歌里种种的虚伪同束缚。他还介绍给我们他对于自然那种亲切同谐熟的态度，浑朴动人的苏格兰土语，以及许多新的材料，如乡下的佳节盛会，爱动物的心情，地方色彩以及快乐入世，嘻嘻哈哈的人物。爱情，悲情，诙谐，大自然，总之凡是可以激动人心的东西都在他的诗里找出。他这个多情多感的心灵抛弃了一切古典主义的桎梏，放口地用他家乡的土语唱歌，到这时候，我们已走进波涛汹涌的浪漫时代了。

十九世纪诗歌

（一）浪漫派时代

返于自然的呼声，我们在前几位诗人的诗里已经隐约地听到了，现在却是自觉地说出。人们因为感到自然的伟大，就觉得最近于自然的乡间生活是理想的生活，天天受自然的陶冶，和自然的精神息息相通，溶在自然里面的乡下人是理想的人物。他们对于人们天生的热情和性格也起了尊敬，觉得这也是自然的一部分。他们认为我们在大自然里是平等的，同是大自然这位母亲的儿子，所以一切国界，种界，阶级界，贫富界，在他们眼里都是无谓的区分。我们同样地具有人性的尊严，越是平凡的生活，与自然越是接近。他们又看出自然里有无限的神秘，自然是神的化身，因此他们都是偏于泛神论的。总之，他们所歌咏的是当我们与自然，与神奇，或者与平凡生活的哀乐接触时所得的牵情的经验。他们这种新鲜的题材已经够值得我们的欣赏了。

他们的文字的富丽，音律的复杂，叙述里所含的力量和烈火，情感的温柔和浓厚，看到人们灵魂深处和大自然深意的识见，一种更广大同更有智慧的仁慈心，都是极可惊人，差不多是任何时代也赶不上的。他们这样子凭着想象力来对于一切做更深一层的观察，的确另辟了一块新的境地。在这块新花园里野花芳草任意灿烂地开着，绝不受古典主义种种的藩篱，他们的诗句乘一时诗兴而抑扬顿挫，不去讲死板板的和谐，结果倒产生一种更微妙的音乐。他们真可说是抓到诗的神髓了。自由是他们一切行动的理想目的。他们的确把诗歌解放了，使诗的精神得到自由的发展。这算是英国诗坛上的极盛的时代。

华兹华斯（Wordsworth，1770—1850）——这位湖畔诗人的幼年是在清秀的湖边过去的，当他是个小孩子时，就喜欢那里明媚的风景，后来也就死在这寂寞的地方。法国革命爆发的时候，他跑到法国参加活动，还有一段浪漫的恋爱，生了一个私生子。他的亲戚断绝他经济的来源，他只好回到英国来，这使他免得跟那般革命党同上断头台去。他有一位患肺病的朋友死后留下给他九百金镑，他就靠着这笔款到乡下去，度个清贫的生涯。

当法国革命变为拿破仑专制的局面，他很痛心，失望于一切了。这时他的妹妹 Dorothy 同他的好友 Coleridge 带他回到诗的园地里去。他们渐渐形成一个理想，那是用睁开的眼睛和敏捷的想象力去观察自然和人。他对于“自然所取的态度和他以前的诗人是完全不同的。他认为自然是个活的东西，具有一个灵魂。这个灵魂浸润到花草山水里去，使它们各自具有灵魂。我们的心和自然的灵魂本来有个预先安排好了的和谐，所以自然能够把她的思想传给我们，我们也能深切地去体贴，等到最后自然和我们化为一气了。他这样子将自然人格化，他对于自然正像对于朋友或者对于姊妹那样爱着。这是他对于自然那种亲切的观察，同热情的描写的来源。

他这个崇拜“自然”的宗教有力量来锻炼同安慰人生。他看出简朴生活的可敬，英雄的功业不能打动他的心，他所最赞美的倒是近乎白痴的乡下人和看出自然的神秘的小孩子。他谈着人事时总是这样独具只眼，人生从他的诗里放出一道又清醒又严肃的光辉。

他主张感情要经过一度恬然心境的洗涤后才能入诗，所以他不常做情诗，怕的是情歌的热烈口气会违背了这个原则。但是他那几首情诗是极可爱的，真可惜不曾多做几首。

辜勒律己（Coleridge，1772—1834）——[1]华兹华斯的天才是在于将诗的精神贯注到简明的真理里去，辜勒律己的长处却是使本来有诗意的东西会具有现实的力量，使人们不得不信。他的诗多半是关于缥缈神奇的事情，然而里面的个个意象都这么有生气，我们却觉得这些幻想是比捉摸得住的东西还要更真实些。他使我们在空中楼阁时好像是足踏实地的。这样子他提高了我们的心境，我们能够容纳荒诞的幻想了，不再像从前那么心地褊狭，老执著眼睛看得见的事物。他是个辩才无碍的哲学家，凡是跟他谈话过的人们都震惊于他的娓娓动听的辞令，据说他能将最玄妙的理论说得非常分明。他又是个识见精确的批评家。有人说他是英国唯一的批评家，他能说出各门文学的精义，他那锐敏的眼光看出作品里的艺术生

① 辜勒律己：通译柯勒律治，代表作为《古舟子咏》。

命，绝不像当时断章取义，肆口谩骂的批评家。他虽然有这么多的天才，可是他的诗篇不多，这一半是因为他对于法国革命的失望，他的身体不康健和他的吃鸦片习惯，一半也是出于他天性里的意志薄弱，缺乏执行的能力，和不能耐劳。所以他自己的成就不多，——这些一点儿的杰作却是极有魔力的诗歌，——而他激发别人的文学天才的功劳是非常大的，华兹华斯就是一个好例子。他的杰作也是当他和华兹华斯同住在一起互相勉励那一年里做成的。此后他和华兹华斯兄妹到德国去，回国后他们同骚西（Southey[①]，他的妻子是骚西妻子的姊妹）同卜居于湖滨。他此时因为生病染上鸦片瘾，这做了他终身的恶魔。他把妻子交给骚西去供给，自己就在英国和大陆游荡一生。华兹华斯说道："当时别人虽然写有奇异的作品，辜勒律己是他所知道的唯一的奇异的人物。" Landor（1775—1864）[②] ——他是浪漫派里得到古典文学的真精神的诗人。他将浪漫的空气和古典文学的完整，文雅同节制合在一起。他的短诗很有希腊短诗（epigram）的风味，恐怕只有 Ben Jonson 能够和他相比。他诗里的气魄是任何人都赶不上的，好像盘空的苍松，或者大海的波峰。他一生遭遇多半是不如意，喜欢同人家打官司，他一份很大的家产就在法庭里花去一半，还有一半他挥霍得干净。老年时他的儿子不肯供给他生活费，若是没有白朗宁的殷勤款待，他将受到饥饿的苦痛了。他的诗还不如他的散文那么有名，那也是熔浪漫派的斑斓色调和古典派的优雅均匀于一炉的作品。他替后来散文家辟一条途径，可说是最早的散文革命家。

Moore（1779—1852）[③] ——他和 Landor 刚是相反，他没有什么学问，他的诗的唯一长处是流利可歌。肤浅是他最大的毛病，但是自伊利沙白时代以来，很少诗人的抒情诗有像他的那样宜于乐

---

① 骚西：通译骚塞，他和柯勒律治的诗集《抒情歌谣集》（1798）是英国浪漫主义诗歌的宣言书。

② Londor：兰多。

③ Moore：摩尔。

谱。在这个偏重光怪陆离的美和玄妙的思索的时代，有这么一个平易的歌者，唱出悦耳的歌声，很可以一休息我们紧张太过的神经，也未始不是一件好事。

拜伦（Byron，1788—1824）——他的父亲是一个有名的无赖。他的母亲是一个愚蠢的女人，他这个男爵是从他的叔祖，一个坏爵士，世袭来的。他十九岁出有一部诗集，被当时批评家痛骂一阵，二十四岁他出版他的 *Childe Harold* 的前两部[①]，据他自己说，睡一晚上，第二早起来就已成名了。他后来娶一位 Milbonke 女士。刚刚一年就离婚了，有人说是出于 Byron 行为的卑劣。到底实情如何现在还是一段公案，总之他为英国社会所不容，于 1816 春天离英国，就永不生还了。他在南欧流荡了七八年，最后助希腊独立，还没有成功他就死了。拜伦在外国的荣誉远胜过本国人历来对于他的批评。法，德，意，俄，西班牙新浪漫文学全受他直接或间接的影响。歌德，泰纳，以及许多大文学家对于他都是万分倾倒，几乎认为英国最大的诗人。他介绍许多新的意境，新的观念到英诗里去。但是他最大的长处是他那种烈火般的力气，使他的诗含有无限的生气，无论哪个读者都会受感动。他是个嫉俗愤世的人，尤其恨传统的观念，他所渴望的是自由，是这个组织严整的社会里所不能得到的自由。他的诗因此充满了社会革命的呐喊声音，他的作风是直截痛快，慷慨激昂的。我们读时还隐约地看出一个眉飞色舞的英雄独自凄凉地悲歌。但是他的诗有一个致命的毛病。那是他的情感常是不诚恳的，使读者觉得这些无非信口唱着的好听句子，并不是从心里流出的。所以许多人对于他的诗怀一种不能压下的厌恶，装腔作势的确是他的大弱点，所以不管他的诗是多么气雄万夫，我们总觉得有些美中不足。

雪莱（Shelley，1792—1822）——拜伦和雪莱人们常常合在一起批评，他们的确都是爱自由的诗人，破除社会习俗的健将，同是

---

① *Childe Harold*：《恰尔德·哈洛尔德》。

为当时规矩的绅士淑女们所侧目的，他们个人方面也是好朋友，然而他们的性格却有天壤之分。拜伦是自私自利，常带着十八世纪诗人尖酸刻薄的作风，并且常作厌世之言。摆出那种看透了人生一切，在旁边说风凉话的冷酷态度，使有些读者对他觉得心寒。雪莱却是慷慨得叫人惊奇，他始终保持着他的童心，好像是住在缥缈世界里的神仙。然而他对于人间世的事情，却不胜其愤激，那一种勇往直前的乐观精神是这么可亲可敬，他的诗的确可以提高我们的心情。总之，拜伦是以理智精锐见长的，雪莱却是想象的化身。

他是一个最会做梦，最善于描摹梦的情调的浪漫作家。他的长诗全是带有梦的色彩的，*Prometheus Unbound* 是用戏剧的形式来写梦，*The Witch of Atlas* 是用叙事的体裁来写梦，*Kpiphychidion* 可说是纯粹精神恋爱（所谓柏拉图式的恋爱，Platonic Love）的梦[①]。梦是浪漫派作家最喜欢的东西，作《一个吃鸦片人的忏悔录》的 De Quincy 就是整个人浸在梦的情绪里的人[②]。雪莱既然是逍遥在梦的国土，所以他的诗是最有诗意的，是纯净诗的结晶，如果我们要知道什么叫做诗，我们只要细读一下雪莱的短诗，立刻会了解什么是诗。他的诗正如虹霓一样的光芒四射，也是同样的不沾尘土，同样的神秘不可测，那种微妙轻灵是读者只能感到，而说不出的。他将人心更微妙的地方这么深切地领悟了，他甚至于常用抽象的东西来形容目前的风光，而使我们对于自然得到深一层的了解。他和华兹华斯一样认为自然是活的，但是华兹华斯只把自然看做是思索的源泉，雪莱却将自然当做爱的表现了。至于他音调的销魂，描写的有生气，那虽然是末节，也是许多诗人所赶不上的。他出身贵族，年轻的时候，在大学做一篇《无神论的必然》，被学校开除了。他娶一位年轻的姑娘，后来离婚了，又和 Godwin 的女儿结婚。他一生行事多半是随着冲动，所以有些可以指摘的地方，但是他的心老是洁白的。他后来因为坐小艇漫游，葬身于波涛之中。据说他最喜欢

---

① 达里提到的三部作品分别是《解放了的普罗米修斯》、《钦契》

② De Quincy：德·昆西。《一个吃鸦片人的忏悔录》：也译《瘾君子自白》。

放纸船，到壮年还是如此，他这缥缈的生涯真可说是池中一条浮荡着的纸船，是一条未登彼岸就翻船的纸船。

济慈（Keats，1795—1821）——这位诗人本来是学医的，后来看出自己的诗才，就专心做诗，不幸才二十多岁就害肺病死了。他是接浪漫派的心传，开了维多利亚时代作风的诗人。他不像前面两位那样热心于当时的社会情形和政治状态。他的心都寄托在希腊和中古时代，他歌咏他们的神话和传说，他直觉地体贴出他们的生活和精神，所以一个不通古典文学的人说出古代的情调时，能令许多渊博的学者心折。他富有希腊人爱美的习气，美是他一生唯一的追求。他从光荣的过去历史里去找出许多美的材料和色彩，这做了后来诗人的模范。在他眼里诗情是最重要的，他到处寻讨诗情，他自己创造了许多新的诗情。他是为美而去求美的，是真正的爱美者，不像许多诗人专拿美来做宣传主张的工具。有人说他与人离得太远了，这也许是因为他才二十五岁就去世了，所以他的诗还没有达到完全的发展，但是拿他所成就的来论，他在他着力的那方面的确已很成熟了。他说出他喜欢的东西的美而是跑到那东西心里，好似是那东西自己在那里说话似的。他的辞藻极艳丽，可是一点也没有堆砌的毛病，这是因为他个个字都是从热烈的情感里迸出，天下绝没有惨淡无光的火花。他不单赞美普通人所认为美的东西，而且从许多愁闷不堪的境地里也能找出美的鲜花来，这是他的新贡献。

Hood（1799—1845）① ——他是一个处在极苦的环境里而自得其乐的人。他善用双关语做滑稽诗，又是凄凉辛酸的诗的能手。他能用诗情贯注到人道主义里去，他常用巧妙轻盈的句子来写极刺心的事件，因此更显出内中的悲惨。爱伦·坡（E. A. Poe）对于他的《缝衣曲》（*Song of the Shirt*）同《叹息之桥》非常激赏，说这首诗的韵律和这疯狂的题目恰好相合。他和济慈一样也是死于肺病的。

---

① Hood：胡德。

（二）维多利亚时代

维多利亚时代是社会改革，平民主义盛行和科学发达，进化论出世的时期。所以那时的人心是被种种复杂的思想所扰乱，人们对于政治，科学，宗教各方面都有须要改弦更张的趋向，诗人自然是更灵敏地反映出这个纷纭错杂和人生鹄的之追求。因此他们的诗不如浪漫派时代那么鼓着浩然之气，痛快淋漓地说出缥缈的幻梦。他们要了解这顽铁也似的现实，想用思想来调剂这个现实。他们不望着天空低吟高歌，却是看到地上的无穷纷乱，拿诗情来对付现实。因此他们的态度比前时代更慎重，他们的口气更认真，他们具有一种严肃的气象，当时的学者对于宗教，人类和宇宙的起源既有深刻的研究，普通人的宇宙观和人生观免不了为之动摇，这时代里最伟大的诗人丁尼生和白朗宁就着力于从这些已破的残垒里建起一座信仰的宫殿。他们用深沉的情感，来发挥人和神的关系，和悲哀同永生的关系。他们浓厚地染上玄学的色彩，但是他们先从男人同女人的性格看出人生的真谛，他们借人们的身世来表现玄妙的神秘。人生始终是他们的题材，他们却是从人生里去找出一个人生观，后面现出一个玄学的影子。不是先有个宇宙论，然后再演绎出一个人生哲学。所以他们的诗不流于理障，不是哲学的散文，却是充满人生意义的杰作。然而人们不久也厌倦于这样子去探讨一切事物的究竟了，于是现出精神的不安，怅惘和失望，有的逃于专赖意志力的自己忍痛的 Stoic 派思想，有的向美的国土里一息疲累的心儿，安诺德（Arnold）就是前一种人，罗赛谛（Rossettis）兄妹，Morris，史文朋（Swinburne），是第二种人。这般从美得到安慰的人物是神往于中古时代传说的浪漫情调，和万籁俱寂的宗教生涯。他们还向希腊罗马和意大利的但丁去找灵感，总之凡是可以引人暂忘人间世的苦闷烦恼的意思，他们都用那曼声轻圆，凄迷婉转的音调描摹下来。浪漫派时期是始于狂风怒涛，终于济慈的沉醉于美这个酒杯里，维多利亚时代同样地始于虔诚真挚，终于睡在美这个摇篮里，天下的事物永远是兜着一样的圈子跑，所差的是圈子不同而已。我们现在也正在另一个圈子里兜着哩。

白朗宁夫人（Mrs. Browning，1806—1861）[①]——她年轻时候，是一个喜欢读书同做诗的姑娘。但是她身体太弱，三十多岁时她的兄弟死了，她受了很大的刺戟，过了六年寂寞静默的病室生活，她的诗里满眼清泪的神情大概是受这种生活的影响。她四十岁时和Browning一见倾心，违了她顽梗父亲的意思，跟这位少年诗人偷跑了。她的诗最大的毛病是音节不谐，但是她的情感，却丰富得够使人忘记了这个弱点，她最有名的诗是Sonnets from the Portuguese，那是叙述她和白朗宁恋爱时她内心的波涛。

Fitezgerald（1809—1883）[②]——他是个性情温厚，和蔼可亲的学者。他大学毕业后和大学里的后辈常常来往，他一位熟识的大学生对于波斯文学有很深的研究，他们一同读波斯古诗人Omar Khayyam的诗[③]，这个诗人那时在波斯已成大家赞美，大家都读的诗人了。Fitezgerald的翻译是很自由的意译，但是懂得波斯文的学者都说很能达原文风韵，远胜过一切直译。

丁尼生（Tennyson，1809—1892）——他是一个生性害羞恬静，不喜和人们交接的诗人。他的一生完全被诗的冲动支配着，他在做桂冠诗人之前，过着清贫而自得的生活，这和华兹华斯很相似。他的最大长处有两点：一是能够好似毫不费力地用简单的字句烘染出夺目的画图，这一方面是由于他会观察自然细微的地方，所以淡淡地描摹一两笔都非常逼真。一方面是由于他具有艺术家精益求精的态度，字字都要使成为无瑕的白璧。第二个长处是他在诗的音乐有极大的成就。无论哪个人只要他不是个聋子，一念起他的诗，都会很纳罕，文字能够产生这么美的音调。据说从前有一位不懂英文的人家读他的诗，就知道一定是大诗人的作品。凡是诗里的艺术奥妙，他无有不精通，不臻上乘的。他靠他的想象力，将颜色

① 白朗宁夫人：通译勃朗宁夫人。

② Fitezgerald：菲茨查拉尔德，英国作家、翻译家。

③ Omar Khayyam：欧玛尔·海亚姆，波斯诗人，以《鲁拜集》闻名。

和音乐应用到种种不同的题材上，结果总是那么可喜。他尤长于小诗，在十几行里音调和情境千变万化，说到艺术方面的确是鬼斧神工。他的思想近乎平凡，没有什么深刻的地方，但是他的诗材真当得起一代宗师的名称。他最有名的长篇诗是 *In Memoriam*[1]，那是哭他朋友的挽歌，里面信仰和怀疑相冲突着，最终是信仰战胜了一切，所以有人说他是个肯定的诗人。

白朗宁（Browning，1812—1889）——[2]他也是一位肯定的诗人，然而他和丁尼生却大不相同。丁尼生多少带些悲观主义者的色彩和定命论的精神，所以他的肯定是出于个体服从全部的演进。白朗宁却是极看重个人意志，他的福音是个性绝不可被压下，个人可以打倒世上一切的障碍。白朗宁顶喜欢歌颂爱情和预言人生胜利的乐天人生观。丁尼生是句斫字琢的，白朗宁却乘一时盛气，信笔写去，有时生出至妙的音乐，有时变为噪音。丁尼生是艺术先于人生哲学，白朗宁却全注目于他那挺拔的意思，几乎不大管音调的和谐与否。然而有时白朗宁情诗的悦耳反胜过斤斤于字句间的人们。白朗宁的情调永远是热烈豪放，喘不过气的样子。他的诗的勇敢，有力和具有独立的精神完全是他个人人格的表现。他是最足感发人们的意志，带有兴奋剂的诗人，他的诗可说是人类灵魂的研究录，他不记人们外面的生活，却一开头就钻到人们的心里去，用解剖刀将个个人灵魂的构造一一呈现出来。白朗宁的诗晦涩难读，这一半是因为他草率从事，一半是因为他的情绪太紧张，他的意思挤得太紧，他的联想太快，所以才使念他诗的人好像完全莫名其妙，但是他的佳处是值得我们用苦心细读的。有人说，有一回有一个人拿他的一句诗请他解释，他自己也弄不清，说不知道当时指的是什么了。他一生除开和他妻子那段浪漫事情外，没有什么大事，他常侨居于意大利。《尾声》是他去世那年做的，那时已七十多岁了。他对于人生有极深切的了解，他相信宇宙是具有一个最后的好目的。

---

① *In Memoriam*：《悼念》，丁尼生的代表作。

② 白朗宁：通译勃朗宁。

安诺德（Arnold，1822—1888）[①] ——这位十九世纪批评大家也是一位诗人。他的诗在形式方面简洁拘谨，深得希腊文学三昧。他诗的内容表现出一个对于宇宙人生均感疑惑的人的态度。他的理智太强，不能相信宗教，但是同时亦不能屈服于科学的唯物论，所以心里有不断的纷扰，常带了失望的口吻。他对于宇宙悲哀地穷究着；同时又拿坚韧的态度接受人世不可免的苦痛和忧愁，他真可以代表近代的一种心情。

罗赛谛（D. G. Rossetti，1828—1882）[②] ——他是一位画家，娶有一个美丽的太太，过了两年，这位太太死了，他就把他所有尚未出版的诗全放在棺材里，伴他的妻子长眠。后来经许多朋友的劝告，他才让他们将他的诗掘出，拿去出版。他是逃开现实，从想象里找一块乐土的人。他的诗意象鲜明，声调轻柔，兼有图画和音乐的好处，此外还含有神秘的意思，那种看穿事物外膜的能力是不下于勃莱克的。

罗赛谛妹妹（Christine Rossetti，1830—1894）[③] ——爱和死是她唯一的题目。她和她的哥哥不同，她的宗教色彩极浓，她甚至于因为宗教的信仰的缘故，和她的爱人离异，这也许是她生平诗歌里悲声的由来吧！她最长于描写悲哀和虔信混在一起的情感。她简洁的文字明白地露出她的真挚，她那绝妙的音乐增加她悲哀的诗情。她和安诺德刚刚相反，可称做信仰的诗人。

Morris（1834—1896）——他的一心都向往于中古时代，他的诗和罗赛谛一样地带着虹霓般的轻盈，是神仙国里歌音的回响。他的著作极多，最爱叙述中古的浪漫故事，那都现有一种梦也似的美丽光辉，他是乌托邦式的社会主义者，最反对近代的商业文明，努力于美化家庭屋内的装饰，他又是一位画家，他真可说是完全住在美的境界里。

---

① 安诺德：通译阿诺德。

② 罗赛谛：通译罗赛蒂，代表作为《神女》（1850）。

③ 罗赛谛妹妹：即克里斯蒂娜·罗赛蒂。

史文朋（Swinburne，1837—1909）[①] ——他受法国诗人嚣俄（Hugo）高谛蔼（Gautier）和波特来耳（Baudelaire）的影响甚深[②]，他的诗完全是一片谐音，一种情调。我们如果执著他的字句来仔细推究，常觉得他的意思模糊。若使只去领略里面的音乐和意境，我们却能明白了解他。他是英国诗人里最能应用韵的好处的大师，又是一反英国向来习俗道德，染有法国人放荡不羁的精神的人。他诗里奇怪的美感任何人都赶不上。他是维多利亚时代最后一位大诗人，可算做一幅极好的夕照图。

近代诗歌

Dolson（1840—1921）[③] ——他十六岁就到英国政府商业部当书记，过了四十五年的部员生活。和兰姆（Charles Lamb）一样，单调的生活却反使他到文学去找安慰，他的诗始终保着形式的新鲜，精神的甜蜜和字句的恰当这几个好处。他的心盘绕于有风趣的小巧事情上面，用可爱的辞句轻轻地呈出可爱的思想。他介绍许多法国诗的形式到英国来，他自己的诗也很有法国文学里柔美和欢欣的色彩。

Bridges（1844—1930）[④] ——这位在今年四月里才去世的桂冠诗人和济慈一样，本来是一位医生，喜欢音乐同旅行。他的诗恬适静默，又严肃，又细腻。思想紧张，独立不倚，却又有一种温文的甜蜜。他早年漫游大陆和东方，三十八岁后住在偏僻的所在，过读书做诗的生活，同华兹华斯很有些相似。他是个精明的古典学者，所以他的诗有希腊文豪简洁明了的作风。

汉烈（Henley，1849—1903）——他从小就患了肺病，过了一

---

① 史文朋：今译斯温伯恩，代表作为长诗《日出前的歌》、诗集《诗与谣》。

② 嚣俄、高谛蔼、波特来耳：今通译雨果、戈蒂埃、波特莱尔。

③ Dolson：道尔森。

④ Bridges：布里吉斯，作品有《短诗集》、《人的精神》。

年的病室生活，他许多描写医院的诗是建设于这时的经验。他后来做了好几个报纸的编辑。他的身体虽弱，却具有大无畏的精神，他的诗也常歌颂这种不屈不挠的态度。他不单题目新鲜，他的诗式也很特别的，是无韵的，全凭自然的节奏的，这却很合于表现他那种冲口而出的豪爽雄句。

史梯文生（Stevenson，1850—1894）① ——他家里三代都是建筑灯塔，他却弃了世业，起先学法律，后来极用心去练习写文章。他是汉烈的好朋友，也是患痨病的。他为着增加自己健康的缘故旅行许多地方，最后在南海一个野蛮岛上做酋长。他的浪漫小说《金银岛》和他的散文集《贻少年少女》都是不朽的杰作，他的诗呈现出天真烂漫的童心教我们对于日常事物里，取个好玩的观察点。

Meynell（1850—1923）② ——她的短诗的好处是简易同恳挚，此外微带些含有诗情的愁绪。这几乎是许多女诗人的共有色彩。白朗宁夫人和罗赛谛妹妹以及 Sara Teasdale 等都是如此。这几种特色实在根源于她感觉的敏锐。她的心灵是易感过人的，她年轻时候，在日记里记下有两句动情的话："If Ilook in wrad，I find teams，I fout ward，rain."这真可译做"心中泪共阶前雨"了。她诗里最显明的是宗教的情调，但是却表现得极可喜。她后来皈依天主教也是由于她感到天主教仪式的壮美，并不是出于干燥的教义的辩证，所以她入教后，没有去一心修道，却仍然过她那诗人的生涯。她一生里对于朋友的情是非常认真的，她和 Patmore，Meredith 都缔有极纯洁，极透彻的交情，Patmore 死了，她独自闭在暗室里哭了一整天。

Thompson（1857—1907）③ ——他年轻时在大学读过书，后来试过各条混饭的路子，鞋店的助手，替书铺收买旧书的伙计，甚至于做街头上卖火柴的人。他当了多年的流浪汉，Alice Meynell 的丈

---

① 斯梯文生：通译斯蒂文森。

② Meynell：梅内尔夫人。即下文的 Alice Meynell。

③ Thompson：汤普森。

夫发现他的天才时候，他正穷得不堪。他又有鸦片瘾，后来虽然戒了，可是他的身体永没有复原。他的生活和高尔斯密士，辜勒律己都有些仿佛，不过比他们更坎坷些吧！他诗中处处现出他是一位不知有外面世界，只看见自己心里世界的神秘的人。

Watson（1858—）[①] ——他是一个信心坚强，感情热烈的人。他带着我们去领略人生的光荣和价值。他那伟大的心灵从他的精悍的文字同富有想象力的意境里给我们以安慰。

霍斯曼（Housman1858—）[②] ——他的作品极少，他的诗是用微酸的诙谐来说人世的凄凉苦辛。他的文字简明无疵，却含有很深的意思，淡淡的几笔隐括了人生里微妙的情感。他现在是牛津大学的拉丁文教授。

Symons（1865—）[③] ——这位英国象征派的领袖，同时是个大批评家。他深受法国诗人的影响，他的诗常充满了浓芳的浪漫情绪，很具有史文朋的作风。

夏芝（Yeats，1865—）[④] ——他是爱尔兰文艺复兴的领袖，想建立一种浸在爱尔兰情调里的国民文学。他的父亲是个名画家，他在儿时听了许多爱尔兰农民的神话和故事，这做了他的诗歌戏曲的背境。神秘的色彩和抒情的飘忽生姿是他的特点。他的诗很多，此外还有散文和剧曲。

道生（Dowson，1867—1900）——这位唯美派的诗人过的生活是最颓唐不过的。他身体本来孱弱，再加上自己的摧折，打吗啡针，吃鸦片以及种种放荡的事情。人们都说他是喝酒喝死的。总之，他这微脆的心灵受不了粗暴冷酷的环境，他于是渐渐自杀死了。

A. E. George William Russell（1867—）——他是个热烈的爱国

---

① Watson：瓦特森。

② 霍斯曼：今译豪斯曼，作品有《什罗普郡一少年》、《最后的诗》。

③ Symons：西蒙斯。

④ 夏芝：通译叶芝。代表作有《驶向拜占庭》、《丽达与天鹅》。

者，享有盛誉的社会学者同经济学者，演说家，有名的画家，同时他又是一个神秘的诗人。夏芝对于他的诗批评道："他从一切东西里找出在深处燃烧着的一种芬芳的火焰。"

Phillips（1868—1915）——他才入大学一学期就跑去当一个戏班里的小脚色，一连过了六年优伶的生活。他的诗意象显明，最能说出人间世的悲情。他是爱"悲情"的人，他觉得人世的悲哀比着无聊赖的神仙生活还高明得多。他的诗的确是内心的呼声，所以能打到我们的心坎。

Davies（1870—）① ——他本来是个乡下牧牛的人，当了许久的流浪汉，他在坎拿大沿着火车轨道赶路时，他的右脚被车轮碾断了。他的天才是萧伯纳发现的。他的诗清新可喜，真可算做躺在自然怀中的娇儿，很天真地赞美自然，丝毫没有人间烟火气。萧伯纳说"我还没有念过三行，就看出这个作家是个真诗人"，大概谁念他的诗都会有同样的感觉。

De La More（1873—）② ——他常将极普通极细小的东西说得非常微妙，非常有魔力，这是因为他始终是个具有小孩子心情的诗人。他还能传出人们意识里近乎神秘的心境，呈现一种不即不离的美，好像都是我们自己本来怀有未曾十分明了的思想。他还低诉人类幽怨的情绪和凄然的心境，将人们共有的悲哀，用简朴的词令，诚恳地表现出来。

Gibson（1878—）③ ——欧战牺牲了无数人的生命，可是同时也产生不少关于战争的绝妙诗歌。Drink-water，Rupert Brooke 都十分感动地歌咏着战争的各种色相。Gibson 的诗兼有精悍的语气和怅惘的诗情，很能描写战争的浪费。

Masefield（1874—）④ ——他还是一个小孩时候就从家里跑出，

---

① Davies：戴维斯。

② De La More：德拉·梅尔：有诗集《聆听者》、《孔雀瓶》。

③ Gibson：吉布森。

④ Msaefield：梅斯菲尔德，有诗集《盐水谣》、《歌谣》、《歌谣和诗》。

到商船里当一个茶房，做了好几年的水手，步行过许多国土；在纽约酒店里做伙计，又到织地毡工厂做工人。一天买了一本英国十四世纪大诗人孝素（Chaucer）[1] 的诗集，读到大亮，他终身的志向就决定了。他是歌颂人生的诗人，他始终保留着老舟子的口吻，雄奇英猛地高歌着，他的气魄真是冠绝一时，人生在他的诗里放出罕见的异彩。他对于一切穷苦潦倒的生活，施以化腐朽为神奇的本领，于是我们得到无限的安慰，敢肯定地来睨着人生了。

史蒂芬斯（Stephens，1882—）——他也是爱尔兰新兴文学的健将。他那不规则的音节是和当代一般无韵的新诗很相似的。他那种热烈的讥讽和清冷的诙谐多半是劝人努力实现自己的梦，来完成自己的性格。

十九年五月于北平报房胡同

① 孝素：通译乔叟。

《从孔子到门肯》

（普力查编）[1]

最近一两年来，美国出版了许多大部的总集，每本都有一千多页，选了许多作者的代表作品，使读者对于那一门的文学，能够得到一个具体的概念。《从孔子到门肯》就是新出的一部小品文总集。里面包含有希腊、罗马、希伯来、印度、波斯、亚拉伯[2]、中国、日本、英、法、比、意、德、荷、西班牙、荷兰、丹麦、瑞典、挪威、芬兰、俄、波斯、美以及几个新兴小国的小品文（自然全翻为英文了），一共有二百多位的作家。小品文的妙处神出鬼没，全靠着风格同情调，是最难于迻译的，所以我们在英国小品文之外，很不容易读到别国的小品文。这部集子很能够补我们这个缺陷。并且在每国的小品文前面，都有一篇引论，那又是请专家写的，更能够帮助我们去了解那国的小品文学。既是经过一度的翻译，当然失丢了不少本来的神韵，但是我们没有懂十几国文字的机会同能力，也只好靠着它来略窥一下各国小品文学的趋向了。

小品文是最能表现出作者的性格的，所以它也能充分露出各国的国民性。我们很可以用这本书来观察他们的性情同气质。我想静静地把它细读一遍或者比走马看花的出洋考察还会有益些，而且还可以免却仆仆路途的辛苦。

编者普力查先生（F. H. Pritchard）是英国当代的马二先生[3]。

---

① 门肯（Henry Louis Mencken，1880—1956），美国译论家、记者。普力查：通译普利查特，著有《文艺鉴赏论》。

② 亚拉伯：今通译阿拉伯。

③ 马二先生：《儒林外史》中的人物，是专为各书坊编辑科举墨卷、八股范文的选家。

他编有不少的书，他是 Essays of Today，Short Stories of Today and Yesterday，Essays of Today and Yesterday 这几种有名丛书的编者。他拣选作品时，真正具有只眼，他可说是一个不写文章的批评家。他著有一部 *Training in Literary Appreciation*，很多学校采用它来做文学批评的教本，但是我以为他写的能力赶不到他编的能力。他对于 Essay，特别有研究，所以这本选集很有变成为 Classic 的可能。

（原刊 1929 年 9 月 10 日《新月》第 2 卷第 6、7 号合刊）

《蒙旦的旅行日记》

（特勒舒门译）

蒙旦是近代小品文的鼻祖[①]，同时他又是古往今来最伟大的小品文家。他除开几十篇长长短短绝妙的小品文外，没有别的文学作品，但是这一千多页的无所不谈的絮语已够固定他在文学史里的地位，使他不愧为第一流的大作家。他和我们隔得太远了，我们不大晓得他的生平，这部在十八世纪才发现的旅行日记可说是研究蒙旦的学者必读的书。这本日记，不像 Pepys[②] 的日记那么可喜，不能算是一本文学的作品，因为这日记大半是用意大利文写的，蒙旦的意文程度虽然很高明，总不能像法文那样任用如意，能够把深刻的意思用平易的辞句来表现出来；并且蒙旦这本日记是口授给他书记写的，这位书记先生却最爱画蛇添足，加上许多自己的意思。这部日记有一部分是法文写的，并且因为书记先生告辞了，是他亲笔写的，但是还不能如他的小品文那么有趣，这却因为他写这旅行日记时，缺少了他创造文学作品时所不可少的要素——闲暇的环境同余裕的心情。他的小品文是在古堡圆塔中解闷时写的，所以有了那迷人的悠然情调同对于人间世一切物事的冷静深刻的批评，他的作品非是在这种土壤上是不生长的，马蹄轮铁，舟车劳顿之后，他只能不加一辞地将天天所经历的记下，这是他这本日记的缺点。但是它能够使我们看到蒙旦的日常行动举止和他的种种习惯。蒙旦是个不

---

① 蒙旦：旧译蒙台涅，今译蒙田（1533—1592），法国思想家、散文家，著有《随笔》和《旅行日记》。

② Pepys：佩皮斯（1633—1703），英国政治家，散文家。其《日记》是对英国文学的最大贡献。

厌琐碎的人，他对于人生里一切的事情都有不会疲劳的浓厚兴趣，所以这本日记是当时社会的极好写真，中间对于十六世纪德国的宗教改革情形讲得特别详细，研究这时期历史的人们很可以拿它来做参考。蒙旦的小品文集第一版是在一五八〇年，第二版是在一五八二年，这旅行时期刚好夹在中间。日记中有许多地方谈到他自己的小品文，而他第二版时所加进去的小品文有些材料是他旅行时得到的，所以这本日记可说是那些小品文的雏形，好似 Stevenson 的好多文章都是脱胎于他的书信的[①]。近来国人很喜欢小品文学，那么蒙旦自然是个值得细读的作家，所以这日记是值得介绍的。

蒙旦日记的英译本，从前有 W. C. Hazlitt 同 W. G. Waters 两家[②]，据说 Hazlitt 失之太板，Waters 失之不信，都不是良好的翻译，特勒舒门先生是牛津大学近来出版的蒙旦小品文全集的翻译者，他那译本在达雅两方面，可说是无疵，现在所译的日记确也不下于前二年的工作。我们没有读十六世纪时法国人所写的意大利文的能力，对于这种的翻译努力实在觉得很感谢的。

（原刊 1929 年 9 月 10 日《新月》第 2 卷第 6、7 号合刊）

---

① Stevenson：斯蒂文森。

② W. G. Hazlitt：W. G. 哈兹列特；Waters：未详。

亚密厄尔的飞莱茵[①]

天下可读的小说真多，可读的自传却很少，至于可读的日记，那的确是太少了。随意架起个空中楼阁，信口说个天花乱坠，借他人的悲欢，传作者的心境，这当然是表现自己的无上法门。自传就没有这么方便了，作者对于事实虽然有取舍的自由，却不能够任意捏造（例外自然也是不少呀！），只好在这个小舞台上翻翻筋斗，显出一身的好武艺来。日记的拘束却更多了，说的话总脱不了眼前事故和心内波澜，而且累日积上，不是一气呵成，所以更难于施展文学的伎俩。这样看起来，跟作者生活最近的记载反而最不宜于表现作者的个性了。其实这也是不足为奇的，天下最难的事情莫过于对自己持个客观的态度，视若路人地拿来描写，数十年如一日，一生才做出这么一部书。而且自卫的本能也不肯让我们这样把自己当做研究的对象。一个人每做一件事，接着就想今天晚上怎么把这件事记下来，结果将一个人分做两个，观察者的成分天天扩大，执行者的成分慢慢减少，一个人的意志力也就渐渐薄弱下去，最后弄到生机殆尽，身里只剩个眼光锐利的旁观者了。一个人成天分析自己，解剖自己，老在那儿吹毛求疵，总免不了有一天对于自己觉得怪腻的，真是不胜其厌烦，可是内视的习惯已经养成，不管你多么痛恨这个自己，这个可怕的影子总是反映在你眼前，更增加厌恶自己的

---

① 亚密厄尔：今译阿米尔（Henri Frédéric Amiedl，1821—1881），瑞士日记作家。飞莱茵：作者日记中所记的爱人 Philine。

心情了。所以历来几位出类拔萃的日记作家，像 Swift，Marie Bashkirtseff[①]，Eugenie de Guerin[②]，Mauricede Guerin[③]，W. N. P. Barbellion 那班人[④]（Pepys 可说是个例外，但是他郁郁不乐的时候可也不少），都是深于悲哀，不知道怎地安排此生的人们，同时都是从人生行列退出，斗室之内独自默想一生的坎坷，自怨自艾，无可奈何的落伍者。

我们现在正要谈的这位瑞士日记作家也可算是这种的畸零人。他一生的事实很少，年轻时候在柏林大学读三四年书，后来回到日内瓦大学当美学同道德哲学的教授，于一八八一年死去。他是个硕学的通儒，他的著作却非常少，六十年恬静的生涯留下来的只有几本无聊的诗集，几页的杂感，同四五篇零星的短文章，因此当时的人们对于这位思想严密，温文尔雅的教授都很觉得失望。当整理他遗稿的人将他生平所写的一万七千页的日记交给 Edmond Scherer 时候[⑤]，这位目光如炬的批评家叹口气说道，“这些稿子你还是拿回去吧，年轻人。我知道 Arniel；他是个一事无成的人。让我忘却他吧！——别再拨动他的死灰！”可是他终于印出两册的选本来，从此天下多事了。一位女诗人赞美他日记里所含的诗情，把他当做一个诗人看。一位注重义务观念，精神生活的女小说家（Mrs. Humphry Ward）[⑥] 说他的日记是“一个孤单的思想者的衷肠话，是一个把精神事物认为世上唯一的实体的哲学家的默想录”。这位女小说家的叔叔，那个喜欢骂人的 Matthew Arnold,[⑦] 看到他们这样子乱拉同志，免不了微笑，就说出许多讽刺的话，可是结果这位老批评家认为我们应当把这位日记作家当做一个绝等聪明的批评家看，这

① Marie Baskkirtseff：玛丽娅·巴什克采夫（1860—1884），俄国女流亡作家，12岁开始写日记。

② Eugenie de Guerin：未详。

③ Mauricede Guerin：盖兰（1810—1839），法国诗人，著有日记《绿色笔记本》。

④ W. N. P. Barbellion：巴比利恩。

⑤ Edmond Scherer：未详。

⑥ Mrs. Humphry Ward：汉弗莱·沃德夫人（1851—1920），英国女小说家。

⑦ Matthew Arnold：马修·阿诺德。

真是未免有情呀！现在又有人说这位满脸胡须，有点秃头的老教授有个古怪的爱人 Philine 了。这本书就是由这个新观察点，从那一大堆稿子里勾出来的新材料。

Amiel 在他日记里说过这么一句话："思想同鸦片一样，能够麻醉人，同时又叫人非常清醒。"这句话对于他自己的心病真可算是一矢破的。他最喜欢说易卜生那句误尽天下苍生的格言：all or nothing（与其不能得到全部，宁其一点不要），他一生大好的年华也就在追求这个自己明知绝不能实现的幻梦里面消逝去了。他随便遇到什么事情，总是踌躇莫决，只怕一失足成千古恨，无法改弦更张，因此什么事也做不成，始终是懊恼地徘徊着；光阴易得，教授老矣，真可说是再回头已百年身，他的日记就充满了这种怅惘的情绪。他不单是这么意志薄弱，而且他给黑格尔那派绝对一元论的哲学所麻醉，驰心于那个最后的本体，那是无所不包，无所不容的，绝不能受什么限制；这么一来，执笔为文，跟真理已经是南辕北辙了，因为文字总是个限制，充其量只能说出很有限的一小部分，绝非宇宙的本体，一落言诠，便非真谛，我们这位哲学家就老在搁笔之中过活了。他在一八八〇年五月十五日的日记里说道："不适宜，也许因为我的神秘主义，也许因为我生性顽梗，也许因为我过于慎重，也许因为我不屑工作，总之，'不适宜'是我一生的不幸，最少可算做我的特点。我从来不能使自己去迁就事势，也不能够使事势来迁就我。我的幻觉太少，不够鼓舞我去冒那些无法挽救的危险。我甚至于拿理想的境界来做借口，使自己不受任何种的束缚。关于结婚问题也是这样：只有毫无缺点的女人才能够叫我满意；可是，我自己又配不上一个毫无缺点的女人……在外界的事物里既然找不到一个满足，我就设法把原来的欲望连根去掉。'独立'是我的躲难处；'远避'是我的坚垒。我过了一个不带个人色彩的生活——在这个世界里，可是不能算做在这个世界里，我的思想很多，我的欲望却是一点也没有。这种心境跟女人所谓心碎倒有些相似；其实真是相似，因为失望是这两种情形共同的特点。"他还说："我不能骗我自己，我晓得我将来的命运是怎么样子：与日俱增的跟人们隔绝，内心的失望，持久的悔恨，满是悲哀情调的老年，慢悠悠的苦恼，在沙漠的荒凉里死去。”Amiel 的日记可说是这种生活的确实记载。他虽然沉醉于渺茫的思想，在内省方面却非常清醒，能够用深刻的眼光，看透自己心病的根源以及种种的病象；他这种两重性格使他在人事上失败，却叫他在写日记上得到绝大的成功：假使他对于自己没有那么大的失望，恐怕他也不会这样子在灯下娓娓不倦一层一层地剥出自己的心曲，那么他生前的失败岂不是可说他身后的成名的唯一原因吗！他不单对于自己的意识洞察无遗，他对于人世的事物也常有极犀利的观察，这大概因为他置身局外，隔江观火，所以能够这样子一针见血，入木三分。比如他说，“一个人太看轻自己，结果使自己变成个受人看轻的人了”；比如他说，“没有什么偏见的民族很容易受专制的压迫，一个社会对于一切东西都认为成问题的，一定不会有很大的团结力，结果屈服于威力之下了”。这些都是很精明的见解。Scherer 的选本有 Mrs Humphry Ward 的英译本，可惜关于宗教同哲学的冥想选得太多，关于露出作者性格的地方选得太少，因此那个选本好像玄学密雾里间或闪出几线电光，这可以说是偏于教训的选家的最大毛病。一九二二年 Bouvier 先生刊行一种增订的本子，内容比以前选本丰富得多了，现在他又将 Amiel 的日记里提到他的爱人 Philine 的那些部分搜集在一起，将一个意志薄弱的人的恋史呈现在我们眼前，仿佛是 Turgeniev 新写的一部长篇小说。

Amiel 始终是个单身汉，他年轻时候还研究无谓的道学，以为性欲是件很不干净的东西。他把性的冲动这样子压制了几十年，结果虽然没有坐禅老火，少年的意气已经销磨殆尽了。当他三十九岁时候，他日记里有这么一段：“我绝没有抓过现实，绝未曾严重，兴奋，欣然从事，决然占有过。所以我的精神这么委顿。我的脚爪已剪去了，我的长牙已锯断了，我的鬃毛已剃光了；狮子变成个哝哝的走狗了。欲望同意志是男性的特征；我仿佛失掉我的男性了。

我这种普遍的软化也许是由于我的完全戒欲。没有受过宗教洗礼的童男真是不幸：他们简直坠落成阉人了。白天做梦的人们真是不幸；他们让一切东西都消失了。”刚好在这时候有一个二十六岁的寡妇 Philine 跟他通信，后来他俩常常当晚上十点钟左右在月光底下散步，开头完全谈些严重的事情，订为纯洁的朋友，最终整个人沉醉于温情里面去了。但是甚至于当这位年轻伴侣让他尝一尝肉体的快乐时候，他还是在那儿默想，在那儿观察自己，他最后的结论是“妩媚同快乐是女人礼物最不值钱的东西：她的心比起她的美貌，真是一百倍的更值钱。要沉醉于美，一个人必得去找雕刻家同画家，要追求感言上的逸乐，一个人必得去找诗人”。从这里我们可以看出他的奇特心理。他年轻时候就常到 Martial，Byron 这班歌颂美酒、妇人同歌声的诗人的作品里去求安慰①。他还说“人世真正的狂欢只有从宗教可以得到”，但是他对于宗教也有许多不满的地方，以为尚未尽美尽善，所以好像也是不值得人们的一顾的。他同 Philine 有时亲近，有时疏远，不即不离地过了十几年大概可说是恋爱的生活，但是每提及结婚问题，他就觉得有无数的难关，不是 Philine 性格上有什么缺点，或者恐怕会有缺点，就是他自己的心境不对，或者恐怕会不宜于结婚的生活，一再考虑之后，种种计划都烟消云散了。同时他还认得许多女人，对于她们也是这样子始终游移于爱人和朋友的关系之间，有时高兴，有时悔恨，永远没有一个明白的表示。这些女朋友里跟他最亲近的，除开 Philine 外，要算是 Egeria 了，据说 Philine 老年时候去找 Egeria，两人一齐死去，各人的脸孔都贴在 Amiel 在柏林时候穿的一件蓝色的天鹅绒衬衣上，假使 Amiel 尚在人间，不知道他会多么沉痛地把自己再仔细分析一番呀！

这个选本最大的好处是编者不单将提到 Philine 那几段集在一起，而且把稍微有些相关的地方都列入，这样子使我们能够了解他

---

① Martial：马提雅尔（约 38—约 104），古罗马诗人，以写铭辞著称。Byron：拜伦。

当时的心境是怎么样，因此能够有个更具体的观念。这个选本虽然没有包含 Amiel 对于一般事物的意见，但是让我们看出在爱这个热烈情绪之下的 Amiel 是怎么样，这于我们了解 Amiel 上可说有极大的帮助。Amiel 的确是个值得我们仔细去研究的人，他的苦闷有许多是属于所谓近代人的悲哀，徘徊于歧路上的我们很可以从他精密的观察得到一些启示，在这个千灾百难的人生途中这总不能算不无小补吧。

（原刊 1932 年 10 月 1 日《新月》第 4 卷第 3 号）

《斯宾罗沙的往来书札》

（吴鲁夫译注）

近代的思想常常在古人的遗书陈言里听到了同情的声音，有些人就赶紧将那旧书由书架上取下，拂去了多年的灰尘送到印刷局去，刊行种廉价的版本，十七世纪的斯宾罗沙就是近代人这样子重新发现的一个哲学家①，去年美国"近代丛书"新出了一本《斯宾罗沙哲学文选》，现在吴鲁夫先生又打算译他的全集，预备在他三百周年纪念（一九三二）时候译完。斯宾罗沙反对宇宙为人而设的学说，主张上帝是照着自然律管理一切，这种科学客观的精神是近代思想的神髓。他又说："人的快乐是在于能够在世界上站得住，继续他的生活——快乐是人到更完全境界的路，悲哀是人到下等境界的路。"他由灰暗的命定论里爆发出这么一朵快乐的花，同近代人想由科学器械观里寻出一条到意志自由的路，是具有同样认清事实勇往直前的精神，这也是我们现在这么爱念斯宾罗沙的缘故。可是他当时受尽人们的攻击，教会用了上帝的名字拼命地诅他，他自己磨着镜来维持生活，寂寞地活到四十四岁就死了。二百多年后亚诺德 Matthew Amoldt 谈到他的生涯时候②，还替他有些心酸。

所以我们对这位哲学家的身世知道得非常少。好了，现在吴鲁夫翻出他的书函，我们读起来，他那种卓然独立不怕一切的精神活现在我们面前，使我们对他哲学的赞美外，还加上对他人格的钦崇。他的人格又可以帮助我们去了解他的哲学。而且这书里还有许

---

① 斯宾罗莎：今译斯宾诺莎（Benedictas de Spinoza，1632—1677），荷兰哲学家，著有《神学政治论》、《论理学》等。

② 亚诺德：今译阿诺德。

多他和英国皇家学院第一任秘书欧罗登堡 Oldenburg 的通信[①]；英国皇家学院是近代科学的摇篮，我们借这本书可以知道近代科学呱呱堕地时候的情形。

（原刊 1929 年 2 月 10 日《新月》第 1 卷第 12 号）

① 欧罗登堡：今译奥登伯格。

《亚俪司·美纳尔传》

（外奥拉·美纳尔著）[①]

在英国近代的女诗人里，亚俪司·美纳尔总可算是老前辈了，虽然她的辞世日期是还后于 Laurence Hope 同 Michael Field[②]，这自然是因为她的处女作发表得很早，那时 Ruskin 还活在人间[③]，赶得上说几句真挚的颂辞，来加增这位年轻女诗人的勇气。可是我们对于她的生平，始终没有一本详细的记述。她的诗，尤其她的小品文，是以个人风韵的美妙（acharm of personal manner）见长的，所以我们更想知道她的言行举止，来做鉴赏她作品时候的参照。现在她自己的女儿外奥拉来替她作传，外奥拉自己又是个稍有声名的女诗人，这真是再好不过的事。

亚俪司·美纳尔短诗的好处是简易同恳挚，此外微带些含有诗情的愁绪。这几乎是许多女诗人的共有色彩，Mrs. Browning 同 Christena Rossetti 以及 Sara Teasdale 等都是如此[④]。她的小品文的特点，也是明晰同真诚。这几种特色实在都是根源于她感觉的锐敏，在这本传里，有许多地方都可见出她的心灵是易感过人的，她年轻时候在日记里记下有两句动情的话“If I look inward，I find tears；if outward，rain.”这真可译做“心中泪共阶前雨”了；这本传记还

---

① 亚俪司·美纳尔：今译爱丽丝·梅内尔（1847—1922），英国诗人、散文家。作品有《七月的旋律》、《心之花》等。

② Laurence Hope：劳伦斯·霍普（1865—1904），英国女诗人。Michael Field：迈克尔·菲尔德，英国作家凯瑟林·哈里斯·布雷待利（1848—1914）与其侄女伊迪丝·爱玛·库珀（1862—1913）的联合笔名，两人自 1889 年开始合作写诗。

③ Ruskin：罗斯金（1819—1900），英国散文家、评论家。

④ 此处几人分别是勃朗宁夫人、克里斯蒂娜·罗赛蒂、萨拉·蒂斯代尔（美国女诗人，1884—1933）。

告诉我们她所以皈依天主教是由于她感到天主教仪式的壮美，并不是出于干燥的教义的辩证，所以她入教后，没有去一心修道，却仍然过她那诗人的生涯。她一生里对于朋友的情是非常认真的，她和Patmore，Meredith 都缔有极纯洁[①]，极透彻的交情，Patmore 死了，她自闭在暗室里哭了整天。她这易感的心灵一半是天生的，一半也出于她父母的培养。她在稚年时候，他们就带她到意大利去，教她以意文同南欧山水的色调，这次旅行对于她的作品有很大的影响，她在小品文里对于色调有浓厚的趣味，也因为南国的明媚风光深刻在幼嫩的心中吧。

她是个幸运的女人。生长在融融泄泄的家庭里，她的丈夫 Wilfrid Meynell 又是当时知名的文艺批评家。神秘诗人 Francis Thompson 可说是他发现的[②]，他办有一种杂志 *Merry England*，近代小品文大家 Hudson Belloc 等初期作品多在这里发表[③]。她和当代的文人像Aubrey de Vere，Tennyson 等都很常来往[④]，到她的儿女成人时候，他们也都有些文学的天才，特别是她的一个男孩，他常对她说：他们要你的稿子，所以一味捧你，你别去迷信他们的话吧。不幸得很，他夭折了，否则或者同他的姊姊外奥拉同驰骋在当今英国文坛上。他们真堪称做一门风雅，同我们几千年前的谢家实在可以比美[⑤]。

外奥拉这本传记的好处是没有什么逾量的颂辞，只是将她母亲一生的经历连同家庭的琐事一一老实地说出，此外再尽量地插入她母亲的日记同书信，用她母亲自己的话来说自己的事情。她不去直接描状她母亲的性格，只让许多事实同文件烘云托月地将这蔼然可

① Patmore：帕特莫尔（1823—1896），英国诗人、散文家；梅瑞狄斯（1823—1909），英国小说家、诗人。

② Francis Thompson：弗朗西斯·汤普森（1859—1907），英国诗人。

③ *Merry England*：《快乐英格兰》。Hudson Belloc：赫德森·贝洛克。

④ Aubrey de Vere：奥布雷·德·维勒（1814—1902），爱尔兰诗人、批评家。Tennyson：丁尼生。

⑤ 谢家：指东晋时的谢安家族，诗人谢道韫、谢灵运、谢朓以及谢琨、谢庄、谢惠连等均出自这个家庭。

亲的女诗人生动地现在读者的眼前。这种客观的写法既忠实，又有力，实在是传记文学的一条正路。

（原刊1929年9月10日《新月》第2卷第6、7号合刊）

盖斯凯尔夫人[①]

这位女作家是英国小说家里第一个把穷人们的生活老老实实地描写出来。迭更司[②]写下流社会时总是画出一幅闹哄哄的，怪有意思的图画，虽然有时也说得叫人辛酸流泪，但是他的滑稽口吻把穷神的单调的，死板板的，毫不容情的丑面目遮住了。这位女作家却敢大胆地将英国工业区里工人穷苦不堪的状况素朴地写出，而成为很妙的小说，从这点上我们可以猜出她的艺术手腕是多么高明，她的处女作 Mary Barton 和 North and South，是属于这类的长篇小说。

但是她又具有细腻的诙谐情调。曾经用极恬美的笔描状一个全是女人住着的僻乡里的生活。这本中篇小说 Cranford 可算做她的杰作。

她对于低微朴素的生活深有同情，能看出内中的种种意义。所以有人说她是英国第一个善说出保姆，管家婆，女仆的心情的人。这篇《老保姆的故事》是她在这方面最大的成功。

---

① 本文原题为英文“Mrs. Gaskell (Elizabth Stevenson)”。原收入《老保姆的故事》，梁遇春译注，上海北新书局 1931 年版。盖斯凯尔夫人（伊利莎白·斯蒂文森，1810—1865），英国女小说家。代表作品有《玛丽·巴顿》、《北与南》、《克兰弗德》、《露丝》等。

② 迭更斯：今译狄更斯。

乔治·吉辛[1]

他的父亲是一个药剂师，他受过良好的教育，能够拿希腊诗歌做消愁解闷的东西。十九岁时候，他被一个普通的女人迷了，把她娶来，还偷一位朋友的皮夹子给她，因此下狱。二十岁时候，流落到美国去，当照相师，装置煤气灯的人，报馆访员糊口。后来从德国回英国来，专靠写稿子谋生，但是常有得不到东西吃的时候，英国博物院的盥洗所是他唯一洗澡的地方。他的妻子变成醉鬼，后来甚至于随便当人姘头。她死了，他又不能忍受寂寞的独身生活，就向随便遇到的女人求婚，把她娶来。起先他的朋友再三劝阻他，但是他天真地答道，他们同样地可以叫他不吃通常的食物，因为过几年后他能够买到精美的食品；然而他每天不能不有些滋养料；现在他到了一个时期，当他非有一个妻子伴着就不能过日子。他还说："天下只有可怜的女子才肯嫁给我这么一个可怜的男子。"他们婚后的生活是不幸极了，终于离散。晚年他娶一个法国女人，他小说的销路也渐渐好起来了，生活也比较舒适些，然而夕阳无限好，不久就死了。

他写有许多长篇小说 *The Unclassed*（1884），*Demos*（1886），*Thyrza*（1887），*The Nether World*（1889），*New Grab Street*（1891），*Denzil Quarrier*（1892），*Bornin Exile*（1892），*Odd Women*（1893）[2]，

---

① 本文原题为英文"George Gissing（1857—1903）"，原收入《诗人的手提包》，梁遇春译注，上海北新书局1931年版。乔治·吉辛，英国小说家、散文家，一生创作小说近20部，此外还有散文及评论著作。

② 这里的书名分别是：《失去阶级地位的人》，《德谟斯》，《提尔扎》，《阴曹地府》，《新寒士街》，《采石工丹朱》，《在流放中诞生》，《古怪的女人》。

多半是描状伦敦贫民窟同工厂的灰色生活。他终身住在伦敦小屋的顶楼上，和下流的人们一起过活，深尝过贫穷的苦痛，所以对于下等社会特别有同情。他又是个悲观主义者，觉得世上无处不是凄凉的境地，太阳光总不会射到屋里。他极能道出失败人的心理，并且他的失望始终含有惆怅的诗意，所以他的书对于沦落的人们有极大的魔力。他晚年写有一本散文 *The Private Papers of Henry Ryecroft*，充满了恬静幽怨的情调，是散文里一部杰作[①]。他还有几本短篇小说集（*Human Odds and Ends*, *A Victim of Circum stances*, *The House of Cobwebs*）[②]，上面这篇《诗人的手提包》，就是收在《人生的零碎》（Human Odds and Ends）里面。

他说："当今的艺术应当传达出'困苦'的意义，因为困苦是近代生活的基本音调（Keynote）。"这句话可说是他的艺术论。

---

① 这部散文集直译为《亨利·莱克拉夫特札记》，也译《乡居札记》，但以《四季随笔》的译名最为著名。

② 后两篇分别译为《环境的牺牲品》、《布满蛛网的房子》。

约翰·高尔斯华绥[①]

高尔斯华绥是英国当代大小说家同戏剧家。他父亲是律师，他自己也是学法律出身的，壮年时候旅行各处，足迹几乎走遍世界。他所最痛恨的是英国习俗的意见和中等社会的传统思想。他用的武器是冷讽，轻盈的讥笑。比如在他的杰作 *The Forsyte Saga* 里他就入木三分地描状英国拥有资产的人们（The man of Property）的意识，他们把钱当做天下一切东西的准绳，能够卖得好价的艺术品就是好的[②]。他们的立身处世完全被钱的观念所支配，除开占有冲动外，没有别的行为动机，他们生活没有个再高的标准，只好完全依靠各种传统的意见来做一切行动的南针。他们所以无条件地拥护传统，否则他们就手足无所措了。他们的生活也单调得可怜了。“怜悯”的确是高尔斯华绥的一个重要情调。他是怀个无限量的同情来刻画人世的愚蠢。他看出人世上最有价值的，最配得被人们追求的东西是审美的情绪。他们这班人都对于美毫无感觉。他觉得世上一切纷扰的来源是出于人们不懂怎样去欣赏自然和人世的美，把生命中心放在不值得注意的东西上面，因此，一幕一幕的悲剧开展了。《远处的青山》是欧战后他发的感慨。“浪漫情调”和“幸福”是正面来描摹“美”。高尔斯华绥不单具有巧妙的冷讽同温和的同情，他还有一种恬静澈明，静观万物的心境，然后再用他那轻松灵活的文

---

① 本文原题“John Galsworxhy（1867—）”，原收入《幽会》（小说），高尔斯华绥著，梁遇春译注，北新书局 1930 年 10 月出版。高尔斯华绥卒于 1933 年。

② *The Forsyte Sage*：《福塞特家史》，也译《福塞特世家》（1906—1921）。由《有产业的人》（也译《置产人》）、《骑虎》、《出租》三部曲组成。是作者的代表作，并以此获 1932 年诺贝尔文学奖。

笔写出。《幽会》这篇可以代表这方面。这四篇都是从他的散文集 *The Inn of Tranquillity* 里选出[①]。他是法国人所最受读的当代英国作家，这大概因为他布局的完整同他散文的秀逸。人们都说法国人是最善写散文的，因此也可以见他散文的价值了。

① *The Inn of Trangquillity*：《安静的小酒馆》（也译《杂俎集》）。作者的散文著作还有《敝衣人》。

巴比利恩[①]

W. N. P. Barbellion 是个笔名。作者的真名字是 Bruce Frederk Cummings[②]。他天生一副极锐敏的心灵，再加上小孩时候犯过肺病，所以一生都沉浸在苦痛之中，可是从这血肉模糊的病榻上却开出一朵鲜艳的花，那是他的日记。他从十一二岁起对于自然界就感到强烈的兴趣，儿时的光阴多半用于在大自然怀中采集标本，二十二岁考入“南肯辛顿博物院”（The Natural History Museumat South Kensington）当研究员，一直到一九一七年才因病辞职。他在十三岁时开始写日记，起先只将他对自然界的观察记下，后来渐渐注重于记下自己的心境和情调。因为他是个科学家，所以他对自己能取一种客观的态度，拿自己当做研究的对象。而他的性格又是极可爱的。他几乎无日不在病中，可是他的意志力非常强，有一次写信给他兄弟，他引法国文学家 Balzac 的话[③]：“假使你受苦，最少你可以因此知道你是活着”，他真同 Stevenson，Henley，Nietzsche 一样，在病魔鞭打之下挣扎着，努力干他所想做的事。他虽然心中含有无限悲痛，对人却和蔼可亲，嘻嘻哈哈谈了一大堆。一个素来是瘦骨不盈一把的长汉子按下呻吟，天天兴致勃勃地研究生物，对于人生具种积极的态度，想法叫自己的生活充实，然后再冷静地把这个辛酸的生活记下，成为一本心史，这是多么有趣而值得佩服的事情。

---

① 本文原题为英文“W. N. P. Barbellion（1889—1919）”，原收入《最后的一本日记》（散文），巴比利恩著，梁遇春译注，上海北新书局 1931 年 5 月版。

② Bruce Frederk Cummings：布鲁斯·福瑞德克·康明斯。

③ Balzac：巴尔扎克（1799—1850），法国小说家。

他从自十三岁起十五年中所写的二十厚册日记里选编一本，叫做 *The Journel of a Disappointed Man*（《一个失望人的日记》），他死后人们把他最后两年的日记印出，叫做《最后的一本日记》，这本书的出版也是出自他生前的意思，他而且吩咐人家在他这部日记后面写上“The rest is silence”（“其余是静寂了”）这句话。我们这一本就是他一九一八年的日记。

他患的是一种奇病，专家叫做 disseminated sclerosis，是脊椎上的毛病，医生诊断在几年之内这个病会把他身体内的机官逐一损坏，慢慢地把他杀死。他的家人不肯把这话告诉他，骗他只要好好休息就可以复原。他的爱人是知道了这种情形，却毅然嫁他，情愿同他一起受苦，甘心度孀妇的生涯。这真是挚情，他后来知道却觉得万分难过，这本日记里的伊（E）就是指他这个值得钦佩的妻子。

他的著作在这两部日记之外还有一部散文集（*Enjoying Life and Other Literary Remains*）[①]，里面有一篇论“日记文学是极精辟的批评文字。此外都是科学文章了”。

① 这里的书名可译作《享受人生及其他文学遗产》。

玛丽·罗素·米特福德[①]

这位女作家一生里最大的不幸是十岁时候她父亲买送给她的一张彩票中了头彩二万镑。他父亲因此学会了挥霍的本领，不单把这笔天外飞来的钱用光，而且家里本有的财产也荡然一空。后来他的女孩还得辛辛苦苦地靠着文字弄些钱来养活她这个“可怕的父亲”。但是她对于父亲始终是忠实真挚的，她这种浑厚的性情可以从她的作品里看出。

她曾经想当英国最大女诗人，写了许多诗，又因为谋生起见，编了好几本悲剧，这两方面都很得当时批评家的赞美，但是她的不朽却建设在她的描写乡村风景同生活的文字。描写风景本来不是容易的事，英国文学里善道出野外风光的作家不过 Cobbett，Jefferies，Hudson，Galsworthy，Belloc 等几人而已[②]。他们有的用白描的方法，有的把自己溶在自然里面，有的用轻松的文笔刻划着，有的拿精细的眼光去体会。我们现在所说的这位女作家是用极生动的笔调来说出最恬静的景致，我们读时候好像有一位感觉锐敏的人带我们到温和柔美的乡间，兴致勃勃地向我们说出她的欣赏所在。她不单深切地了解自然，对于自然怀里的村夫农妇游民牧羊人都蕴有热烈

---

① 本文原题为英文“Mary Russell Mitford”。原文收入《我们的乡村》（散文），米特福特著，梁遇春译注，上海北新书局 1931 年 5 月版。米特福德（1786—1855），英国散文家，代表作为《我们的乡村》（也译《吾乡》）。

② Cobbett：威廉·科贝特（1762—1835），英国政论家、散文家。代表作为《骑马乡行记》。Jefferies：查理·杰弗理（1848—1887），英国散文家，代表作为《心史》；Hudosn：赫德森（1841—1922），英国散文家，鸟类学家，代表作为《紫色的大地》、《汉普郡杂记》、《牧童生涯》。Belloc：贝洛克（1870—1953），英国作家、历史学家。所作《通向罗马之路》记欧陆徒步旅行。

的同情，同时拿自然来渲染奇妙可爱的人物，又拿奇妙可爱的人物来渲染自然，结果是活泼泼的诗的散文。

以上三篇都是从她的杰作《我们的乡村》（*Our Village*）里选出，据说这种人间天国在英国也已是过去的事情，不可复得了。她这些文字是在她环境最坏时候写的。当四围都有可怕阴影伏着时候，居然能写出如是冰雪聪明的东西，这仿佛 Charlotte Bronte 在她妹妹死去不久时候写出最含有诙谐情调的小说 *Villette*①，她们都是值得尊敬的女性。

① Charlotte Bronte：夏洛蒂·勃朗特。*Villette*：《维莱特》，作者的代表作。

编者后记

说到梁遇春，就不能不提及英国的随笔大家查尔斯·兰姆和他的《伊利亚随笔》。梁遇春不仅是兰姆的热情绍介者，曾经翻译过他的作品，如《读书杂感》、《一个单身汉对于结了婚的人们的行为的怨言》等，写过他的简传《查理斯·兰姆评传》；同时，他还是兰姆散文艺术的私淑者，他的作品带有浓郁的兰姆风格，由此而被称为“中国的伊利亚”（“伊利亚”是兰姆发表作品时所用笔名）。梁遇春英年早逝，但在他二十八个年头的短短的生命里程中，却绽放出了璀璨的创作光辉，在现代散文的园地里赢得了不可忽视的一席之地。

平心而论，中国现代散文史上的早期作品，尤其是所谓“随笔”，从本国古代散文获得的借鉴，似乎比不上从西方散文获得的多。那个时候，许多作家纷起效仿欧美作家，英国、法国、美国的随笔作家，如培根、卡莱尔、蒙田、卢梭、欧文、爱默生等等，成为一时间的文字榜样。随笔在欧洲由蒙田和培根创制，经艾迪生、兰姆等人振起，遂奠定了其文体地位。十九世纪后半叶及二十世纪初，正是欧美随笔创作积累了丰富作品的时期，名家辈出，异彩纷呈，这自然给中国作家的学习提供了优秀的榜样。这其中，随笔的中坚人物兰姆更是为人热情追随，而梁遇春正是其中成就卓越的一个。

兰姆散文的题材和风格，如果要用俭省的文字来概括，那应该说是“絮谈”。谈而非论、非述、非抒，就不那么正式，什么都可以写，又不必非写什么；絮则是娓娓道来，信马由缰，随性所至，兴会来时如绵绵小溪潺潺长流，意兴阑珊时也不妨收拾笔墨戛然而止。写的是琐事，但琐事中有性情，有智慧；谈的虽然芜杂，但芜杂中有脉络，有章法。

以此来概括梁遇春的散文创作，也大体上是贴切的。现代小说名家废名评价梁遇春的散文创作时，曾说“他的文思如星珠串天，处处闪眼，然而没有一个线索，稍纵即逝”(《〈泪与笑〉序》)，这话是颇有见地的；而梁遇春评价兰姆散文的一段话，移来评断他自己也算确当——“谈自己七零八碎事情所以能够这么娓娓动听，那是靠着他能够在说闲话的时节，将他全部性格透露出来”(《查理斯·兰姆评传》)。

梁遇春的散文，几乎全部结集在两个集子中，一个是《春醪集》，一个是《泪与笑》。本书的第一部分，是《春醪集》，只是未收其简短的序言，又在集末收录了作者的一篇集外文《论麻雀与扑克》。第二部分是《泪与笑》的全部，包括两篇以英文为题的作品。这些作品主题纷杂，谈人生，谈艺术，谈社会痼疾，谈个体感受……；体式上也显示出一定的多样性，一般随笔之外，还有拟书信、小传等等。

梁遇春还是出色的翻译家，由于他的首批译作获得了较好的反响，读书界、出版界又热衷于西方文学的译介，所以他一发而不可收，数年内迻译了二十余部欧美文学作品，涉及英国、俄国、美国、挪威等国作家的作品，其中以英国最多。这些译作有小说、散文、信札、传记等，数量大概不下于他自己的作品。梁遇春为这些译作写了介绍文字，也为一些集子写了序，这些又构成了他自作文字的一部分。其中的《〈小品文选〉序》、《〈小品文续选〉序》、《〈英国诗歌选〉序》等文章有“开山”的意义，也产生了一定的影响。在本书中，除了影响较大的几篇文章外，主要选收了其中谈论小品文、信札、日记、传记以及相应作家的文章；这对于读者来说，似乎是可以收到一石二鸟之效的——我想是。

编　者

图书在版编目（CIP）数据

梁遇春散文/乔继堂主编；赵舒静选编．—上海：
上海科学技术文献出版社，2012.10
ISBN 978-7-5439-5566-0

Ⅰ.①梁… Ⅱ.①乔…②赵… Ⅲ.①散文集—中国
—现代 Ⅳ.①I266

中国版本图书馆 CIP 数据核字(2012)第 226043 号

责任编辑： 张 树
封面设计： 戴东明

梁遇春散文
梁遇春／著 赵舒静／选编
*
上海科学技术文献出版社出版发行
（上海市长乐路 746 号 邮政编码 200040）
全国新华书店经销
北京建泰印刷有限公司印刷
开本 150×230 1/16 印张 16 插页 2 字数 210 千字
2012 年 10 月第 1 版 2012 年 10 月第 1 次印刷
ISBN 978-7-5439-5566-0
定价：25.00 元
http：//www.sstlp.com